因为
留不住

石头 著

中国友谊出版公司

图书在版编目（CIP）数据

因为留不住 / 石头著. -- 北京：中国友谊出版公司, 2020.9
ISBN 978-7-5057-4965-8

Ⅰ.①因… Ⅱ.①石… Ⅲ.①散文集－中国－当代 Ⅳ.①I267

中国版本图书馆CIP数据核字（2020）第154584号

著作权合同登记号　图字：01-2020-7113

© 石头

本书经由时报文化出版公司独家授权，限在中国大陆地区发行。非经书面同意，不得以任何形式任意复制、转载。

书名	因为留不住
作者	石　头
出版	中国友谊出版公司
发行	中国友谊出版公司
经销	新华书店
印刷	北京盛通印刷股份有限公司
规格	787×1092毫米　24开 18.666印张　220千字
版次	2020年12月第1版
印次	2020年12月第1次印刷
书号	ISBN 978-7-5057-4965-8
定价	108.00元
地址	北京市朝阳区西坝河南里17号楼
邮编	100028
电话	（010）64678009

序 文

"点滴都珍惜"。当友人拿着这本书请我为他们签字留念的时候，我常会写下这句话，给他们，但也同时给我自己。给他们的，是彼此的过去，是感谢；给自己的，是更遥远的未来，是期许。总是会害怕自己的粗心忽视了他人所呵护的回忆，才会像个工匠般地一笔一画刻下那些如霜露般的感动在书中。但毕竟书写是一件极为自私且自溺的过程，唯有在文字再次被阅读的那一刻，那曾属于某个人的私密世界，才会诚实地被打开。

"诚实吗？"你或许会问。是啊，在文字的世界里，名词、动词、副词、介系词、句号、逗点，甚至连谎言都是真实的呢。那些牵走我们魂魄的故事，就算用了连作者都不熟悉的语言印刷或传播，还是会让人回不了神。而如今这本书中的每个字的字形长得或许不尽相同，多一笔、少一画，但在那些句子后面的秘密却是无处躲藏，就像那些你不曾记得的梦境，如此真实。

我走过城市的街道，望眼过桥下奔腾的江水，尝过些酸甜滋味，听见了模糊的耳语，像我这样一个陌生人的感动或呢喃，唯有被你再次拾起时才又重生，就连那些我凭空创造的故事，都能再次有了生命。

但毕竟我无法真实书写出梦境，除了那些台前台后的絮语之外，还不安分地创造了许多角色与故事。本以为作假，却成了真，随着众人更多心思的阅读与投入，竟显露出了许多超现实的谬误与瑕疵。本想趁此机会改写其中荒谬的桥段，但如此求真又恐成假，因此留下了大部分的粗心大意，只将一机构正名而已。如此的倔强，还请见谅。也感谢不吝指教的各位，容忍我这部不完美的作品，因为我想说的，并不是完美，而是时间。

一直觉得书写与音乐的创作有许多相同之处，是听觉的，也是有时间性的，过去、现在和未来，可能在同一时间发生，就像正在书写的我回忆了整本书所记录的和没记下的，也幻想着接下来还未发生的冒险与挑战。也因为是这样的原因，一句"嗨，你好吗？"，本该是放在一开始就问候的话，竟拖到这么晚才说，其实是希望下次见面的时间不要隔得太久才好。

6 Mar.@ Epsom

目 录

光的尽头 / 1
等你 / 4
模糊的瞬间 / 7
记忆宫殿 / 9
旋转的少女 / 12
感受，如此重要 / 15
秋天的枇杷 / 18
旅人（一）/ 23
商人（一）/ 29
城市的声音 / 32
不朽 / 34
蝶翼 / 37
过客 / 39
立夏如秋 / 42
老狗 / 46
旅人（二）/ 50
海洋之旅 / 54
使用说明书 / 58

似永恒 / 62
商人（二）/ 65
何记理发店｜剪刀 / 70
何记理发店｜母亲 / 72
何记理发店｜大火 / 75
何记理发店｜头发 / 79
道外 / 84
记忆的碎片 / 87
射背牌 / 89
煎熬 / 94
斗歌 / 97
少女 / 100
界线 / 103
秋雨 / 106
晨光 / 110
境界 / 113
如水 / 118
心远地自偏 / 120

很美的蓝色 / 124

你也在那 / 127

林中窗 / 130

不成眠 / 134

加州阳光 / 136

公路电影 / 138

洛城邂逅 / 140

过客匆匆 / 142

桥上的夕阳 / 145

城市天际线 / 150

冬眠 / 153

银杏 / 155

牛肉面 / 158

床边故事 / 161

落叶 / 163

太平盛世 / 166

锚定 / 169

阻力 / 172

便当 / 175

智慧 / 177

果 / 181

拉普达 / 184

休止符 / 187

规则大叔 / 191

这样，很好 / 193

她 / 197

放心 / 199

彼此 / 203

拾荒 / 205

幻境 / 209

神迹 / 211

高楼与浴缸 / 215

轻松 / 219

大雪 / 221

GMT+0 / 224

奶奶 / 227

沧浪之水（上）/ 231

沧浪之水（下） 洞天 / 234

泡桐花 / 239

天星 / 243

猫 / 245

圆圈 / 249

开始。结束 / 253

山顶 / 255

钓鱼 / 259

麻雀 / 261

鸡蛋花 / 265

蓝的 / 269

炮台 / 273

世界的尽头 / 277

月光下的浪花 / 281

桌子 / 283

信 / 287

异乡人 / 292

弹珠 / 296

起子 / 300

司机 / 304

避风港 / 307

大人的滋味 / 310

飞踢 / 314

70.3 / 318

伸匀 / 321

静安寺 / 326

音乐使人自由 / 329

声音不见了 / 332

沉默 / 335

桥下 / 338

飞机 / 342

错觉 / 346

他 / 349

泥土 / 353

钟声 / 356

姐妹 / 361

笼子 / 364

浪花 / 369

混沌 / 373

因为留不住 | 一 / 379

因为留不住 | 二 / 382

因为留不住 | 三 / 387

因为留不住 | 四 / 393

因为留不住 | 五 / 396

因为留不住 | 六 / 401

因为留不住 | 七 / 405

因为留不住 | 八 / 410

因为留不住 | 九 / 415

因为留不住 | 十 / 420

因为留不住 | 终章 / 425

最后 / 439

光 的 尽 头

2017/03/18 高雄

  在我的梦境里，常常有这样的景象发生：自远方射出一道光芒，光照的范围笼罩视野，吞噬了一切的黑，就算闭起了眼，还是无法阻止它持续且暴力地占据它所能流泻的每一个空间。那纯粹的力量，令苏醒的我不禁思考它从何而来，又将往哪儿去。

  真实的世界里，光的力量虽不如梦中慑人，却也颇具威力。舞台上的明灭是那样奇幻，那无需任何药剂就能瞬间变色的能力，超越了自然，是无形的文字、无声的语言，明暗律动，像乐音般，是时间性的。

  或者说，因为光，才有了时间。

  昨夜彩排，远方的光射向天际，隐约看得见那光芒的尽头，被黑暗淡化了的边缘，不见挣扎的痕迹。光，是情愿地被黑占领吗？

那远方暗与明交会处的无声,永恒得令人发颤。但事实上,那也许是科技的极限,或许是生物体视力能及的极限。真实的情况是,一道光,当它开始了光的旅程,它就会无限地制造出使它存在的时间,并且不停地前进着。

阻止了光,形成阴影,却无法消灭它存在的时间。而我们的存在就是那道光,它的旅程,或是我们的旅程,早已开始,并且不停地前进着。

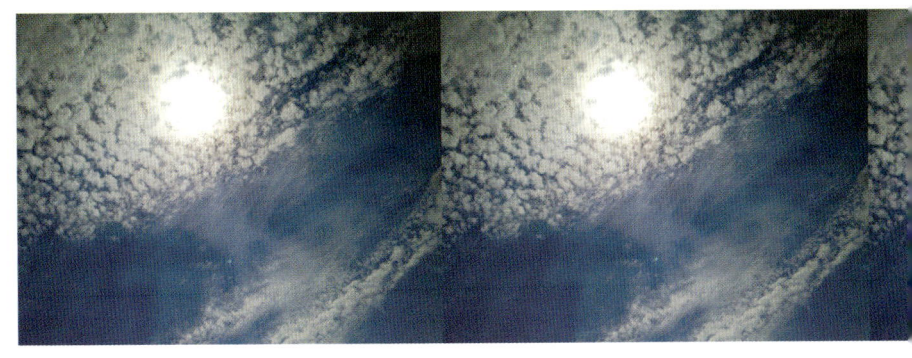

等 你

2017/03/19 高雄

　　二十几年前，我是个大学生，念的是那时还未成为新北市的淡水镇上的淡江大学。校园离市中心的家说近不近，在捷运还没有开通的日子，骑我那台一百二十五 c.c. 的迅光，最快三十五分钟可以到。捷运开通后，得花近一个钟头才能从"国父纪念馆"站到达淡水站，时间虽然变多，但我却享受那段宁静的时间。

　　后来成了家，第一个选择栖身的地点也还是淡水，恰巧是之前大学那段日子租的宿舍同一条巷子里，地缘的亲切凌驾于交通的不便。身边的人纳闷我的选择，我说我喜欢开车往返家与目的地那段像是净身仪式般的时间。所有人无法感受到我那宁静的需求，劝我快快搬家。

　　多年后，真搬了家，不是为了交通，是为了家中新加入的成员找个碰得到泥土的家，照样离市中心有段距离。有时不开车，戴着帽子，还可在木栅线与南港线的迷宫间穿梭。低头注视着智能装置的人们，常忽略身旁正发生的事，那正是我悄悄进入神秘空间的时刻。凝结了的瞬间，所有的动作像是静止，只有靠近车厢的景色不停地变化如单向的梭，而远方的天空像是面水蓝的镜，反射着车厢内宁静的一瞬。

今天在前往场馆的路上，昨夜的肾上腺素似乎还未消退，竟幻觉车内是穿越了时空的捷运车厢，远方天空凝结的云是人类无法制造的艺术创作；点点，片片，是诗，是歌。

这变化的篇章是无法记录与复制的，唯有感受那独特且私密的瞬。那无法与人说的感受，除了难以形容之外，还担心它一说出口，就会被周围的空气给偷走，使得这能力永远消失。

看着窗外，竟忘了呼吸，是脸颊上的那阵凉，才提醒了我身在何处，前往何方。伸手抹去了眼角的尴尬，天空也突然醒了，急忙地收拾在我心中留下的余温，但也给我使了个眼色，像是在对我说：

我将一直在这等你。

模糊的瞬间

2017/03/20 高雄

　　最近因为政策的执行，这座岛上流行的话题多了一样：雇主与雇员共同在意的工时问题。巧合的是，这两天自己正在进行的演出也与这话题相关联。

　　这虚拟公司的成形，颠覆了制式的设定：规矩，实际。限时存在的公司，自由、梦幻，不必实行一例一休，随时可以开张，有人数众多的股东，并有着充满远景的名字——"无限"。

　　在这公司上班做着自己有兴趣的事，让人感到骄傲，却也得不时提醒自己可以拥有这一切的原因，是梦想的坚持？选择的直觉？运气？巧合？难以指出一个纯粹的理由，像宇宙成形理论般众说纷纭，在自己的心中竟也同样模糊不清，是失了焦的相片，每个人可以自我解读他所感受到的。

令人满意的是这间公司的包容与亲切，家中熟悉的某部分可以复制在这特殊的时空，除了功能相似的生活起居，就连家中的成员也同样参与了这几日神奇的日与夜。每当他们在每次的工作空档兴奋地奔向我，都令我心头一紧，害怕这感人的景象只是场梦境。

当这公司尽可能持续地制造着像乌托邦般的世界，外头还是有许多严肃的事得要面对，而我的家人，也同样要到真实世界的课堂上报到。当这虚拟公司开张的日期落在日历上非红字的时候，他们就得暂时地离开我的身边。

离开高雄前，他们留下了最后的拥抱，和被三次马桶冲水所掩盖的哭泣声，我只能安慰他们并允诺替他们多拍些照片，和替我自己留下这张被泪水给模糊了的瞬间。

原来这间公司还不够完美，原因就是它还不是个真实世界，但我和你可以一起努力让它成真。

记忆宫殿

2017/03/21 高雄

　　记忆在我身上是件非常脆弱的物品，有如蝉翼般的玻璃碗盛着整碗的记忆结晶，闪烁着七彩耀眼的光芒，吸引着我。时时捧着它，却有破了碗，结晶洒落一地，拾回时不完整的风险。只好小心地保存它。但时间是使它残破的元凶，结晶会失去原有的光泽，最后蒸发消失无踪。

　　我曾尝试着用史景迁描述利玛窦建构记忆宫殿的方式，建筑我自己的宫殿。努力了一番，别说宫殿，就连建筑开始的地基材料我都找不到。原因是建筑宫殿的方式得先将需要记忆的事物靠想象力转换，转换后将人事物化成脑中建构的虚拟场景。类似电玩游戏《当个创世神》，一开始提供一个空白的地图，然后将事物置放在脑内的神秘角落，可随时取用。

我并非失去想象力，而是想象力的实行需要时间。每当我开始建构宫殿时，值得记忆的事物又挤上来，等着被大脑处理，像是计算机任务栏上不停开启的工作项目，最后竟无法运算，只能重新启动，那些未存档的也都成为泡影。

回忆是如此的珍贵，并不只因为它是曾经在时间轴上发生的美丽光点，而是当有能力回头观望的那一刻，对那个观望的当下所造成的影响。

所以我开始写日记，虽不至于勤奋地记录每一天，但也试图将重要的日子书写入我的人生中。而今天同样值得记录下来，为了今天的我和你，也为了那个后来的我们。

旋转的少女

2017/03/25 广州

几天前才结束了家乡的演出，血脉偾张依然，炙热的手心尚未降温，一转身就到了羊城。本以为珠江三月的气候舒适怡人，自然没有准备太多厚重的衣物，也因行李自上次结束后就未曾整理更换，直达下一站，以至于到达会场时，打了许多的喷嚏，后悔自己对春天多变的气候大意，赶紧泡了杯热茶暖身。

来的路上有多处积水，舞台上也因早些时候的雨水而湿滑，想必气温骤降的原因是这场雨。天空阴阴暗暗的，只期待晚上的演出，空中别再多了令人湿寒的特效。

虽然天空幽暗，却软化了这城市锐利的一面：垂直水平的新式建筑有机地不停地在这城市增加中，每一栋，每道墙，都是标尺在地表上的真实刻划，利落、绝对，切开了树影，抹去了禽鸟的轨

迹，挖去了云朵，占据了河影。

而灰暗的天具有神奇的包容力，将一切特出的事物淡化了，地景随之柔和，锐利的角不见光芒，明与暗的界线模糊，只留下特异的那一个。

映入眼的是远方突出地表的塔，在河的对岸，周围的建筑像是仰望般，看着这塔旋转着。塔的形体婀娜，似少女举起双手跳着舞，一圈一圈，转着转着就上了天。地上的众人惊呼着，随着音乐也跟着转了起来，跟着少女，一起上了天。

当音乐结束，少女缓缓地回到了地面。但众人依然不停地唱着、跳着、旋转着，不愿降落。

后记

天空飘雨了，但也蒸发了。歌声未歇，随着雨，蒸发上了天。人们在天上唱着，旋转着。

感受，如此重要

2017/03/26 广州

  我对艺术史没有做太多研究，但很喜欢看艺术品：经典的、当代的、摄影、雕塑、绘画、文学、音乐，只要有时间，总可以在展现这些作品的地方待上许久。也许是附庸风雅，但实际上我更爱探索艺术作品的过程，和经历这过程所得到的震撼。

  这些作品中，有的外在表现复杂，有些则否，只简单地用了一笔、一句，更甚者看不见任何的落笔，或涂抹。复杂的作品，观看或阅读的时候得先找出脉络。空间、时间是人类生命中最容易分辨的两个向度，解构时，也是较易取得的工具。简单的作品，创作的人话说得不多，通常得先清理自己的噪声，才好在一个相对宁静的环境下，感受作者的意念。而这过程，对我来说就是一场未知而惊心动魄的冒险。

因为作品表现的线索是如此之少，得分离周遭的环境，我的旅程也由此开始，事实上却是倒叙地探索作品。在眼前的，是一个结果，如何完成的与创作的理由，是在这趟旅程中我会不停提出的问题。

通常，作者像是一直站在远方的角落观望着我，无论心中的风暴是如何侵略我脆弱的灵魂，他都不会干涉，作品也不会有任何的提示。直到我脱离了这风暴，一切风平浪静后，我竟可得到重生般的快感。

人类的艺术创作对我来说有如此的力量，自然环境更是如此地令我着迷。每当我望着天空，都会感受到具有无穷力量的作品其实就在头顶，就在我们的身边。时间就是画笔，空间就是画布。只要感受，任何时刻都可以重生，而这样的简单却是那样地容易被忽略，被视为理所当然。得时常地提醒自己：感受，如此重要。

秋天的枇杷

2017/04/02 厦门

五十几年前，小嘉还是个刚满学龄的孩子，好动顽皮得很，每天总想往外跑，在家附近的公园都会待到晚餐前，母亲在巷口大喊他才回家。每次在公园爬上爬下，像只逃出牢笼的猴子。小嘉手脚虽然灵活，但玩耍受伤难免，他总跟妈妈说，是公园的游乐器材故意撞倒他的。但就算流了血，肿了包，回到家他也从不吭一声。有一次，小嘉不小心从溜滑梯高处跌下，摔断了桡骨，回家后他一吃完晚餐就说要回房睡觉了。是小嘉父亲要他收碗盘时看见他总是用右手端盘，再看到他左手肿得跟篮球一样大，才赶紧送他去最近的医院打了钢钉裹上了石膏。

小嘉的学校在厦门中山公园的北端，从他家到学校得经过华新路，这是他每天上学最开心的时间。在他记忆里，这片区域的变化

极大，破旧的平房在童年的那段时间全换成了精致的洋房。走在上学与放学的路上，清晨与黄昏有相思鸟的叫声陪伴着他。春夏交替的节气间，还有一户人家的枇杷可以摘取。几乎时时盛开的三角梅是这条路上无法忽略的美景，但小嘉总是只注意这灌木丛最后的那间房子。

这间房子是这区域最早完成的几栋之一，西式的窗花、罗马的梁柱，来自印度尼西亚的地砖。小嘉在几十年后，才渐渐拼凑出这房子的来历。而他这么惦记这房子的原因，其实是因为她。

她叫徐秋，跟着父亲离开印度尼西亚后就住进了这间房子。房子很大，加上佣人却也只有三个人。跟转学生徐秋同班的小嘉都是从其他同学那听来她的故事、她的个性，还有，最近有谁喜欢她。小嘉会在打球时故意对那个人犯规，推倒人家，让对方气愤地攻击他，然后他再用他灵活的手脚给对方好看。但一直到毕业前，小嘉没有跟徐秋说过一句话，也从未在跟别人说话时主动提起她。

上了中学，两个人分到了不同的学校，小嘉还是每天清晨绕了远路在华新路的路口看她上公交车后才急忙地跑到自己的学校，回头的路上还随手摘了几颗枇杷解渴。这样的习惯一直到上了大学才停止。小嘉到上海求学，毕了业就留在那工作，其间交了几个女朋友，跟其中一位结了婚，却在五年后分开了。所有人跟前妻都纳闷他为何放弃这么好的女孩，而原因只有他自己才知道。

小嘉事业有成，五十岁就退休离开上海，回到了厦门老家，家中现在只剩他一人。天气好的时候他会在华新路巷弄里走上半天，用像是要将这街道里每一个细节都放进他记忆里的速度缓步地走着，然后停在一间房子前，等着这间已有半世纪历史被改装成咖啡厅的洋楼开门。他几乎每天都在店里待到当天晚上打烊。店员都认识这位不多话的大叔，却也从未问他待在这里这么久的原因。

清明节前一天的下午，小嘉比平常晚到，店员围绕着一个妇人在说笑着，所有人都未注意到小嘉，而他也安静地在他熟悉的位子上等着。过了一会，他竟在位子上睡着了。等他张开眼，桌上多了盘枇杷，一张字条写着："院子的枇杷刚结果，挺甜的。"小嘉抬起头，寻找着字条的主人，却遍寻不着。后来他隔着这房子书房的窗花，看见刚才那妇人在余晖下的剪影。他静静地回到位子上，剥了颗枇杷，放入嘴里，那是他这辈子吃过最好吃的枇杷。

后 记

　　那天漫步在厦门的华新路，干道上的喧闹这里听不见，像是错置了时空的洋房与结满枇杷的老树将我带回了过去——那间老洋房刚落成，枇杷树刚种下的过去。走在那条树影婆娑的巷道，我仿佛见到了一个小男孩在路上玩耍，我叫他小嘉。我试着写了小嘉带着遗憾长大的童真，也试着写一个不需要拥有的幸福。那一口香甜的枇杷。

旅 人（一） 2017/04/08 杭州

  旅人远离了那个他熟悉且赖以为生的回忆之城，试着将那一连串令他窒息的经历与早已崩坏的关系，找一个即将消失的时空埋葬。那些不堪的过去，像是不停蠕动的蛆啃噬着腐肉，缓慢地将他一直期待的将来，用一种无法察觉的手段，在他的人生中抹灭，无声无息。

  等到他惊觉这打造已久的愿景其实早已千疮百孔，痛楚才随之而来。旅人现在唯一能做的，只有逃，逃离那吞噬他未来的回忆之城。

  "逃去哪？"旅人自问。他深知一切所见，天涯海角，皆是人们所创造的具象，用记忆与感知构成。逃到任何的地方，唤醒他脑中的，未必会是那在过往的时间中所堆积的美好回忆，更可能会是那他不愿观看的疮疤，还在持续地溃烂中。

旅人无法在此多停留一刻，他转身就走，以为那些煎熬都会随着果断的离开而开始遗失一些，但他遗失的是笑声，是温暖，是桂花尖的露水，是心上人飘逸的裙摆，是回头的能力，是宽恕自己和别人的勇气；而随着他每一步袭来的是悲伤，是悔恨，是自大而生的自卑，是如刀割般的撕裂心脏的感觉，从内而外的，每一次的撕裂让他崩溃，渐渐地，他感觉到自己被肢解，身体早已不存在，但他的心却在无间地狱不停地被凌迟着。

每一个夜晚旅人都在祈祷，有那么一个清晨睁开眼后，世界可以是原来心中所打造的那般光彩夺目，辉煌而且巨大，但当他睁开眼，他却感觉不到这世界有一丝生气。枯了的枝条，干涸的溪水，阴暗的天空，唯一透出的光线却清楚地照射在一对腐臭的知更鸟身上。"哈，这世界已经死亡了！"旅人大喊着，接着他把所有看得见的，可能是有生命的，试图消灭殆尽：他拔去所有刚发芽的绿草，捡拾石块砸毁每处可能作为庇护的地方，甚至挖开土壤，将挖出的虫子、蚯蚓用石块捣烂。

等这荒唐的一切结束，旅人累坏了，躺了下来，伸手摸到那对知更鸟。他把它们放在胸口，等待着跟它们一起腐败。他缓缓地睡去，以一种"一切都将结束了"的心情。就在眼睛半开半合之际，他却看见头顶苍郁的树林，他已分不清是幻觉还是实相。他还想做些什么将这一切毁灭，但他的愤怒已经无力将他扶起。他闭起了眼，并希望这是最后一次的闭眼。

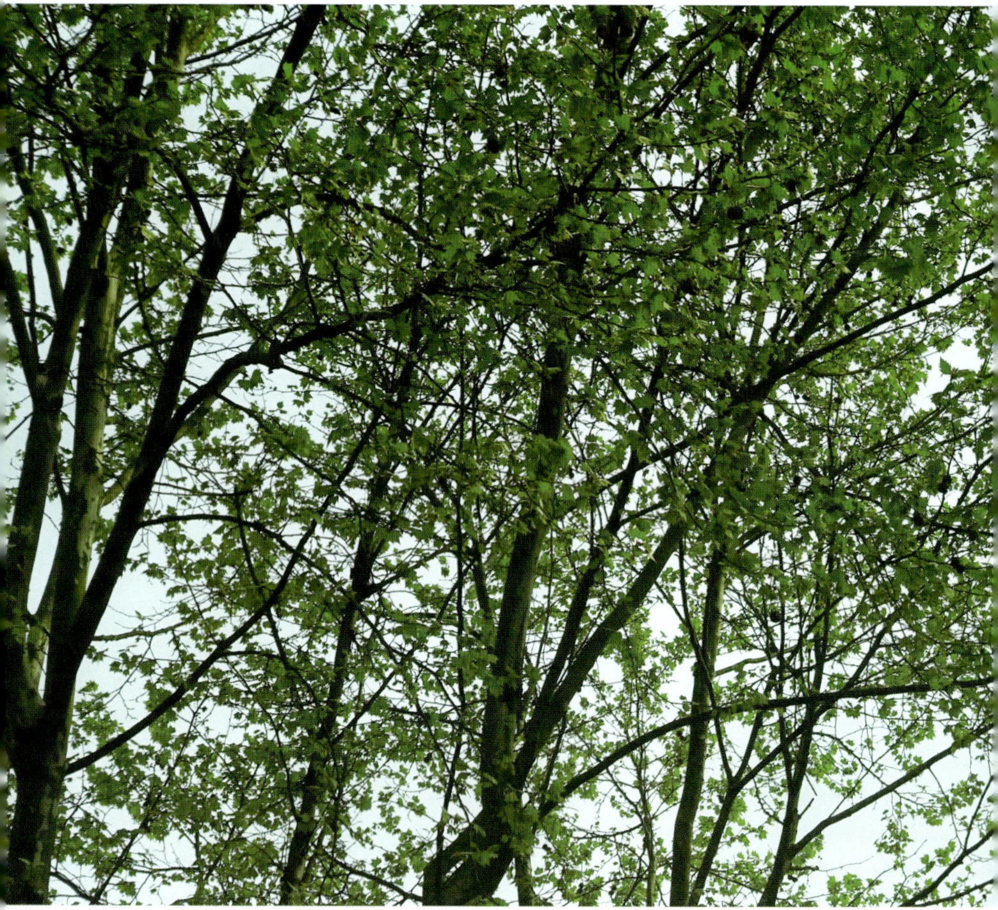

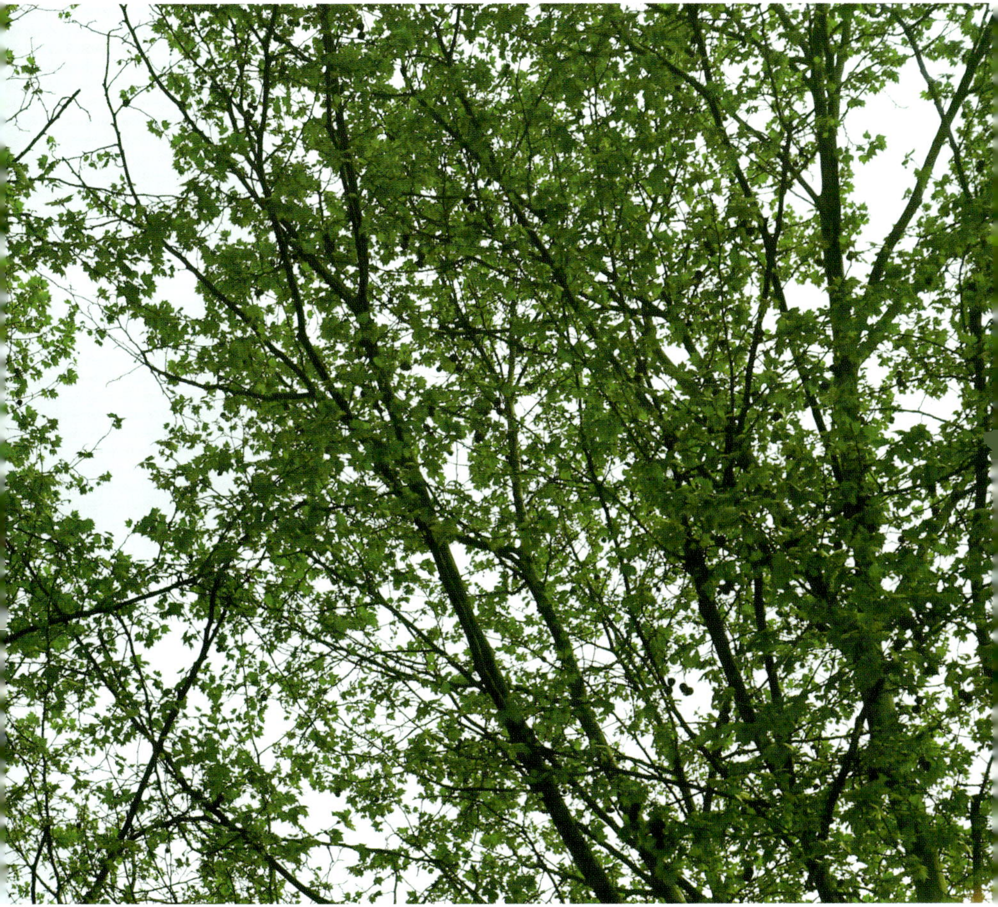

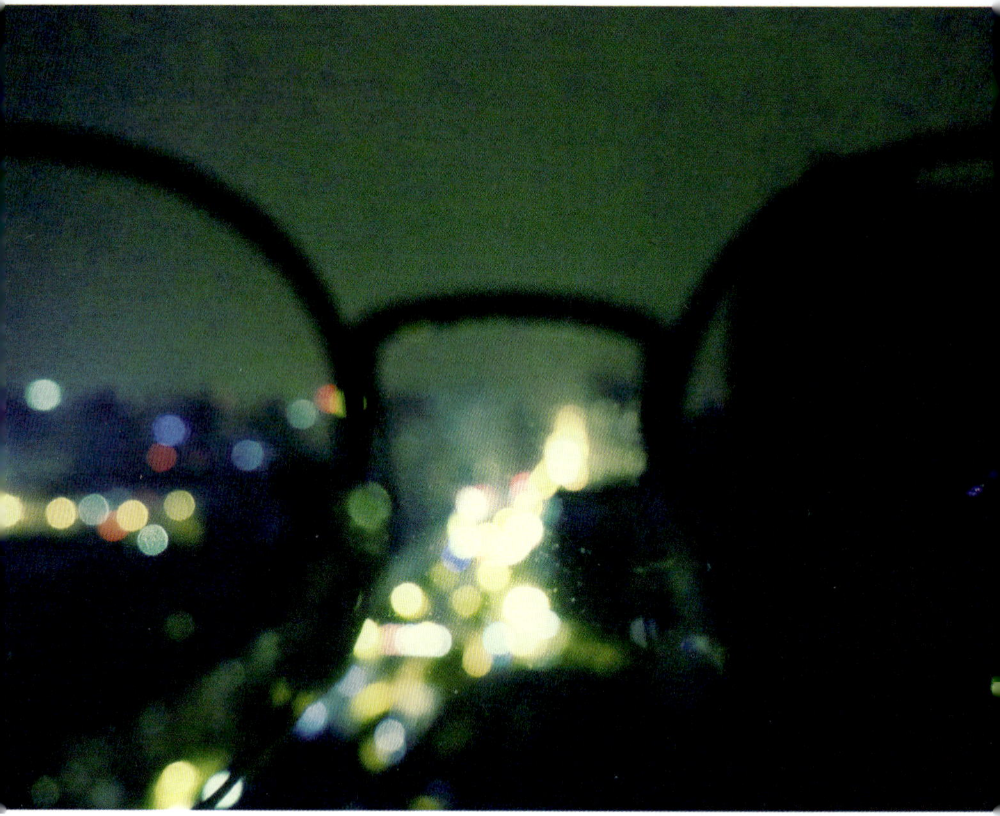

商人（一）

2017/04/09 杭州

商人来到了这个城市，已经许多天，还没做成一笔生意，没别的原因，就是因为他没有东西可以卖。一直以来，没有他卖不出去的，但这次他却回到了原点。

许多年以前，他得到一副眼镜，眼镜框内没有镜片，戴上眼镜后却可以看见每件事物的价值，可是这价值并不是数字，而是由文字和图画来表示。曾经他以为这价值可以由文字的多少与图画的精致来衡量，结果当他发现价值是由这些图文背后的意义来决定之后，他利用这副眼镜，得到了所有他渴望拥有的事物：一支永不熄灭的蜡烛，一瓶由离别情人的眼泪酿成的酒，和一只在午夜啼叫的母鸡。同时，也让他有能力找到任何对象的特别之处，需要的人听了他的叙述后就会想拥有。

他的买卖多样，但从来不会重复。他卖过新疆春蚕丝做成的棉被，也卖过海沟里因火山喷发上岸透着紫光的陨石。他卖过马车经过碎石的哒哒声，也卖过夏天盛开的透明玫瑰。

每个一般人会忽略或是无法第一眼就爱上的物品，对他来说都可能是宝。只要他戴上了眼镜，那事物就会显现出隐藏的图文。但他一直都不知道，能真正评断出价值的，其实是他自己。

就在他来到这城市前，他将那副眼镜遗落在旅社。途中他发现了，但回头寻找那眼镜，却已被旅社主人配上了镜片，戴在脸上。他知道这眼镜就算要回来也没用，配上了镜片，再拔下来，看见事物隐藏意义的能力也同时消失。而那旅社主人以为自己现在已经看得清楚了，但是商人知道他其实看不清任何的东西。

在这城市的每一晚，商人都睡不着，并不是因为那每到午夜就啼叫的母鸡，事实上，只有商人听得见它的声音，而在商人的耳里，它的啼叫是一首首美妙的乐曲。他的失眠，其实是挂念着眼镜，或是说，对他失去的能力惋惜不已。

每晚，商人在烛光下喝着酒。孤独的他，想着这一路来的追求，似乎被这眼镜的力量带着他不停地往前，现在遗失了眼镜，他却没有了目标，也看不清所有事物的价值。他泪流不止，眼泪滴满了他已喝尽的整瓶酒，让他隔夜又有酒喝，但酒水却多了不安与恐惧的味道。

一直到清晨，鸡还是不停地啼唱着，就算它唱的旋律轻盈、愉悦，在商人的耳里还是像一首接着一首悲伤的咏叹曲。他不停地流泪，在城市的边缘睡去。天空刚亮，但商人的黑夜才要开始。

城市的声音

2017/04/15 合肥

本该是昨日午后降落的班机,因为不可知的意料之外,飞机一直延迟至傍晚才抵达合肥。下降时陆地上的薄雾像是一层纱紧贴在窗外,远方与飞机高度相同的金光染了这层纱,让这窗景色有如仙境,隐约透出的农舍与田亩,在这纱后宁静地往视线右方消失,但视线内的幻象却与耳中的听觉大异其趣。持续不断的隆隆声并非最煞风景的,突如其来的机内广播,才是有如烙铁烫手般的惊吓而且无奈。

自从感知到了这视听的差异,这感觉就像是清晨广播听见的、脑中挥之不去的旋律,不停地重复。奈何广播出现的是一首最爱的歌曲,不停地在脑中重复,也会毁了原本自我设定最好的一天。直到深夜睡去,夜晚才能将这一切染黑、重组、漂白后再把全新的大脑归还给我们。

以为今天一觉醒来就可以摆脱这视觉与听觉相异的感知，但本该宁静的客房空间却早早出现了早晨该有的车水马龙，起身拉开窗帘，才让我的视觉与听觉重新对焦。时间是清晨七点，本以为繁忙的交通与瀑布般的喇叭声是周间的常态，但确认后竟发现这城市的忙碌是一周七日不停歇的。

为了避免这样的认知差异影响我，我戴上耳机，但没有播放任何一首歌。本以为耳机可以有如浴缸的塞子一般，将外在的声音阻隔得一滴不漏，非但没有，反而弄巧成拙，听觉对已降低分贝的音量更敏锐：公交车的煞车声，小客车的呼啸声，机车油门松紧的排气声，路边妇人推车里小孩的哭声，交警的口哨声和饭店栅门开启的机械声。但是再仔细地听，可以听见春天的声音、阳光的声音、绿草的声音、杨柳的声音、梧桐的声音，还有等待的声音与未来的声音。

带着这一直挥之不去的感知到了演唱会，终于眼耳同步。台上的光影呼应了耳中起伏的声波，一阵阵的，令人发晕，使人着迷、梦着、醉着、旋转着。回了房，旋律依旧持续着，喔喔喔。

嘘，该让黑夜来收拾这一切了。

不朽

2017/04/22 郑州

今天郑州的天气意外地好，应该是这次巡回自开张以来最好的一次。没有云的蓝天照理说阳光应该会炙人，光线虽令人睁不开眼，但凉风徐徐，光洒落在身上像是温柔的拥抱，离开了她，会令人感到初春的凉意。

起了个大早，拜访当地著名的博物院。本是锁定一件以失蜡法灌铸而成的巨型青铜器"云纹禁"，未料主馆整修，只有部分馆藏另辟新室展出，尺寸庞大的禁跟其他为数众多的古文物只得暂时待在观展结束后购买的文本中诉说它千年前的故事。但浓缩后的展品数量倒也适合我这容易认真的个性，否则如此短暂的停留，未来恐怕想起来就满是遗憾。

虽未见着设定目标的铜器，但以时间为轴线的展示逻辑正巧解答了心中的一些疑惑：从旧石器日常器物朴实的外表，到青铜器细腻精致取材于自然的纹饰，接近唐宋和近代时更重视美术与文字历史的传承……人类文化从无到有，并非瞬间形成，不停累积、淬炼、偶尔地叛逆，才会有现今多样且丰富的呈现，无所谓好坏，每一个存在都是时间轴上闪耀着不同色光的亮点。

器物静静地在展台上，未说一句话就已讲述了大半的故事。壶、鼎、钵、戈、镜、俑、砖、像、简、碑、饰，以现今的观点看来，千年前的许多实用设计至今还未退流行，改变的可能只是外表与制程，原始的功能上还是被现代的我们不停地使用着。

而众多的展品中，有件物品令我伫立许久：二十多个大小不一的编钟，悬挂在以今日工艺制成的木作架子上。视觉上的不协调引导我再次端详钟的本体，好忽视木作的存在。但不同于其他展品可各自独立的性格，钟还是得以较广的视野才得以感受其功能，但后退了几步后，竟发现脑中可想象的只有其可能发出的声响，并非这些大小不一的钟所能演奏出的曲调。佚失的乐谱，没有人可以重现，宫商角徵羽，再怎么组合排列也无法演奏千年前的那首曲调。

离开了博物院，心中有些叹息，感叹人类历史的脆弱，以文本、以图画、以音乐所构筑的过去是那样容易地被丢弃、烧毁，或遗忘。作为一个音乐创作人的我，在未来又会有什么可以留下？但回头想想又有些释怀了，我不过是时间轴上的一点，现在做的早已经产生了蝴蝶效应，何苦求那带不走的永垂不朽？

蝶 翼

2017/04/29 大连

  身边突然出现许多关于你的新闻，像是暴风掀开铁皮屋顶般暴力且无礼，从这些支离破碎的残骸中，有多少是原本的你，又有多少能拼凑得出真相？我用一种捡拾蝶翼般的心情缓缓地收集这一切，或许到最后只是徒劳，但它确实值得人们睁眼凝视。我想你试图留下的，是一个残破不堪的真实世界，而这世界因需要费力重建，甚至墙角流出了发臭的尸水，所以人们选择了忽视，甚至远离。

  我不认识你，只能从那些枯槁残败的消息里，些微地看清楚你的面容。在那些嘘寒问暖的剪影里，我看见的是一双受了伤的眼，躲避着任何有意识的血肉，仿佛那些看似无害的生命体终将变身成恶魔，吞噬你的善良、你的阴影、你的欲望、你的一切。我凝视着那悲伤的双眼，天真地以为自己有力量可以改变什么，但却是被无止境的寒意反扑，就算天空烈阳高挂，我却是瑟缩在一角，不单是那寒气令人锥心，更因为自己的无能而愧疚。

许多人惋惜这样的结局，试图将一切真相还原，我不知道这是不是你所希望的，但我确实知道，你曾希望这世界更好，而你使用的方式是告诉大家真相。你或许成了烈士，但没有人应该天生是烈士，这世界更不该让任何一个人成为烈士。

擦擦眼泪，得阅读你所留下的，就算是那样的残忍，那样的不堪，那样的折磨，像是寄生般即将啃噬着我，我也期待能得到你想传达的一丝丝感觉。就算最终我无法与你同感，我也期待未来不要再有另一个你所创造的悲剧角色。

过 客

2017/05/01 济南

从大连起飞的班机,在二〇一七年四月最后一天的午后降落在一个印象不太鲜明的城市。当飞机再次进入对流层时,机长广播着即将降落的讯息。随后,开启窗板的声音像是林中群鸟飞起般地充满整个机舱。坐在前座的主唱侧过身,额头紧靠着无法伸出头手的窗。我无法看见他的视线朝向何方,但他专注的时间像是永恒般,吸引着我也朝窗外看去,但机外的浓雾遮掩了一切我可以描绘这城市的轮廓,偶尔瞥见与许多地方相似的荒原与田野,也难在脑中形成具象的城市档案存放,提供回忆使用。

开始感觉像个过客,匆匆来去,没带走什么也没留下什么。在家乡的友人这周末连假大半都跑到台湾的东海岸去参加铁人赛,看到网络上每个人完赛后的笑容令我感到孤单。他们在这段时间中离开家，远行，接着承受着肉体上超过三小时到八小时的折磨。而在远方的我，在一段又一段的激情间，像真空般的存在。

想深入地认识这些经过的城市，但总是被无力改变的行程给切割了能生活在那些城市的可能性，就算是一个完整的昼夜，对我也会有如珍宝般地难得。在今晚，那些来到演唱会现场每个人的家乡长得怎么样，巷口最爱吃的小店是哪一间，初恋的那个女生的教室，还有第一次牵她手的那条街，是我想看到，也想要走上一回的。

今早起来，本想大费周章地到趵突泉走一圈，来自台北的要事还没处理完就已经午后，再过一刻钟就要开始准备今晚的演出，最后只好在饭店外晃一圈，试着呼吸这城市的气味。出了饭店超过我身长许多倍的大门，气温宜人，柳絮纷纷，紧邻饭店八线道的路上没有太多的车，而对面就是今天晚上即将演唱的场馆，新颖的设计和四周高耸的方正大楼呼应着。

其实心里很不希望记忆中的济南，被这样可复制的景象给取代。正当搜寻着属于这城市的特殊表情时，迎面走来两位今晚将参加演唱会的朋友——会这样说，是从她们经过我身旁之后的兴奋程度得知的。已走远的我还听得到她们讨论着我是否就是今晚要上台的那一位,其实当时忘了跟她们说,今晚当你看到这篇文章后,可否告诉我你家乡的样子?告诉我你初吻的那条街、那间你最爱去的店,或是那一个心碎公园的故事?

立夏如秋

2017/05/06 太原

难得会有几段旅程能让人跌进深深的回忆里，它珍稀如天使的眼泪，因为那回忆超越了时间，有如基因般构成了我们所认知的一切事物，串联了童年与青春，每走一步都是人生的曾经，每次的呼吸都是过往的叹息。

前往太原的旅途中，短暂停了一站香港的登机大厅。这大厅，是回忆的树洞，一步踉跄跌入，回到从前转机等待的时光。自从直航的班机增加，这大厅就像被遗忘的公园，直到某一天再回到这，才发现有多少的点滴在此流逝，宽胖了的身体再也挤不进当时攀爬的游乐器材，兴起登上了滑梯也因旁人的侧目而作罢。

这机场拥有近百个登机门，曾有一段时间，收集着每次航程的轨迹，直到某日再也想不起来抽屉里成堆碎片代表的意义和在那登

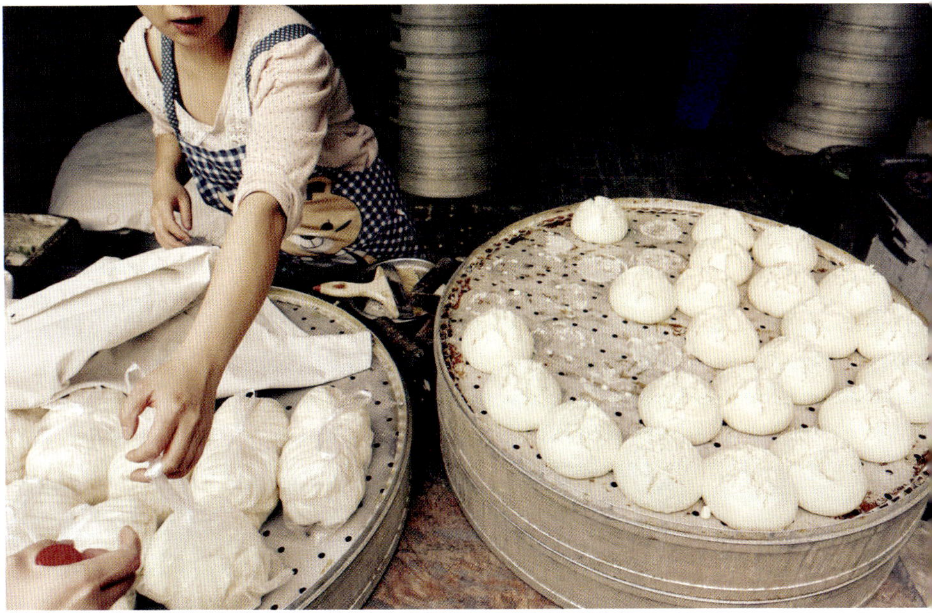

机门前的心情，索性将它们丢失遗忘，以另一种方式呵护着接下来的旅程。

搭着另一架班机离开了这巨型的机场，飞行的途中一直试图在脑中描绘太原的样子，曾回想过去的行程中是否存在着任何一小块这城市的斑斓，但健忘如我，空白一片，谨慎地告诉自己这次别再忘了。

落地，走出舱门，本应是贴满卖楼与投资广告的航厦，在武宿的墙面上却精刻了这城市过往的历史与名人，许多人熟悉得似乎时时听得见他的名，有白居易、关羽、武则天、狄仁杰等。感觉这地方似乎没有比被她孕育的人名气来得大，但这熟悉感却带我回到了学生时期，我想我得好好地认识这里。

当时已傍晚，立夏后的太原吹的是有如台北晚秋的凉风，干爽怡人，适合离开房间走走。询问司机大哥当地的特色，他详细地描画了"剔尖"这种类似刀削面的面食，让我产生了兴趣，而饭店旁市场叫卖的声音沸腾，吸引着好奇的我。从头逛到尾，短短的一千米，顾不得晚餐计划的剔尖，手中提了半斤的麻花、两张葱花饼、两颗刚出炉的开花馒头，还有一块咸饼和一块甜饼，我贪心地想要把这城市中的一切变成我可以消化的东西给吃下肚。

手拎着这些温热的面食，找了间小店点了碗七块钱的剔尖，顺手从橱柜里拿了瓶与邻桌相同的汾酒，听着他们聊着白天的遭遇，口音铿锵有力，豪情地一杯接着一杯。我嘴里的剔尖味道层次分明，还多了些只有在当地才吃得到的民情风味。

离开这小店前，眼尖的老板娘问我打哪来，剔尖好吃吗？我给了她衷心的回答。接着她问我是来工作还是来旅游时，我迟疑了一下，答说："来旅游，跟公司一起来的。"

接下来的旅程，也是跟公司一起的。

老狗

2017/05/10 香港

喜欢在家中吃早餐，除了享受一顿简单的餐点外，还能拥有一段平凡且宁静的时光，佐着温热咖啡的是汤匙在麦片空碗中敲击的清脆声响、桂花树上弯嘴画眉的歌唱、远方邻居几只幼犬的叫声和每十五分钟出现的六七九路公交车的煞车声。

落地窗外一只十多岁的老狗，最近这几年，总是趴在固定的位置，同样的姿势摆着它每日少许活动间的悠闲。十年前的它可不是这样地稳如泰山，在那时，十九楼的窄小公寓相对于这样的一只大型动物来说是个折磨；而十年后这样一个有天空的院子虽然适合这样的物种，但十九楼的那只年轻拉布拉多却无法在这翻滚奔跑。

泥土、花草、虫鸟、阳光，曾幻想着这样的场景，它翻土，穿梭草木间追逐着打扰它睡眠的蜂，但现在在眼前的它，只会微微睁

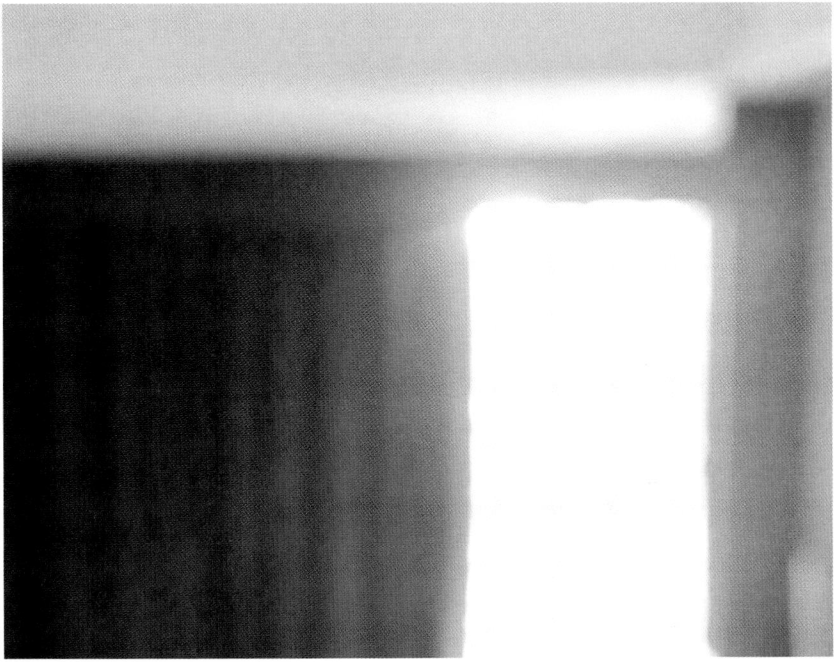

开它惺忪的眼，然后再甩头睡去。

偶尔，想要刺激它生物本能的动力，大声地呼喊它的名字，然后丢出一块它最爱的苹果果肉。原本期待它的迅速飞奔，却只见它缓步如龟行。十几年的岁月并未为它带来任何智能，只有这个逐渐凋零的四足躯体。

前两天早晨，想到了它，并不是心头突然涌出的思念，而是一个令人发寒的原因，来自自己的遭遇，来自眼前书本上的字变得模糊了的新发现。自己并非近视一族，学校保健室里那个朝四个方向任意摆放、大大小小的英文字母E，我一直到高中毕业前都可以看见最下面的那一排，因此，前几天那一瞬间的惊讶才来得那么早而且手足无措。

跟周围的人聊起这件事，发现只要相近年纪的无人幸免，腰酸背痛，眼花目茫，只是程度有别。有位年纪稍长的友人分享了他的心得，说他一生洒脱，以为这辈子看透了人情冷暖、起落沉浮，却觉得最大的遗憾是未能提早给自己的身体施加些压力，来应付现在行走时膝盖下隐隐的刺痛和任何坐姿都无法缓解的酸麻。

家中逐渐失去活力的老狗已出现征兆，人类将近八倍的寿命并不是永恒，而连续不断的人生中并不能一直维持心理与生理的高峰。时间不可逆的痕迹，现在造成的是我逐渐模糊的视力，还未产生酸痛的身躯最后也会衰老，只是等待时间何时收回他的慈悲。我们都无法治愈那一直在流逝的，只能期待当它发生的时候自己能维持现在的精神去对抗它。现在能做的也只是再给自己的身体多一些压力，跑得再快一些，跳得再高一些，让破损后的修复，重建一个可以维持再久一点的身体。

旅人（二） 2017/05/11 香港

惊醒他的，是那仿若真实的梦，而不是昨夜那场似乎要将大地淹没了的暴雨。雨来得很急，有如碎石般大小的雨滴打在树叶上、泥地中，像是无数的鞭炮同时爆炸，躲避不及的生物满身的烟硝，狼狈地瑟缩在它们自以为安全的短暂庇护下。

从来没有绝对安全的地方，骤雨形成了土石流，从山上下来，声音轰隆隆的盖不过接连的爆炸声，瞬间带走了许多生命。

如果旅人知道在他醒来之前发生过如此不仁的事，他必定会气自己为何是躺在这颗巨石上，而非土石流淹没的林道里。在天地崩毁的那段时间，旅人沉睡在一场梦里，梦见的是他离开许久的回忆之城，但梦境开始的起点，并不是回忆，而是在他选择离开的时间缺口上，连接上了一个全新的，并且让他以为自己从未离开过，也从未如此伤痛过的人生。在梦里的他，过着平静的生活，是他从未向他人提起的。他害怕只要他一说出口，那梦里的世界就会像随着他说出口的话消失在空气中。

那世界其实不那么特别，甚至平凡到在形容它的时候找不到能吸引人的字眼，像是耀眼、灿烂、热情等正面的字绝不会跟这世界相关，而平静、无趣甚至灰暗这样极端的形容竟也无法成为它的特色，该怎么说呢？就是一个遗忘了也不觉得可惜的世界，但这世界对他来说却是如此重要，重要到他只有结束一切，才有办法将这世界在他的记忆里消灭。

他没有勇气这么做，因为这样的梦时常发生，就算是如此痛苦，但只要他想起这些幻境、梦境，他宁可让自己有如在地狱般地活着。

之所以会这么做，是牵挂、是连结、是归属感。但是，他从未想过那其实就是家，或是说，从他伤透了心的那个瞬间开始，这个字就消失了，从他认知里抹去了这个字，有如那场土石流，带走了一切，但是最后却留下了他。

在那梦里，有他、有你、有我，有人旁观，也有人参与，一切运转像是永不停止的沙漏，是时间在流逝，却也是永恒。他随着那世界运行着，也从未发觉这是场梦，但瞬间他惊醒，全身湿透，发抖着喘气，张大双眼想着醒来的原因，但每次都一样，他永远想不起来是什么让他回到这个残破的现实，只知道那梦里的他突然有了欲望，一种吞噬了他善良的欲望。

后记

生命中总会遇见一些人期待着到处旅行，看世界、看人生、看平凡、看不凡，但无论去了多远，走了多久，他们都会想回家。四月在杭州时我开始在想，是否会有一种漂泊的个性，旅行就是他的人生？如果有，他为何漂泊？我自问自答地写下了旅人。后来在香港，从窗外看下去都是远离家乡的人，有的自愿、有的不甘愿，但我想，我的旅人之所以漂泊，是因为在他的心底还有个归宿啊。

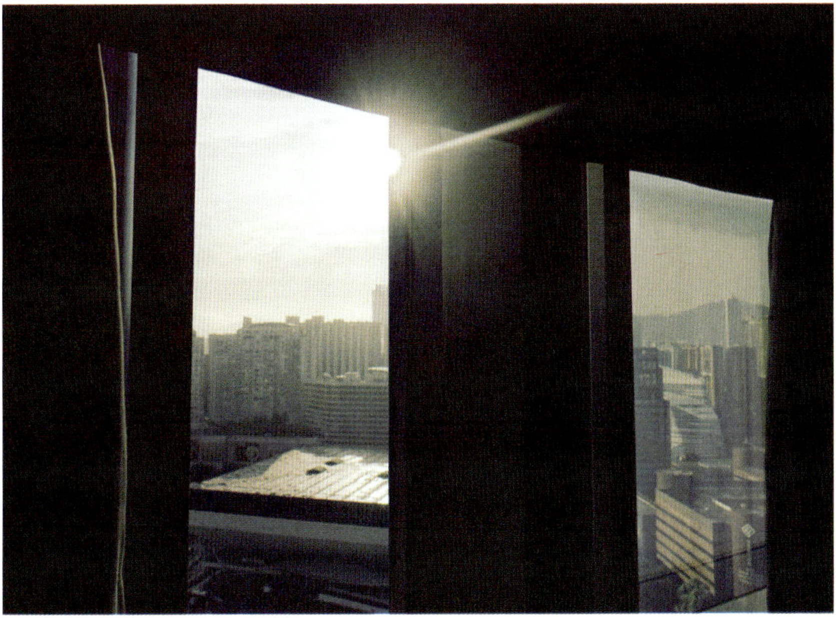

海洋之旅

2017/05/13 香港

每个人都有一个名字,通常不是自己决定,呱呱落地前后,这会是父母长辈们费心的要事之一,因为他们相信这两三个字的排列组合非但关系了这新生命的运势,也影响着许多人留下记忆的那个具体的印象。

名字可以和原生家庭有关,与出生的季节、气候、地点有关,与父母的期望相连结,或是借由八字五行计算出一串符合命盘的文字后再组合出那个命定的名。

没有问过我父母自己的名字如何而来,想必和父亲长期在大海上的工作有关。如果他们当时取名时有排八字命盘,算出我命中会与水为伍的话,那取名的老师应该能在他验证正确的名簿上记上我的名字。

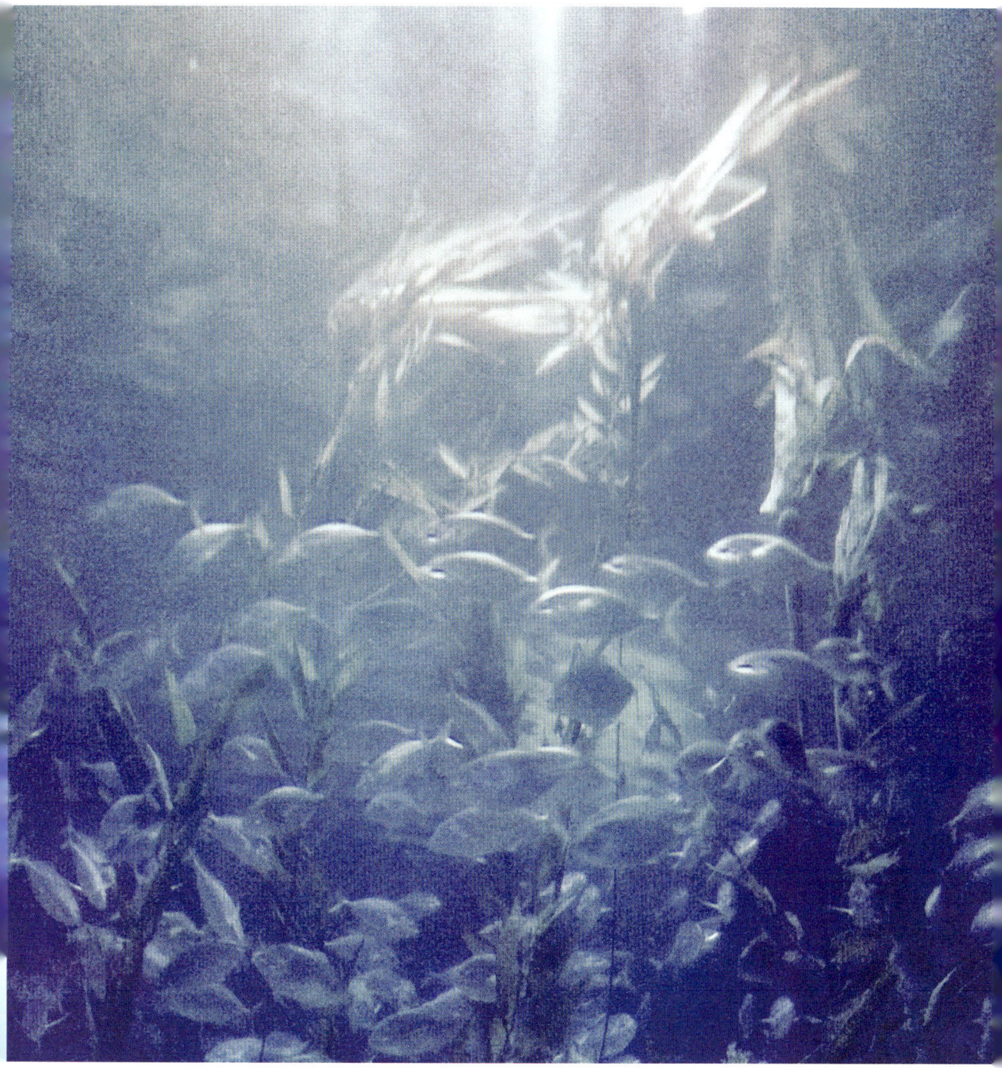

我喜欢水，更爱大海，一直都有扬帆航行的愿望，目的并非体验生活或是冒险犯难，而是强烈地喜爱水的物性，那无形却有力量，唯有顺从它，否则费尽力气，最后还是停滞在原地。感触，来自于过去在水中曾费力前行的游泳技巧，近日经过专业指导后才获得如此顿悟。

在水中，我总是平静无虑，可以清楚地感受每道水流在我身上划过，像是羽毛般轻柔地扫过皮层，渐渐地剥除我人形的躯壳。持续在水中前进的，是只似人的鱼。我常如此幻想着，也常看着水中的悠游的鱼出神入定，将自己的肌肉与水中的生物连结，沉浮潜行着。

昨日站在海洋公园巨型透明水箱外，盯着箱内的生物许久，仿佛自己正在池内游着，池外的动静皆与我无关。馆外的烈日被馆内的墨黑消灭，只剩水里银白线条穿梭闪耀，水面的粼粼波光在水底成了点点星光。

公园内设施完善，满足了幼子欢乐与我幻想自己是只鱼的需求。园内海洋生物的演出，点到为止，感觉不到过度训练，虽不如其他同类型机构来得精彩生动，但呼应了每个展馆最后对海洋的尊重与保育的要求，富含教育与娱乐的平衡，我不由得对这座拥有四十年历史的公园由衷敬佩。

结束陆地上的海洋之旅，两子也对那些脆弱的生命心生怜悯，这假期得来不易，却也不虚此行。感谢我的父母让我的名字与大海有关，它影响着我的人生，看见了悠游在这里发生，很难不爱上这无重力的世界，如果真能在那世界活着，我会希望不要让贪婪和欲望吞噬了我。

使用说明书

2017/05/14 香港

那时，舞台上短暂地空了，像是无人操作的自动化工厂，维持着同样的生产效率，保证下个交货期能如期出货。我在台下等待着再次上台，即将转换成无法重复、不能回头的演出。常有惊喜，来自台上也来自台下，得开启五感，稍纵即逝的意外时常发生。明日的点滴回味是种惩罚，嘲笑那些将这一切视为理所当然的人。

我左手扶着右舞台边楼梯的扶手，右脚已踏上第一阶的阶梯，像是上了膛的子弹，随时可以发射。五感敏锐得似乎感觉到场馆外的士里乘客的喜怒哀乐，自然能察觉到身后经过的三位亲人，刚从赤鱲角降落，风尘仆仆的，还嗅得到家的味道。回了头，是枕边人熟悉的微笑，和两个顽皮男童的热情挥手，激动了原本平静无波的心，一时间竟忘了上台。是同事拍了我的肩示意，才将我从充满

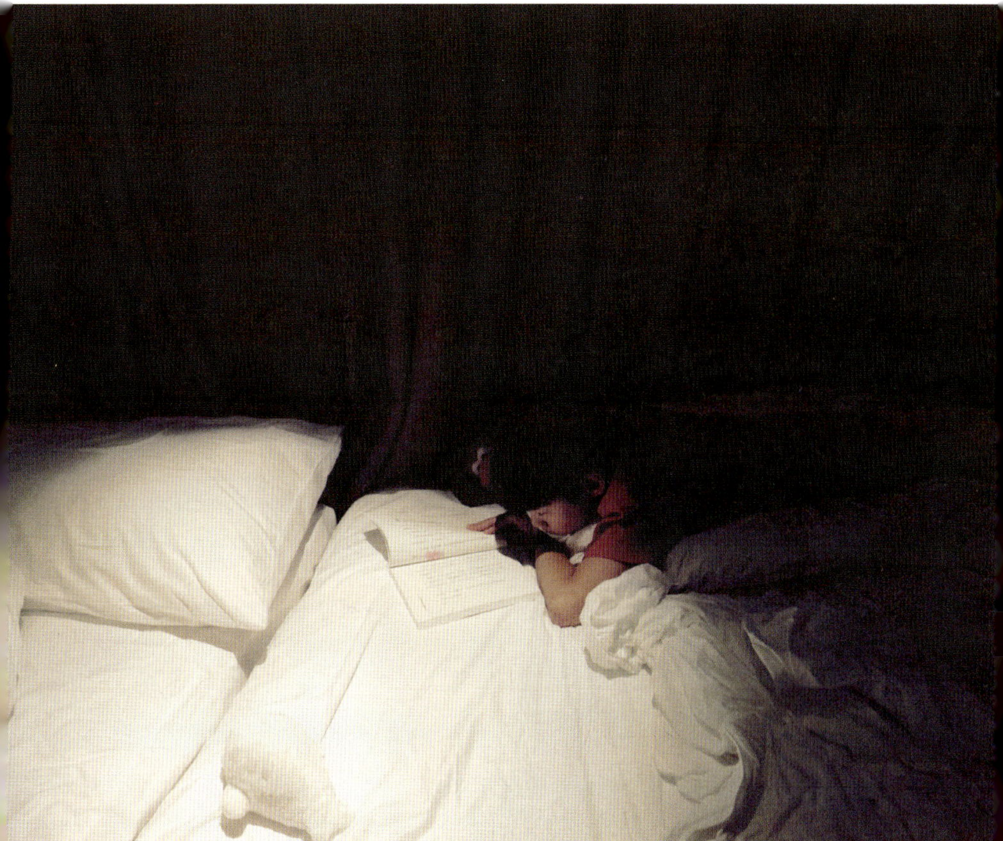

笑声和温馨的场景中给拉了回来。

接近午夜,在连绵的掌声中下了台,久违了的拥抱让人几乎落泪,是一日不见?三日不见?算算时间,竟已超过一周,简讯无法浓缩思念,视讯也无法让人身历其境,唯有此时的重逢才是如此真实,无比珍贵。

隔日的休息日利用整天的时光填满那个叫作家的时空,疲累的大人心里满是温暖的回忆,甚至回望了多年前的小童们,端详着时光在他们身上留下的痕迹和彼此间相同与相异之处。

在他们母亲梳洗就寝前的自由时间,两人各拿了一本从家里带来的书阅读:年幼的那个识字不多,科学漫画是他的最爱;年长的最近爱上故事书,词汇较多,也适合他现在年纪较为复杂的思维。本以为他带来的是床头的那本《小王子》,凑近看到书名最后三个字是说明书,心想这孩子竟然将物品的使用说明当故事书阅读,再近点看这本书的全名竟是《妈妈使用说明书》。

和他一起读了一小段,内容是小孩为了使母亲不对他发脾气、不催促他写功课和达成他心目中一位拥有和蔼笑容的母亲所设计的使用说明书。书写的虽是"使用"母亲,最后却因为研究母亲而了解了母亲的需求和好恶，小孩自己也因此改变，家里的空气不再凝重，母亲声声的催促也转化成轻柔的关怀。

人与人相互关怀与倾听本该是相处之道，但总是容易在最亲近的人试图接近的时候，关起那道门、那扇窗。

我跟今天收假的儿子借了这本书，打算照本宣科，设计一些说明书给自己。最后我问大儿子，你回去会写一本《妈妈使用说明书》吗？他说不用，妈妈很完美，但是他马上说回去要写一本《弟弟使用说明书》。说话的同时，他弟弟正将棉被裹住全身，像颗汤圆般在床上翻滚着，差点打翻床头的水杯。看来我得先来写一本《顽皮儿子使用说明书》。

似 永 恒

2017/05/16 香港

　　外头轰隆的一声,从睡梦中惊醒的我还来不及分辨刚才听见的声响从何而来,或者是来自梦境,就又被昨夜激情后微醺的疲惫给拉回了无意识的黑洞中,再次醒来竟也还记得刚才的那记闷声。努力地回想那声音的形状和来源,把隔壁房到楼板上下的可能性一一排除后,身体的肌肉也恢复了动力,拉开窗帘,阴暗的天空落下的雨滴就连闭紧窗户都能听得见每粒水珠破碎的声音,闷闷的似砂锅里头的滚水,连串的劈劈啪啪解答了刚才的巨响可能来自天空中已经熄灭的闪电。

　　我喜欢这样的香港,充满了诗意,远山的云雾拥抱着岛上的高楼,像是白发耆老抱着他性格刚烈的子孙们,静静地听他诉说光年之外是怎样的一个世界,我们未来又在何方之类的故事。

我也听着这些超越时空的故事入了迷,看着这十几年来未曾改变过外表的香港景色,赞叹是怎样的一种集体意识,能让这个岛呈现如此近似永恒的光景。就算我对人类是否能够永恒没有太大的信心,但眼前的美景实在无法使人停止幻想。

雨不停地下着,似乎没有外头的维多利亚港吞吐这大量的水,这岛就要被淹没了般。趁着天雨分了心,我赶紧出门,友人早已在餐厅门口等候,不知道是第几根烟了,我急忙地伸手紧握寒暄几句化解我迟到的尴尬。

在一棵长成盆栽外形的提拉米苏送上来的时候,他聊到他即将到上海开店,贩卖有历史的经典小物与用品。听他聊着这些人类过往轨迹,借由这些看得到、摸得到的事物流传着,我也开始向往自己能拥有几件,目的并非收藏,而是借这些经典时刻提醒自己走过必留痕迹。

来去餐厅的雨中冒险游戏没有持续很久,只是从二十六路公交车换了红白相间的的士,下次与他再会,或许就是他在上海的店铺了吧?的士经过的街道之前也曾步行过,竟有许多商店已换上了不同的招牌,原来香港像一台古董电视机,外壳功能未变,内容时时更新。应该有些一直没换过演员的戏码，得花些功夫去找找了。

雨终于在傍晚的时候停了，但时已薄暮，要再见阳光已不可能。房间电视新闻传来 MP3 即将走入历史的消息。我对科技汰换速率的心情有如窗外的乌云笼罩着，只因前一刻还在翻阅着友人的黑胶收藏，这一秒就有一个现代科技被埋入土中。不胜唏嘘，歌词里的生活经验，一个接着一个地消失，有什么能超越时间，以近似永恒的方式存在?

商人（二）

2017/05/17 香港

不知是第几回了，他躺在床上不停地转过身来，确认桌上那支蜡烛是否还在燃烧，就像他常常憋气到无法呼吸来确认自己是否还活着那样，那永不熄灭的蜡烛仿佛成了他生命般重要，看着烛光就能确认他还存在于这世界。

母鸡的歌声在阳光射进这房间的瞬间停止了，商人感觉孤单，像是身体里被掏空。他悲伤但眼泪早已流干，因为他发现这一生只是不停地交易：物品的交易、服务的交易、金钱与物品的交易、金钱与一切的交易。而现在他所拥有的，是一个失去交易能力的皮囊和三件没有人要的累赘。

悲伤转换成愤怒，他在房里不停地大吼，吼得内脏都要呕出来那样地用力，他吼得是那么令人恐惧，像是来自地狱的声音，以至于到他完全发不出任何声音前都没有一个人敢来阻止他。

就算发不出声音，他还是张大着嘴，持续地吼着。停止这荒谬的是来自远方街上的铃声溜进了这扇窗。这声音本来只在他记忆的深处，他从未发现，也未深掘，只有当他如此脆弱到毫无防备之时，这声音才能让他分了心。

他曾经听过这声音，因为这铃声总是出现在他经过的每个市集，只是那时他的心思全聚集在他所拥有的，和别人希望拥有的这件事上，这细弱的铃声是无法穿过人群的叫卖声吸引到他的。

他打开窗，但这铃声早已不知转进哪个小巷。他离开了房间，刺眼的阳光令他一时分不清方向。街上混乱嘈杂，他怒意未消，张大着嘴，但众人还是持续着他们的混乱，没有人注意他，他甚至还被一个推着整车南瓜的冒失鬼给撞倒在地。

顾不了身上的泥泞和疼痛，他只希望找到那串铃声，似乎这铃声藏着一个属于他的秘密，他不希望别人发现，只有他自己能够开启这秘密。一阵风吹来，带来了铃声，也带来了一阵沁凉的香味，是森林，也像是原野，分不出是哪种植物。当他循着这味道的轨迹寻找，发现铃声也越来越近。当他伸出手停止这铃声的时候，他手握着的是一件靛蓝布衫下的手环，布衫下露出的手和去年冬天他离开家时的雪一样白，而布衫裹着这双手之外的一切，只留出和布一样颜色的双眼。他确信，他的未来就藏在这靛蓝的双眼之中。

后记

  杭州的邂逅，商人出现，可能是当年的胡光墉与杭州的连结一直萦绕在心头，也或许是从商友人挫折的倾诉，开始了对这种人们本质欲望的猜想。但这样的经历实在缺乏，以至于续篇迟迟无法完成，一直停留在维多利亚的靛蓝之中。

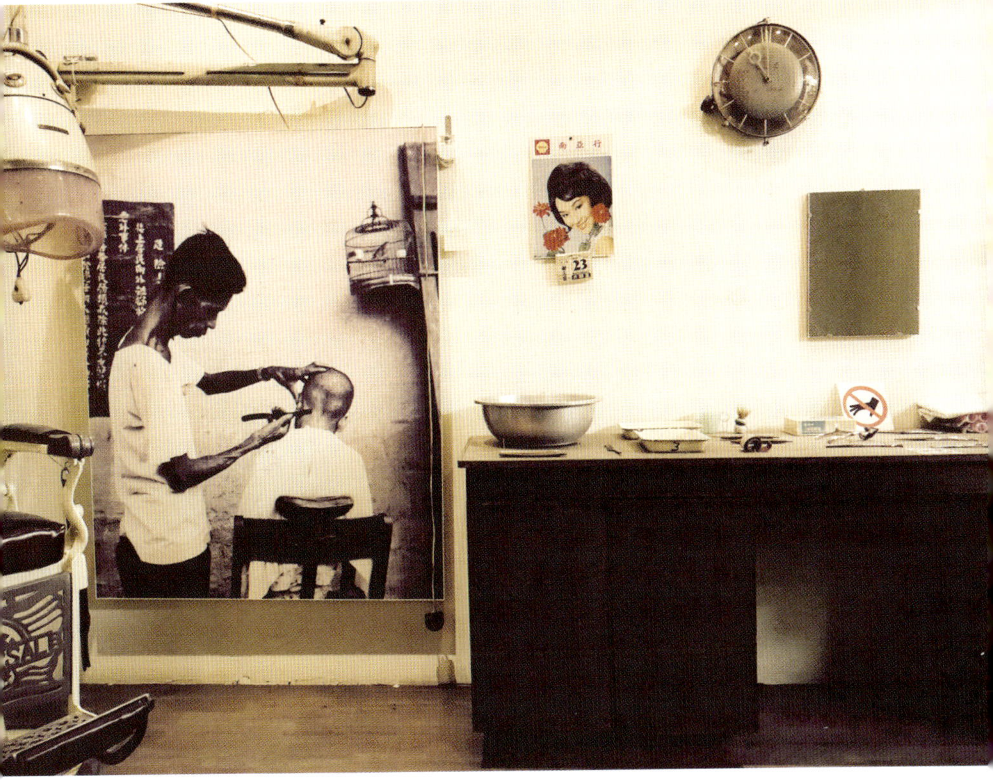
南亞行
23

何记理发店 | 剪刀   2017/05/19 香港

刘凤把广生心爱的剪刀和牛骨梳子放进了原本装她所有嫁妆的四十年老皮箱里，经过这么多年，这皮箱还是维持着刘凤当年出嫁的样貌，没有一点使用的痕迹，只有她和广生从石硖尾的家搬到这理发店楼上时，当天大雨滂沱在皮箱上留下的水渍。

广生的这间店是荔枝角手艺最好的理发店，除了广生，店里的所有师傅都是地道的上海人。广生虽然不是上海来的，但他的手艺是其他三位师傅都由衷佩服的。虽然这间理发店是他们四人合伙，但大小事都是广生决定，就连店的名字也是用广生的姓来取的。

大概在十五年前，广生就想把这间理发店给收了，那时 SARS 风暴席卷全港，街上没有一个人，整整一个月没开门，再度营业的时候，客人少了一半。

三位师傅其中一人得了SARS，苦撑了三个礼拜，其间广生和其他两位师傅无法与他见面，连最后一面也是隔着玻璃看了几眼后就送火化。

广生将他留下的剪刀和其他理发器具寄到他的前妻和儿子的地址，算算年纪他儿子也已经二十好几。每年，广生都会帮他把一整年的积蓄汇到英国当作他儿子的学费，十几年来，却从未见过他前妻或儿子有任何的回信。广生寄出那包裹的第三个月，他收到一封来自英国的信，和那拆封后的剪刀重新包好一起寄回。

信的内容广生没有跟任何人说，也没有跟刘凤提起。信里大概是这样写的："何大哥，我与他的缘分早断了，儿子也从未知道有这个父亲……多年前我就告诉他不必因为惭愧，对我们如此付出……这些东西我们不需要。他的离去我很遗憾，但我无法悲伤。"

收到信的那天晚上，店里的师傅都已回家，广生一个人待在店里。刘凤在楼上踩着衣车（缝纫机）一直到午夜，广生都未上楼，她下楼看见理发店的铁门拉上，里头却还亮着灯。

深夜，荔枝角的路上没有车也没有行人，所以刘凤听见的悲鸣才会那样清楚而令人心碎。

何记理发店 ｜ 母亲

2017/05/20 香港

广生整夜没回家,刘凤在床边的藤椅上等着睡着,脸上留下了椅背上的格子印花,心里也留着昨夜的不舍。虽然已经到了路人不会特别留意的年纪,她还是不好意思马上出门替广生去巷口的茶楼买他最爱的瘦肉粥和烧卖,只好先将昨夜衣车上的那件袍子收尾,才抹上了胭脂出门。

广生早已将店打扫干净。刘凤走进理发店时,广生正将最后一张理发椅转正,面对镜子。刘凤将粥和烧卖放在镜子前正要开口时,广生先说了:"我想把店收了。"正巧另外两位师傅在门口听见了,急忙地劝他要为他自己和凤姐想,但刘凤知道这两个师傅其实从开店到现在都是为了他们自己,而真正会为广生和刘凤着想的,前些日子已入了土,也因为这样广生才会这么难过。

刘凤没有多说什么，从结婚到现在，一切事情都是广生打点的。刘凤唯一做过的决定，就是他们唯一的女儿上吊自杀后，坚决地要搬离石硖尾的徙置大厦。

刘凤的童年、青春、婚姻、生子，都在石硖尾，她清楚地记得是她五岁那年冬天的大火后，他们才从简陋的木造房换到了现在的徙厦。

一九四九年，刘凤刚满周岁，在襁褓中的她随着一股洪流像浮萍般地漂流到了石硖尾。那时他们家的木板房只有一个房间，是客厅、饭厅，也是全家人的卧室。刘凤的游乐场就是家门口。

整个山坡上的人都互相认识，每个人都喜欢这个可爱的女娃，尤其是隔壁从罗湖来的阿姨，总是抱着刘凤叫她作娘。好几个夜晚，刘凤睡前清楚地听见木板旁的叔姨音调时高时低的恩怨情仇，只是当时的她觉得奇怪，为何母亲总是在他们开心嬉笑时带小刘凤到山沟前看星星月亮，而当他们争吵时却让她待在床上，然后催促她赶快睡觉。

刘凤无虑地渐渐长大，她父亲眉心的那几道沟却越来越深，是刘凤未曾见面的奶奶让她父亲无法开怀，白天打零工的父亲晚上回家前就已经醉了。母亲总是害怕与当时的父亲多说一句话，因为那时的父亲像只野兽，凶狠得要将她们吞噬。母亲都会将她抱在怀中保护她，但母亲总是不出声，只是流下了如鲜血般温度的眼泪，沾湿了刘凤的头发。

何记理发店 ｜ 大火　　　　　　　　2017/05/21 香港

　　下个礼拜五就是刘凤的六岁生日，每年一月一日前，母亲会亲手为她缝制新衣，今天黄昏前只剩领口还没完成。虽然袖子的部分是用父亲破裤修改的，前后片是隔壁阿姨原本丢弃在门口的旧衣，刘凤母亲的巧手把这件生日礼物修改成让街坊都会怀疑是不是她母亲藏了私房钱，买了件新衣给刘凤。但这件新衣还未接受到众人羡慕的眼光前，就被嫉妒天伦的大火给吞噬，和原本就颠沛流离到已经稀薄微弱的情感与回忆一起化为灰烬。

　　醉酒的父亲在床上没听见众人的呼喊声，是母亲看到大火已经接近他们这一村时，才冒着被父亲毒打的恐惧，将他摇醒。或许是父亲早已酒醒，也或许是他从未见过母亲如此惊慌，他竟然冷静地抱起刘凤牵起母亲的手后就往外逃，不发一语，安顿好她们之后，回头要返回火场救出从老家带来、奶奶给他的那件一直舍不得穿的棉袄时，大火已经将他们的木屋顶给烧穿，火舌从房子的每一个口吐出，警告着所有人别想再靠近。

过几天生日的刘凤，比同年纪的小孩懂事、聪明许多，冷静待在母亲身旁的她，眼神有着十岁小孩的超然，仿佛这场火与她无关。事实也的确如此，在刘凤的身边还没有什么东西是她所拥有的，如果真有什么是她割舍不下的，也许就只有她现在还握在手心的三颗特异的小石头，但就算真的掉在火场，刘凤也知道在母亲常带她去看星星的山沟下，还有许多她称作地上的星星的石头。

大火烧了一天一夜，哭喊声没有停过，穿插在这些撕裂人心肺的声音之间的，是趁火打劫的人被发现后，所有男丁上前愤怒的叫骂、殴打与盗贼的求饶。盗贼口中说的可惜，是大火会将他所"拯救"的财物消灭。父亲们听了更是用力地拳打脚踢，因为那些话像是在嘲笑着他们没有勇气冲入火海，所以他们将所有力气和愤怒发泄在一个只偷到了一个酒精灯和一床棉被的小偷身上。

刘凤完全没有留意身旁大人们在做的事，她只是静静地看着火光在夜空中染色，一下红、一下黄的，她从未见过这么特别的景象，

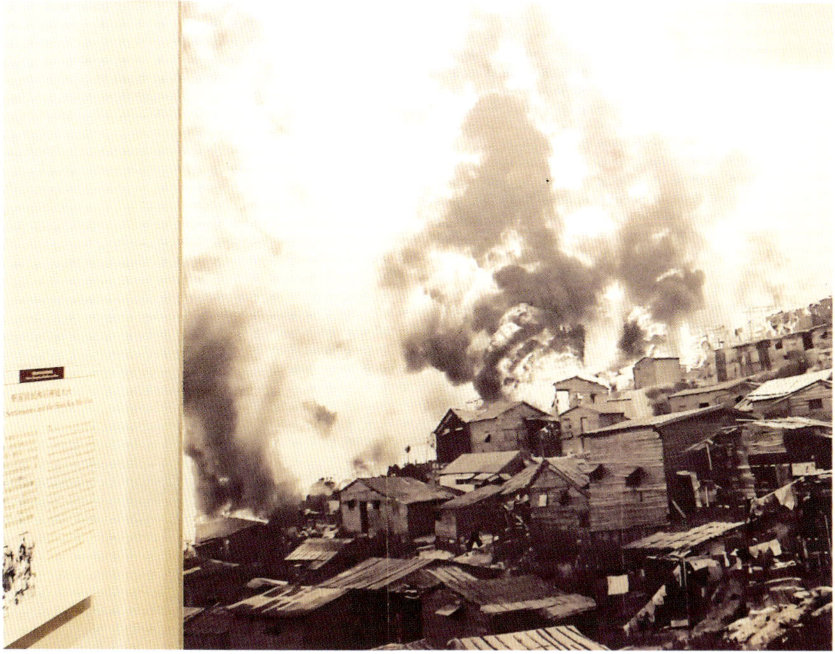

火舌有时在地面上狰狞，有时又会有一道如闪电般的磷火在空中飞舞着。她在栖身的大树下一直看着火光直到白昼，累得趴在母亲的脚上，眼睛闭上时，隐约听到有人问是否可以一起在此避难，母亲问他们从哪来的，如何称呼，另一个女人略带哽咽的声音说："姓何，从广州来的。"

何记理发店 ｜ 头发　　　　　　　　　2017/05/23 香港

　　刘凤第一眼见到广生的时候，他正在泥地上把玩着刘凤从已成废墟的家中救出的石头，她看着广生，没有马上将他的石头收回，只是静静地看着，直到广生回头发现她已醒来，问她："这是你的吗？"刘凤未发一语，牵起广生的手带他到山沟边，指着下面说："这里都是。"山沟上生活的悲苦，是大人的芒刺在背，小孩只要在这捡拾他们的天真无邪就行了。

　　几天后，大火烧光了五万人原本就残破的栖所，刘家搬到了青山道的骑楼下，遇到了同在树下避难的何家，刘凤的母亲摸摸广生妈的肚子说："怎么几天不见，好像又变大了？"

刘凤生日的那天,只有广生留在青山道的家,他的爸妈经人介绍到深水埗的非法接生婆那生下了他的弟弟港生。接连的好几个月,他们两家的父亲白天一同出去打零工,母亲们照顾着刚出生的弟弟,刘凤和广生则是常常跑到山沟里玩,或是偷偷钻进政府围起来的工地,看着他们第一个住在一起的家,"包宁平房"慢慢成形。

石硖尾徙厦落成,刘何两家缘分未断,一百二十五平方英尺的空间里,两家再次同住一个屋檐下,子女同上顶楼的天台学校,与每层住户使用共同的卫生与洗涤设施。H形的大厦中庭,是许多人难得天伦与悠闲的地方。这里有许多事物是共有和共享的,但还是有些私密的青春果实,在少男与少女的心中萌芽,只有他们才知道各自的秘密藏在何处。

刘凤和广生中学毕了业,一个得到母亲的好手艺,进工厂做了缝纫女工;一个则是在大厦楼下的理发店里做学徒,就这样补贴家计过了十多年。两家的父母正商量着如何让这对害臊的孩子明媒正娶,而刘凤当晚竟哭着求父母原谅她怀了孩子,广生也保证会照顾她们母女一辈子。

来了一个生命，也走了一个生命，广生的父亲搬运石屎（混凝土）的时候坠楼，何家还来不及喜悦，就已悲伤。没多久，广生的母亲伤心过度，精神崩溃，把广生当死去的丈夫。二十出头的港生从此性格大变，对世间再也不留任何同情与怜悯，更是憎恨刚出世的女娃。

刘凤总是担心着小叔失控，提心吊胆地养大了她唯一的女儿。女儿十五岁那年毕业前几天，学校的正课都已结束，女儿跟同学下课后就去旺角逛，晚餐前才返家。有一回，晚餐时间都已结束，本该同桌的小叔和女儿竟都未返家，一直到了八点，小叔先出现，嚷嚷着说实在饿坏了，未等其他人动筷，就把桌上一半的菜饭给吃完，吃完后又出门游荡。同桌吃饭的有失智的刘母，疯癫的何母，偷偷掉着泪的刘凤和说什么都无法倒下的广生。

女儿在小叔出门后不久也回家了，没有坐下吃饭，也没有看父母一眼，放下了书包就到大楼中间公共的浴室洗澡。刘凤记得那天女儿洗了好久好久，一直没有离开。

学校开学，同学没见到刘凤的女儿，到大楼里找她，也不见她父母和外婆、奶奶，倒是看到港生恍惚地躺在地上，身旁散落着像是化学实验用具的东西，同学们个个背脊发凉，拔腿就跑。刘凤的女儿在他们的未来里消失了。

刘凤和广生离开石硖尾，落脚荔枝角的理发店楼上。广生本来只是店里的一名师傅，后来将店给顶了下来，改名何记。二十几年过去，两人相依为命，活得很辛苦，也很煎熬。每当刘凤掉泪，广生就想法子替她装扮一个新的发型，有时逗得她开心了，两人就一起到巷口的茶楼点两笼烧卖。

刘凤提着皮箱上了楼，广生不在，何记会换成谁的名字她也不在乎。楼上这间屋子空荡荡的不断有寂寞涌入，从脚踝一直向上蔓延，淹到了刘凤的口鼻，令她窒息。她打开皮箱，拿出广生的剪刀，喀嚓、喀嚓地，每一声都在房间里停留好久，久得像是要将过去每一段回忆都剪断般地冗长，剪下了她的头发。日落前，余晖照映在地上的华发，像金丝般反射在屋里，刘凤望着她已不眷恋的过往，"这把剪刀还真利啊！"她心中这样想着。

后 记

每次到香港几乎都下榻在尖沙咀，香港历史博物馆就在这，但之前从未踏足，直到这次巡回，里头墙上的一张大火的照片吸引了我。那是距离一九四九年的流离失所后没过几年，将近五万人唯一的庇护竟在圣诞节的夜晚烧成了灰。我在博物馆里头拼凑着那些年的哀伤和坚韧时，看见了刘凤和何广生，借着这些人的挣扎与沉默，我也看见了巍峨的高楼后面那些曲折幽邃的巷道。

道 外

2017/05/27 哈尔滨

　　这城里的光肆无忌惮的，像顽皮的孩子，挑衅着春天的最后一丝凉意，无害，也颇令人感觉亲切。如果不是这里的纬度离赤道那样遥远，端午节前的阳光可不会那么友善得能让人像掬起一捧松花江水般地沁凉舒畅。

　　如果见着了这样的光却还眷恋着被窝里的暗，就是一种辜负，辜负了时间，辜负了难得的悠闲，辜负了也许，辜负了意料之外。

　　开了帘，窗外是著名的龙塔，在光线下却不如它前方的红钻石耀眼，像只戒指套在龙塔前，反射着晴空的光。它有着非得让人见着的执着，企图轻盈地撑在地表上，好让下方的人提着自己的心通过它所制造的虚空。

我提着心路过这个钻石,底下的我只想尽快离开,只因为正对着钻石底的尖端,担心钻石成了先进科技武器,射出死光将人化为灰炭。

幸存的我逃到了老道外,原来这个"道"是铁道,光绪时叫作东清铁路。铁道的一边是道里,热闹、繁华;我所在的地方是道外,道外虽不如道内风光,却有另一种草根的味道融在这充满异国情调的城市。

地上的影子愈来愈短。老道外有许多地道餐馆,进了一间卖三鲜饺子的。店里客人的桌上除了地道的锅包肉与饺子外,不约而同地,桌上都搁置着半满的酒水。东北豪迈的笑声将我的胆给震了出来,点了杯白酒与他们隔桌共饮着,但他们毕竟是汉子们,酒已三巡,面不改色,我这杯尚未见底,却已分不清今朝为何。

这杯白酒暖和得恰似外头的阳光,如果没有今晚的班,这杯酒和天气是非常值得让人醉卧老道外。心里这样想着,又点了二两的饺子,贪了杯,没有辜负这难得的悠闲。

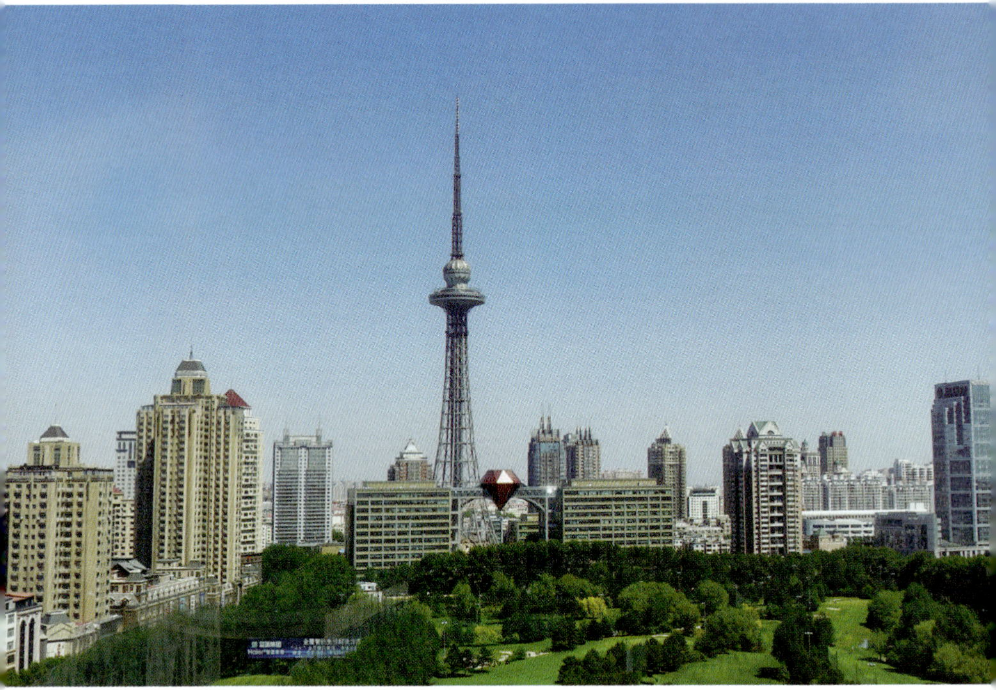

记忆的碎片

2017/07/08 呼和浩特

    久违了的旅程再次开展，记忆在发霉的木箱中深锁着，任性地开启它，弄了一身的灰，微光在飞扬的尘中闪烁着，呼吸得到尘的味、霉的味、老旧的味，记忆早已在箱中破碎，只剩枯燥的形容词在稀薄的回忆中咀嚼，试着嚼出味来，却是干涩得难以下咽。

    索性抛开了执着，任凭新的记忆取代那些难以辨识的画面。时间是稀释记忆的溶剂，可能的做法是凝结每一次的悸动成亘古不变的永恒，清晰的回忆就会有如璀璨的珍宝。但永恒始终只是恋人口中难以实现的诺言，脆弱得如初春湖水上的薄冰，裂痕中的气泡早在凝结时就已存在，看看最后会是谁，踏出了那一步让这一切崩毁。

    是谁，在数着那些夜？是谁，在夜里不成眠？永恒是个碎心的字眼，是恶魔的毒液，纠缠着人们，那无尽的梦魇，欺骗着自己那是思念，也许是思念。

这城没有草原，没有星空的黑夜，正好让人远离多年前的那一天，失了魂的那一夜，酒水无尽，欢笑不断，草原中只有这灯火中的笑和着风吹的草声，沙沙沙、呵呵呵。豪迈的大漠风情，灯熄后的缠绵，是箱中记忆的碎片。

其实现实并非如此，碎片是梦境、草原是幻觉，是一种离世的执念带着我到了那一夜、那一年，也因为这城是如此的靠近天堂的边缘，我在记忆中留下了那年的碎片。

今夜，我将因这城市而疯癫。明夜，我期待着幻觉实现，将不再欺骗自己曾经到过那草原，曾经思念，而是真实地回忆，伴着星空入睡。

射背牌

2017/07/15 贵阳

"你为何甘愿射出这一箭？"

我读着高坡苗族的爱情故事，感慨地问了自己这个问题。故事中的男女，早已入了土，成了枯骨。他们的爱情究竟有没有穿越生死，我不知道。虽然他们在众人的祝福下见证了爱情，这仪式有如诗一般的美，但是结局却是那样令人心碎。

故事是这样开始的：在花溪这个地方，少年和少女未出世就已论及婚嫁，但托付终身的并不是彼此，而是各自的父母为了看不见的未来，将他们各自定了亲。出生后，他们未曾爱上各自的归宿，只知成年后的某一天，得不由分说地和一个不曾相爱的人厮守到老。少年少女的父母如此，祖父母也如此。或许少男少女不曾见过彼此，他们也就不会一生惦记着对方。

少年见到少女，双双爱上了，希望能牵手共度此生，却无法背叛代代相传的习俗，除非将订立盟约时切成两半的五寸长的竹吞下保留的那一半，隔日还能完好自体内排出，未出世前的婚约才能解除。少年少女只好放弃与彼此相守到老，而是举行一场仪式让他俩可以在死后缔结婚约。

四月初八，全村的人聚集在一起，包括少男少女的父母，有人吹着笙鼓噪、有人跳着舞婆娑。少年操起弩弓，射向少女挂在树枝上亲手缝制的背牌；少女随后拿起他的弩，朝少年的左侧射去。少年左手张开的腰带被少女射穿，咻的一声，划破了空气，也划破了厮守今生的未来。在众人的掌声与欢笑声中，少女的心渐渐地冷却，只因她知道这一生的身体无法带着她与她的少年相会、拥抱、缠绵，与其任由欲火恣意妄为地将她焚毁，她最好先将其熄灭，她不再望向少年，也从未提起他，一直到她死之前。

多年过去，少女已皓首苍颜，她拿出收藏多年的红腰带，正是多年前射穿的那一条。朱红的腰带褪了色，但她心中却看见与那年四月初八同样的红腰带绑在少年的腰际。她嘱咐子孙将这腰带和她一同下葬，并咕哝着她将嫁作他人妇后不久便辞世了。阴间的事我们阳间的人看不见；看见的，是无奈和凄美。

昨日我离开花溪的青岩镇，南门口的塘里满是盛开的荷，镇里的故事正像塘里古镇的倒影，我们只看得见那浮现的表面，驻足流连，却也只是过客。那些锥心虐心的故事早没入池底淤泥，待相约的那季盛开，等着你阅读。

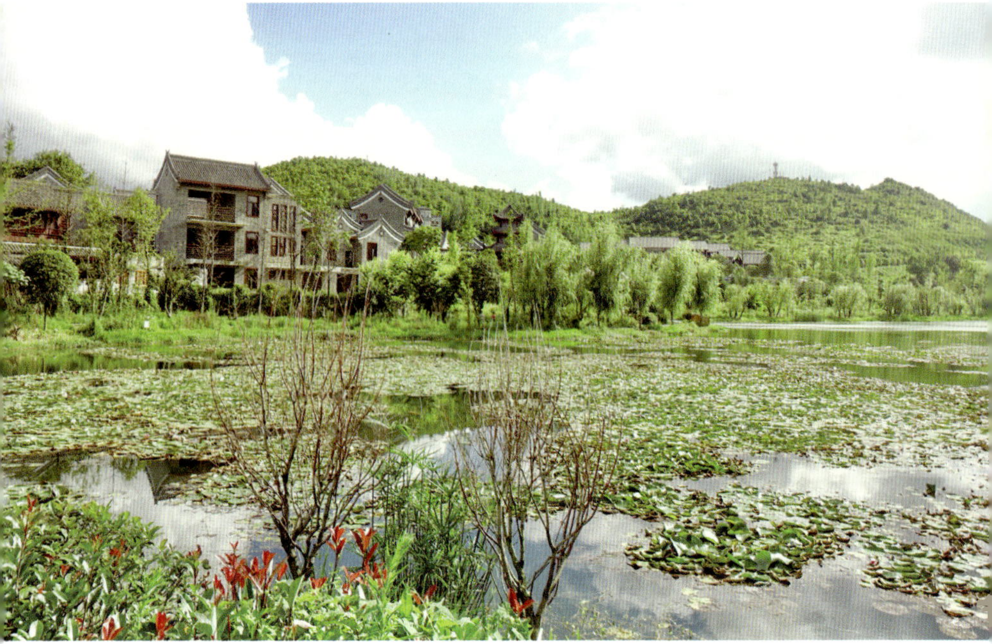

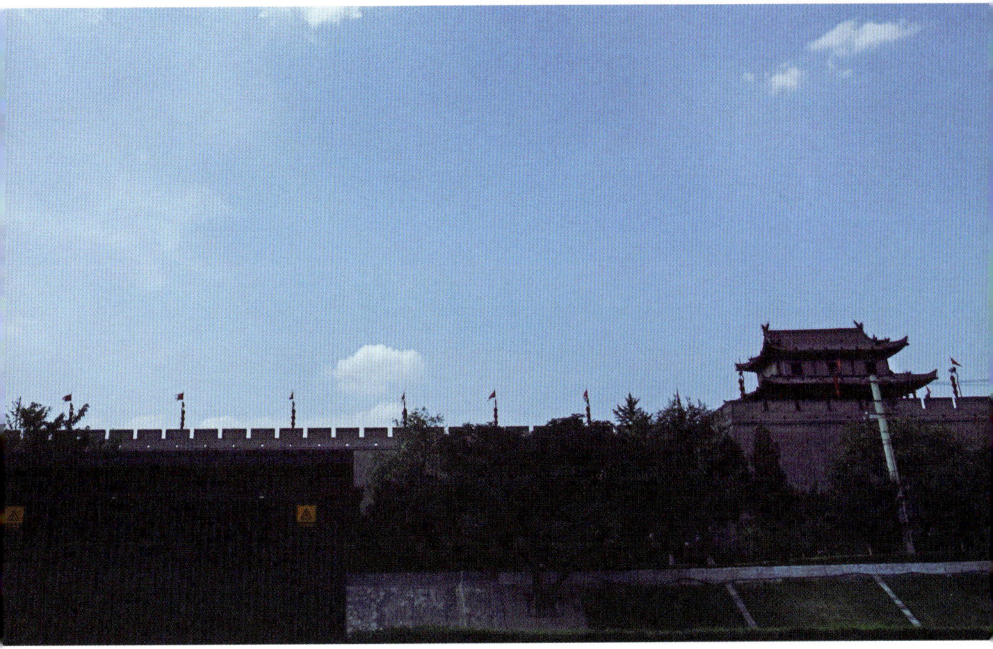

煎 熬

2017/07/22 西安

    从台湾这座小岛上出发的班机昨日傍晚降落在咸阳机场，咸阳这城市因秦朝而出名，也因为北方有山，南方有水，而有了咸阳这个名字。山南为阳，水北为阳，阴阳学说是相对的，但下机后的一切遭遇却令人怀疑陕西这地方所谓的"阴"到底是在何方？是山之北，还是水之南？

    一脚踏出空桥，暑气迎面袭来，像是掀开刚烘焙完成的烤箱门盖，而我是即将被送入蒸烤的下一批食材。好奇外头的气温到底有多高，伸手试探了一下上了白漆的铁板，白漆毕竟只提供了视觉上的宁静，铁板的高温以蛮横、暴力而且无情的方式炙烧着手指上脆弱的肌肤，除非是戎马半生、有着钢铁般意志的秦帝国士兵，一般的老百姓必定会像我迅速地收手，然后逃离这人间炼狱。

从咸阳前往西安的路上，前头的司机大哥说这几天的气温已经破了纪录，吸进身体内的空气超过四十度，地面则是惊人的七十度，赤脚在地上会起泡，鸡蛋也能烤熟。天气的话题持续讨论着到了城墙前，进了古城，大哥建议可以吃些烤饼、烤串、烩菜、焖鸭，无奈这些菜都带着"火"的部首，在这闷烧的车内，竟毫无食欲，脑中只浮现黄澄消暑的芒果冰。

我在几小时前的中午离开台北，气温是同样的暑热难熬，家中冰箱里有颗来自台南南化的芒果，已经放了一周冰镇，如果不是两子上周高烧咳嗽，这沁凉的芒果本应是轮不到我。虽不忍心这最后一颗美味的果实是由我来终结，但再不将它消灭恐怕也是可惜了。心一横切开了它，当下只觉得滋味绝美，没想到竟然在异地怀念起这满足感，只可惜这酷热的北方城市没有热带的风味与景色，可以缓解这令人难受的高温。

今天上午在小雁塔，天空中只有几片云，成不了气候。身体周遭的空气好似上周两子高烧的体温，接触着这高温令人不安，而昨夜孩子的母亲也开始发烧，没想到这高温不但折磨着我的身体也折磨着我的心，是如此难受，如此煎熬。

再过一小时就要开演，天色渐暗，但高温仍旧炙烧着一切。平常我们都希望演出时风和日丽，但是今日我却希望天空能下场雨，为台下的人们降温，为西安降温，为我心爱的人降温。

斗 歌

2017/07/29 南宁

在五象大道上，车内颠簸的感觉似有五万只象在身旁踩躏着正在建设的新城区，路面颠簸翻搅着车身有如狂风来袭，幸好这不平的道路只是个经过，否则再往前开上几公里，胃里原先用来果腹的香蕉就会以一种泥状的形态重现在这密闭的空间里。

这路名来自传说，相传与秦始皇梦中的五头象有关，象治平水患成了山石，远方的山形就是这五头象。我试着在高楼间搜寻大象的身影，却只能在重叠的楼之间看到另一栋楼的皮层。社会进步似乎也只能如此，古老的传说成了路名，成了景观，原本因遥望而成形的山，现在恐怕只能近观而无法知其原意；地区性丰富的民俗色彩，也只能收集起来放在邕江对岸的博物馆内了。

硕大的铜鼓、壮族的民居、瑶族的竹楼、客家的围楼，从前需要花上一年半载采风的数据，全部都可以在一个园区中瞬间呈现，能带着我们回到过去的时光机，不就是近在咫尺的民族博物馆吗？

可惜玻璃柜内的蓝染头巾不再飘扬，陈列的庄稼只是风干重制无法生长的示意，塑料乐师的双眼凝视着另一个馆藏的原始壁画，他感受不到任何时空变化、沧海桑田，手上乐器松弛的弦只呈现了这琴可观看的样子，而乐音早已随着脆弱的文本失传。

在这过往的时空胶囊尾声，竟有一女子如英雄般出现，稗官野史和乡野间片段的故事拼凑出了刘三姐的人生，歌声与音乐伴随着这故事，但众多的传说中，哪一个才是真正的她？

刘三姐的故事里有的逃了婚，有的殉了情，还有成了仙的，但不论哪一个故事中，都不会脱离她会唱歌且爱唱歌的个性。今夜隔着邕江，她在江左岸，我们在江右岸，时空交错，如电光石火，夜空下，我们在南宁斗歌。

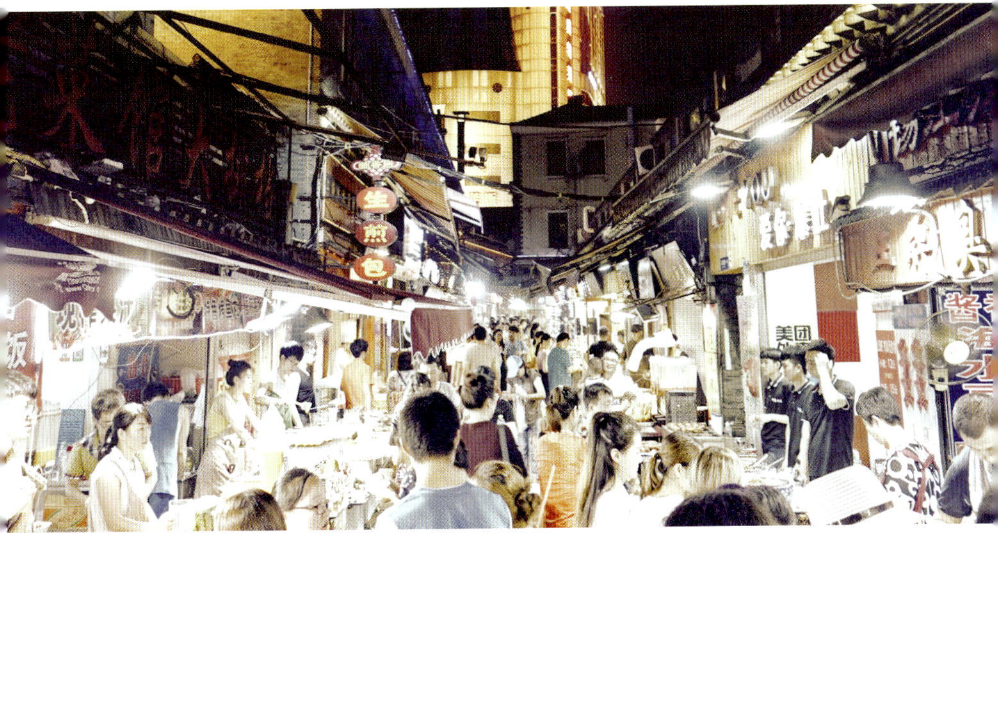
生
煎
包
美团

少女

2017/08/05 青岛

    暴风雨肆虐了一整夜，水手在他的小帆船里品味着这场风雨，他数着每次的雷声，聆听着每道闪光燃烧后的声音，就算那雷声低吼如闷钟，他还是能清楚地分辨声音来自哪个方位。但这一夜的雷打得太多也太久了，久得连他身边被子里熟睡的少女都翻开被冒出头抱怨地说："早知道就不上你的船了。"水手没多说什么，凑上她的双唇，阻止她往下嘟哝，他一边听着雷声，心想着老天爷该不会打算现在把我给劈了吧？

    他钻进少女的被子，随着每一道雷声，带着内疚的心情数着曾经在这艘船上的每一次缠绵。天亮前，雷声早已停了，少女也再次熟睡，水手却还在不停地数着其他的夜。天一亮，他会离开这艘船，回来的时候，少女会像其他的女人一样消失，就像是这艘船吞噬了她们般不留一点痕迹。

水手是在这港口旁的劈柴院外遇见这少女。大雨前，少女和酣醉的友人刚从中山路上的东门离开，水手正往里头走，一不小心撞翻了友人手中的海豆腐和蒸海胆，醉酒的友人推开少女就要往前攻击水手，水手避开攻击，踉跄的友人跌坐在地，水手扶起少女后，给了些足够这些打翻食物的钱，没说一句话就往街里去。少女被他身上咸重的海水味吸引，任由友人坐在中山路旁呕吐着，少女循着海水的味道回了劈柴院内，好奇地偷看着水手的一举一动。

水手没有买任何东西，他只是不停嗅着，嗅着烤羊肉的味、烤海星的味、烤海胆的味，这些味混合着其他的味，蒸包子、蒸螃蟹、烤蝎子、烤蜈蚣、行人的汗臭、皮夹里的钞票、积水的脏污、桌脚的铁锈、瓦上的青苔、鞋底的泥、墙上的漆、大雨前的潮湿和夜里的躁动。

水手享受着这一切，他不停地闭着眼，深呼吸着这条街的每个味道。少女着了魔般被水手给迷住了，好像她的身体随着水手的每次呼吸，被吸入进水手的体内，她逃离不了，尾随着水手，一直到了他的船前。水手没有回头，只是停在船边。少女似乎听见水手在对她说：" 上来吧，你的味道从刚刚就没有离开过。" 而水手并未开口说任何一句话。

大雨的这一夜，他们没有对话。少女不知道水手为何会不停地嗅着市集的味道，也没有问他。她享受着让水手的鼻不停地在她身上探索着，闻着她的每一寸肌肤，甚至是她最私密的，只留给最特殊的人触碰的地方。

少女在雨声中睡去。天空雷声大作。水手凝视着她，在心中，他许下他一贯的承诺："如果明天天亮后她还在这，我就不再漂泊。"

后 记

每到一个拥有海港的城市，我都会想到我的父亲。在与他相处的日子里，我嗅不到任何一丝水手的浪漫，或许是我的存在让他成了一个跑船的父亲，而不是一个漂泊的水手。但在我的幻想中，水手就应该是如此多情。

界 线

2017/08/18 北京

　　画一条线在纸上，直画，区分了左右；横画，区分了上下。画下去的瞬间，就是分，分出了彼此，也失去了原貌。

　　线在纸上，是标记，是笔触，可抹、可涂、可变形、可组合，有开始，亦有结束。

　　线在土地上，有开始、有结束、可变形、可组合、难抹、难涂，是标记，也是障碍。

　　我们是何时开始画那条线的？为了阻挡突如其来的攻击，为了保护自己的生命或珍惜的人事物，为了防止未知的变化产生，我们砌砖叠瓦，建墙筑室。线出现在彼与此之间，非我族类，难以交通往来。

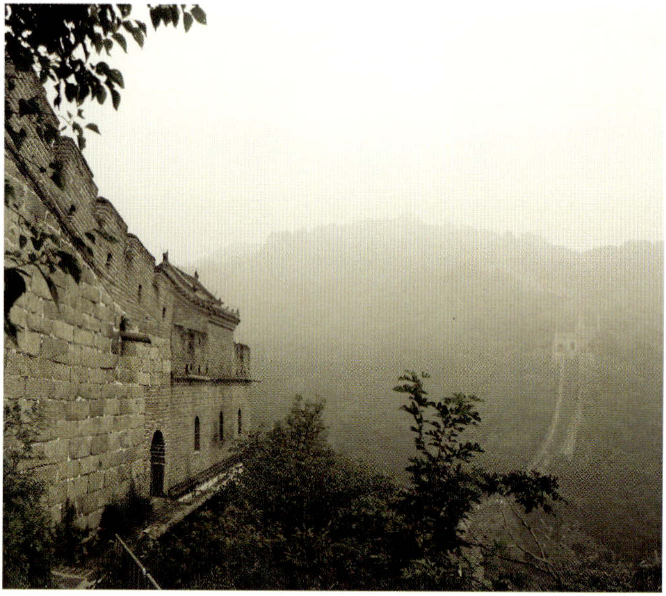

而自然间,是否存在着那条线?山峦叠嶂,江湖河海,人们难以跨越的,景色变化剧烈的,常作为划分区域的线。族群势力庞大者,开疆辟土,将山川和海纳入版图,眼界之内,是城,是邦,是帝国,是伟大。但自然其实无心刻出这些壮丽山河,更无意造出那些天然屏障。天地不仁,生活在那山头之外的,居住在江河那一方的,对天地来说,并无与我不同,只是那条线被画上了,而画上那条线的,并不是自然,是我们。

帝王成就,并非上下四方而已,长治久安,时间的轴线同等重要。只是历代帝王总先着眼版图,后叹求长生,三维的概念多年之后转化成了四维。现实的界线还在,但衰老帝王内心却是冀求人民丰衣足食。

一条千年前画在地上的线已失去了原先的功能,时间的向度总是凌驾在空间之上的,但更多的界线却在你我间不停地产生,肤色、年纪、性别、性向、立场、种族、宗教。真实的界线容易消失,但这些无形的界线,却无法在一夕之间消失,只好谱出些旋律,让所有人丢失了界线,同调地唱着。

秋 雨

2017/08/19 北京

　　一声响雷划破宁静的午后，原本期待的风和日丽，就随着这道雷声的淡出而消失，前一刻还是难得的八月凉爽的北京初秋，这时却是如此狼狈，瞬间，担心的事有如自上空落下的雨滴，打在车顶上，无以数计。坠落的声音爆裂开来，震碎了晴空，洗刷了悠哉，滴滴入耳，是巨锥入刺，直达脑门。

　　难熬的时间持续往前推，雨滴仍未停歇，越演越烈，像是发了狂的丧尸，捶打着车顶，顶上厚实的内装吸收了大部分的高频，闷声的雨滴似在低沉地怒吼着。车窗边的雨直直落在已积水至脚踝的水洼中，像丧尸不停落在先前已落下的同伴上头，奄奄一息地尖叫出最后一口气，频率高而激烈，然后化成水，流入沟，哗啦啦地任凭地表倾斜带入幽暗不见光的地狱。

本是滋润大地的雨水，却在此时的心境中成了邪恶的化身，只因为夜晚即将发生的事情关系到众人，任何变化都必须有完善备案。时间紧迫，天地无情，如果当下有任何人提出能在风雨中欢唱的方案，团队的每个人必定能够开始正常地呼吸，放松了紧皱的眉头。

面包车离开了拥挤的街道进入鸟巢，雨声消失了，但本该是彩排时间的乐器声却因大雨导致电力问题，无法发声，替代的是制作团队匆忙进入后台的脚步声不停，与众人讨论方案的话语声不歇。隐约还听得见大雨依然滂沱，赞叹大自然再一次证明了自己的力量，无论你来自何方，赤黄白黑，贫富贵贱，自然一视同仁。谦卑，或许是与她相处最好的方式。

无法肯定地说出是老天爷怜悯这样的句子，但似乎上天还真有那一丝疼惜，让昨夜不但如期，也如愿，还有凉爽的秋风吹过，大雨来得突然，却也走得随意。昨天的这一课上得心惊胆跳的，但这一次，还有接下来的每一次，我们都会准备好，接受挑战。

后记

今夜仍有秋凉微风，吹过了山丘。

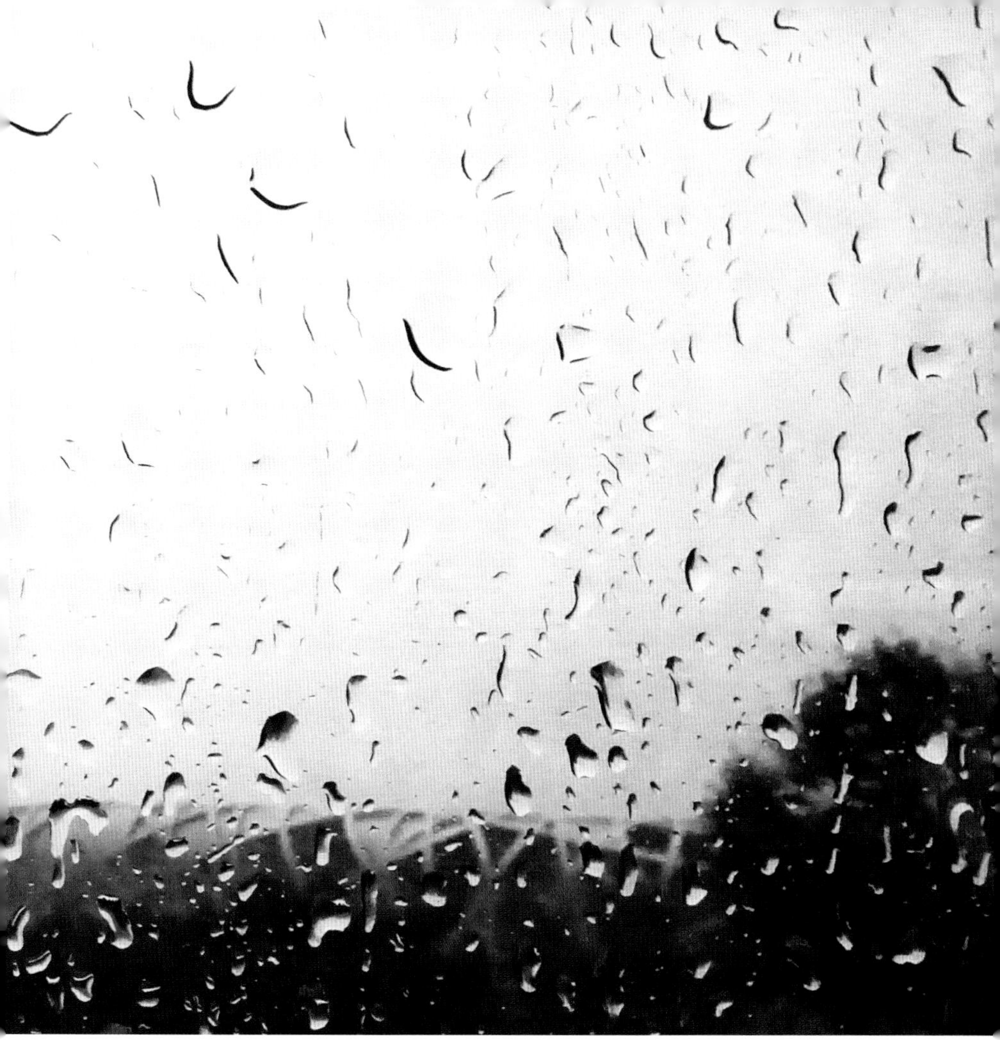

晨 光

2017/09/09 深圳

    这城醒了,像是胡闹了一天的小童清醒前的晨。小童脸上的稚气一直藏匿在清醒时的嬉笑中,只有在这样的清晨,才能显露出他其实是天真又脆弱的;也只有这样的清晨,才能够照亮他的脸和他的内在,用一种神圣、不偏袒、慈爱的光芒,温暖着他脸上每一处调皮过后的伤疤。

    晨光没有怨怼,这城醒来之前,晨光便会离开,这城永远不会记得这一刻。晨光照旧呵护着这城,千万年前是这样,千万年后依然会是这样。

    今年春天,曾经在同一扇窗向外望去,日落余晖,城市的灯火却已迫不及待地纷纷点亮,像是后宫的嫔妃争宠,未待四下无人夜晚的降临,在众目睽睽下勾心斗角,争做今夜那颗最亮的星。城里

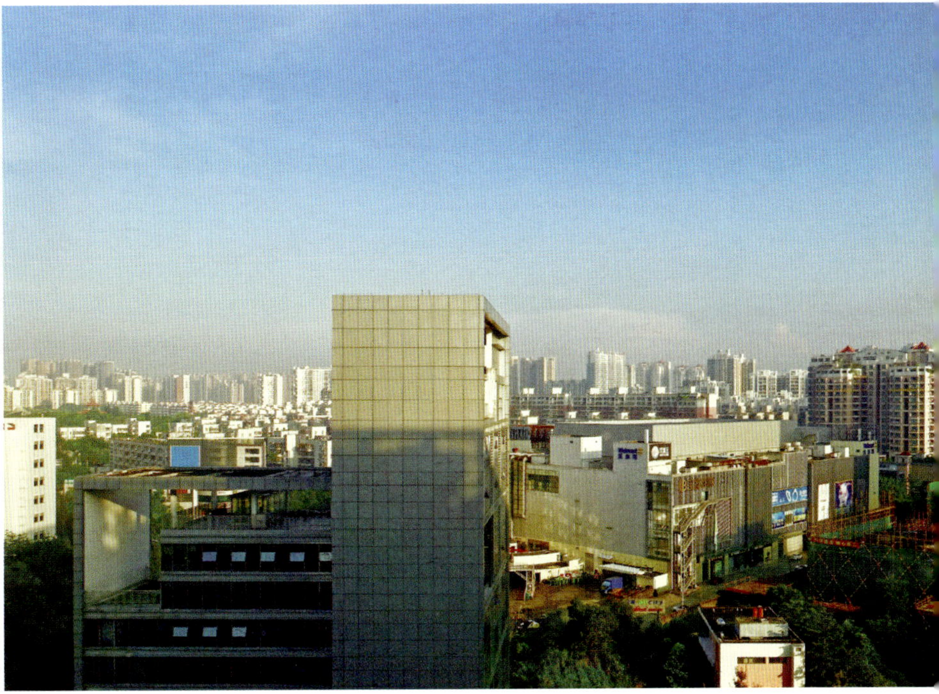

的人在星星间穿梭着,夜晚成了白昼,人们的精气神在此时达到巅峰,车流是闪耀着金光的巨兽,人们驾驭着巨兽,征服着每处璀璨光点。此时唯一宁静的,是拥有黯淡月光的夜空。

每一个夜晚,我观察着是什么才能哄这个不睡的孩子快快睡去,是逐渐靠近的警车声?是摊贩最后入锅的面条?是低鸣着的舞厅节拍?还是酒客们超时恍惚的告别?听着、看着,反倒自己却疲了、倦了,再次睁开眼,总是错过了清晨,但也因那时从未见过这城的日出,所以并未觉得可惜。

昨夜忘了拉上帘,日光不留情地在卯时将尽前把我叫醒,却也令我见到了这城市的另一面,宁静得如沉睡的处子,金光闪耀,天蓝如碧,使人无法记得昨夜的她是如何的调皮,如何的放纵。

这样的深圳,很美。

境 界

2017/09/10 深圳

  我是个在都市里长大的小孩，但在成长的初期，家附近还未有现今繁华的样貌。从家门往前走五分钟，曾经是火车通行的铁道，现已埋入地底；左转走十五分钟，是最要好的同学家，他家旁的复旦桥在他去美国留学的那一年拆除了，和铁轨一同只留存在记忆中被不停的变化给稀释着，而这城的变化就像是在自家门前不停地发生交通事故，赤裸又令人心惊。

  铁道旁的小公园是我放学后的秘密基地，身上现存的许多伤疤都是那时的不认输和祖母的眼泪，而每个下午总是带着微笑的邻家妹妹，在小学四年级开学后再也未曾见过，邻居的同龄小孩一年比一年少，到后来常常是我一个人霸占着所有的游乐器材。

当我跟儿子的母亲聊到这些过往时，她常叹息我略显孤单的童年，在眷村长大的她，有着对城市截然不同的感受。进了眷村大门，就若已回到家，左邻右舍皆是叔伯，村里的小孩好似姐妹，一种奇妙的连结，除非眷村改建，各奔东西，否则里头每个家庭的生老病死都息息相关。

而这些连结的建立，与那场跨越大江大海的战争有关。远离家乡的人隔着海峡的另一处建立了家园，认同感、同理心，成了这群带着同样命运的人们卸下心防最好的催化。这样的环境未必给忐忑的大人们带来任何好处，但却有许多珍贵的记忆保留在那时的童年欢笑中。

战争摧毁了一些事物，却也创造了一些意外。破坏了一些人的关系，却也建立了其他人的连结。眷村是这样的，土楼、围屋也是这样的。只是围屋的高墙和墙上射击的孔洞明示了这群人聚集在一起后依然恐惧的事，但只要不使用这墙的功能，墙内，还是岁月静好，现世安稳。

是日，我走在鹤湖新居的高墙边，仿佛听见墙内庄稼收成后的农忙，书院中朗读着《千字文》，襁褓中的婴儿的哭声，和秋风吹拂榕叶的声音。

境界如此，何须争战？

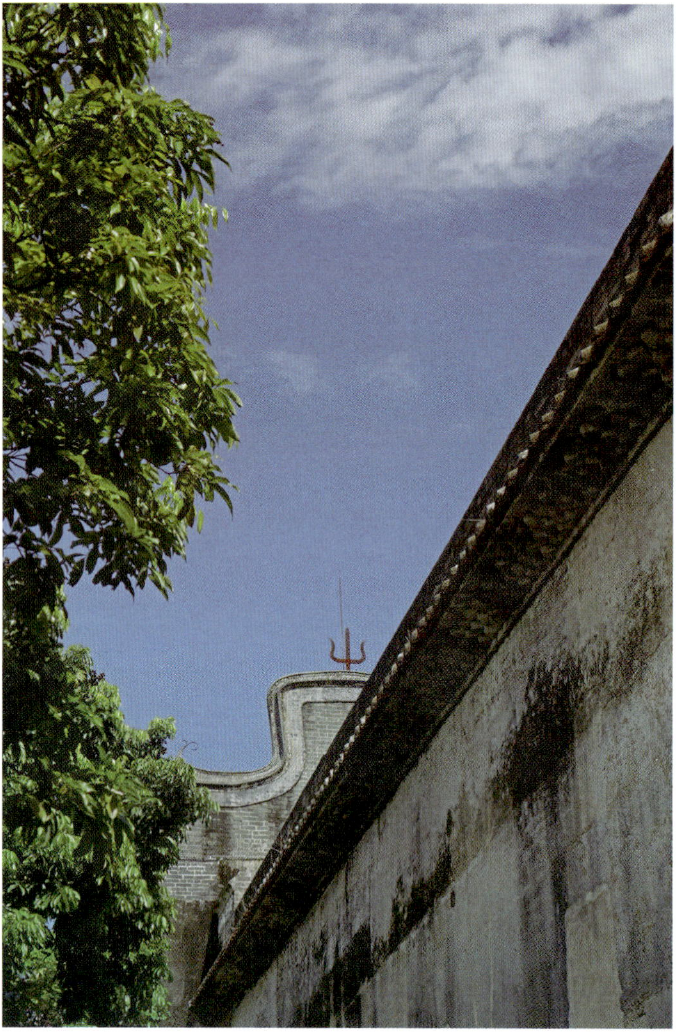

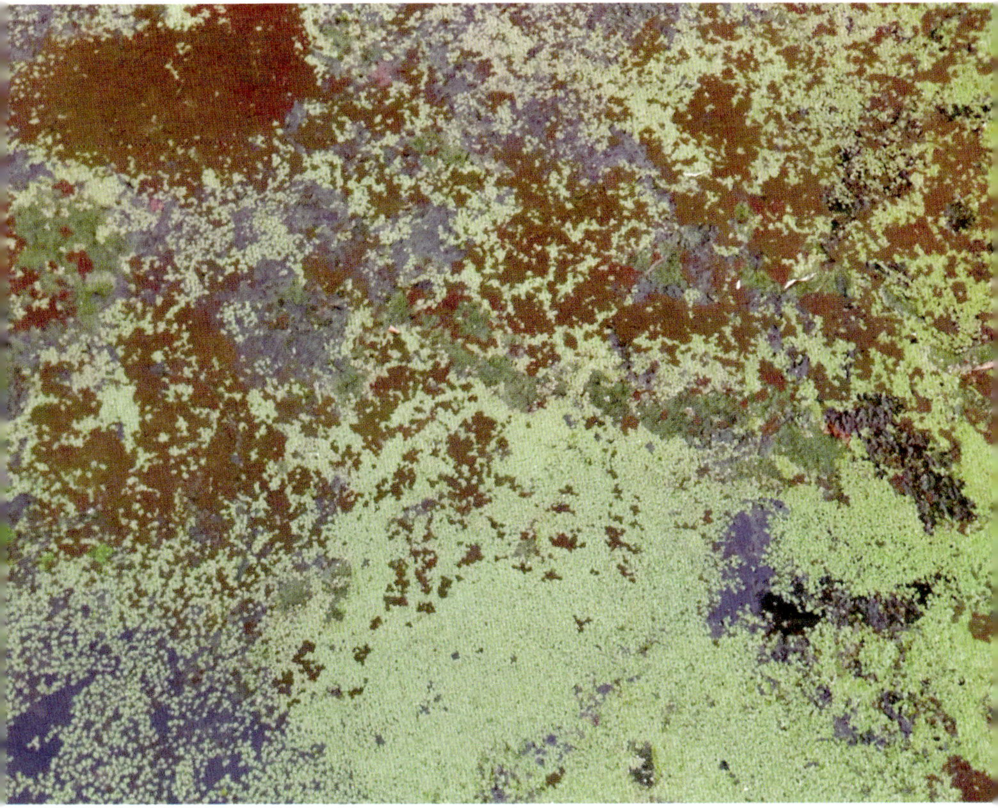

如 水

2017/09/16 洛阳

飘浮在这城市中的,是以水为壤的浮萍,是千年的古城,是繁花,是树影,是随性的时光,如鸟羽般轻盈的回忆。

这是洛阳,在我的认知中,她是如此的柔软,好似她从未真实地存在这个世界上。她的一切,是由诗词、绘画、花鸟、丝绸、意境所构筑的,堆砌城墙的是文字,开凿运河的是高瞻远瞩,墓穴出土的是文化和艺术。而在我心里的她,是在薄纱后的美丽胴体。

是水承载着这一切,但却不是真实的水。真实的水有重量,在容器中沉重,在空中会落下,而这城市所拥有的,是如水一般的个性,包容、温暖、平静、恬淡,似没有重量的存在,却又是真实的存在。

许多年前的那道水席，是与这城市第一次的相遇，那与水呼应的隐喻，深深地在我的记忆中留下了痕迹。多年后，旧地重游，水的隐喻和住处后水道上的浮萍迭合，虽这小小的人工水道未必是宇文恺当年的伟业之一，但这水道旁的柳树树影和飞鸟啼鸣之声，必与当时辉煌的隋唐盛世无异。时光可顺着水往前流，却也可逆流而上，如梦似幻，但凭一念之间。

虽尚未见识众人口中所诉洛阳之美、石窟的壮阔斑斓，向往的心神已随着话语间的眉飞色舞而荡漾。风景在心中有了形，只剩真实的感受填满意境。

幸好，这如水般柔软的城市等待着每次的流浪，等待着我不安的心在这里被遗忘。

心远地自偏

2017/10/06 南京

　　秋天在南京没有迟来，中秋刚过，细雨飘忽在踏出机舱门的那凉风中，湿了一地的雨水在夜里反射出点点亮光，似池边的萤火虫，为了单调的夜色谱曲，也为了少圆月的中秋，增添一点诗意。

　　诗未尽，待找寻，藏在微光树影间，匿迹遗址古物内。这城的故事在她的颦笑之间留下痕迹，只稍给躁动的心一点时间，便可意会。

　　昨夜的秋凉让人不舍，今天一早便忍不住往外头跑，众人用实际的数字警告着我大假的拥挤与不便。八十万人是什么样的景况？倒想感受一下。搭上了车，前半段的路并未有假期的难行，反倒宁静，但当车行到了中山东路上，便感受到了众人当时阻止我的原因。

　　进退两难，只好自得其乐，往车窗外看去，两旁葱绿的大树成行，绿叶遮去了大半的天空，树干粗得可以两人环抱。好奇地问了座位前方的司机树名,"法国梧桐。"他说。随即想到了李清照《声声慢》里的梧桐,默念了那句:"梧桐更兼细雨,到黄昏,点点滴滴。"此番景色,在我眼里,非但不愁,更是静美。

路旁的一栋建筑里,傅抱石的《湘夫人》带我到了一个意境悠远的宇宙。一幅幅主题相似的画中,可以感受到他是如何痴迷地画诗。那形与意之间模糊的界线,在他的笔下消失,淡墨轻勾,画出了她的眼,也画出了她眼里的世界。

另一室的笔墨收藏,甲、金、篆、隶、楷、行、草,令人醉心。虽无法一一阅读其文,但仿佛能在墨中的浓淡间见到书法家的肌骨。行文优美,是把意念刻在了时间上。

在诸多的文字间,一卷卷轴吸引我的注意,只因熟识其文,三日前才从儿子的口中背诵出来,是陶渊明的《饮酒》其五:"结庐在人境,而无车马喧。问君何能尔?心远地自偏。采菊东篱下,悠然见南山。山气日夕佳,飞鸟相与还。此中有真意,欲辨已忘言。"

读着这诗,时空跳跃千年,入了世,却也出了世,一念之间而已。

有了这些诗,谁还会担心假期的拥挤呢?

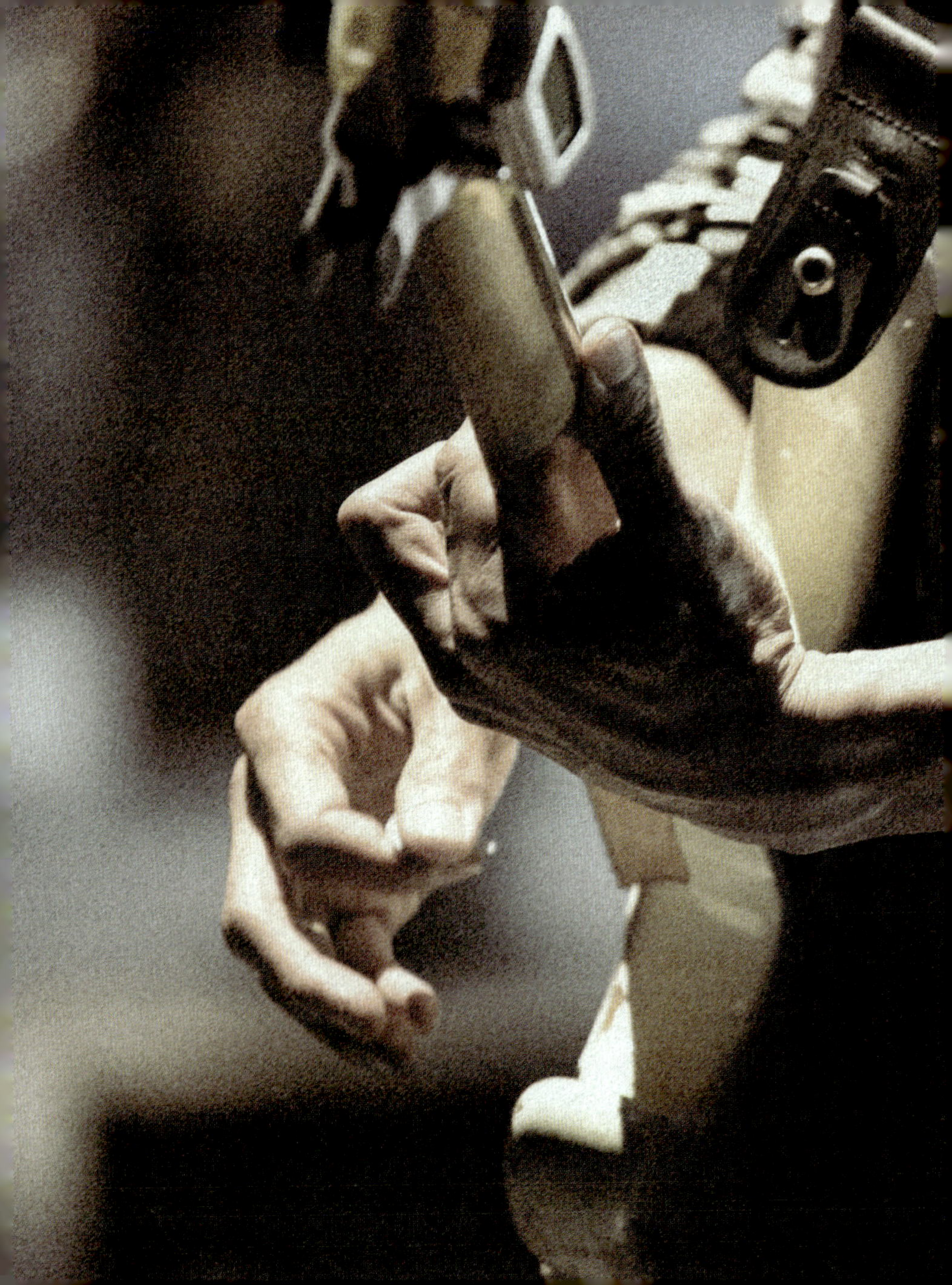

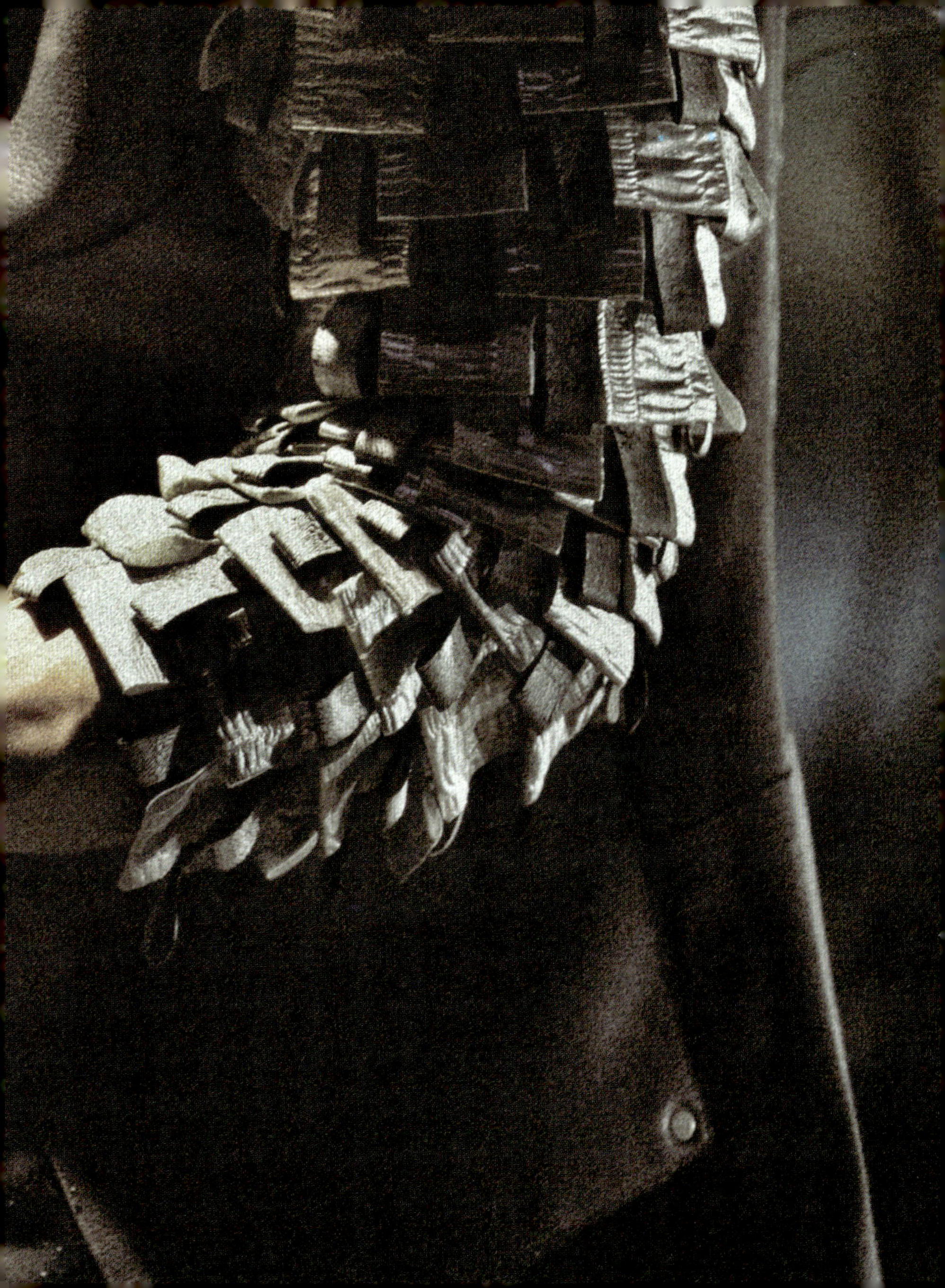

很美的蓝色

2017/10/07 南京

　　金陵城的早晨在今日是蓝色的，车子驶入了长干门后就见到许多人将家中的被褥挂在门口的竹竿上，其中有几床，样子好似我小时候奶奶床上的内里，棉花层层叠缝的被子，用白色和粉红的线固定住，时间久了，外层的棉花虽会卷起成许多的毛球，却不会脱落。冬天一到，奶奶套上用牡丹为纹饰的被套，触感轻柔，是台北寒流来袭的冬天，奢侈的温暖。

　　这阳光对金陵人来说也是奢侈的，这城一年中有一百多日的雨天，空气中难免充满湿气，而长江流域的江水虽造就了物产的丰饶，却也让水汽停留在人们生活的环境中，每次阳光露脸，家中的长者就会将床上的被褥搬出除湿。应该是百年以来的习惯了，人们依着自然的变化，顺天应人，而这气候一干一湿，坎离交会，也推动了人们周而复始地运转着。

到老门东的一路上满是家户晒被子的景象，想必这难得的秋天在金陵应该很快就会离去。难以想象这里的冬夜会是怎样的湿冷，也不知人们口中的四大火炉之一在夏天会是多么的炎热，叹息着自己的生命不够长到能亲身在每一地生活体验一下。但也还好有像老门东这样质朴的环境，也幸亏在那有间书店拥有行者般的意志力，留下了不仅仅是文字的东西，让人拾取，才能使我在变化如此迅速的世界中，得到一丝喘息的空间。

书店里，桧木香、书香，正在晒着棉被的阳光，透过屋顶的天窗，也晒着书架上的书，这时将它们拿起来的话，真的就是炙手可热。二楼的阁楼幽静，成回字形围塑了上层的空间。绕着绕着，可以看见一楼被翻开的书，也听得见每个书页翻开的声音，这一切真实得好像科技时代的梦境。

我在二楼的一角拿了本书坐下，看到窗边的一对情侣依偎着对方，各自翻着手上的书。这画面美得无法言喻，因为我看到的并不是两个人各自读着他们的书，我看到的，是他们读着同一本书，而那本书叫爱。

啊，金陵城的今天是很美的蓝色。

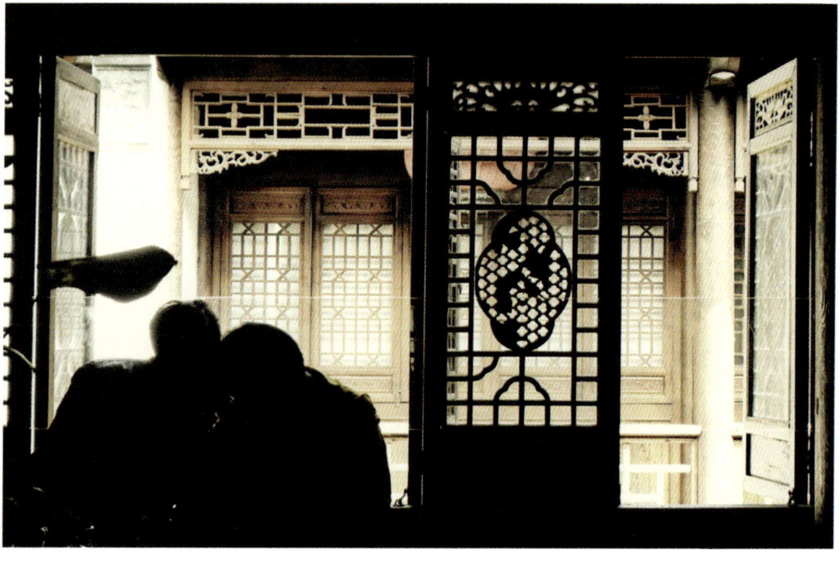

你也在那

2017/10/14 福州

  如果不是那些烦琐的出入境流程，那班前往福州的班机只会让我觉得是闭上了眼、小憩一下后的一场梦里的迷糊，因为醒来之后的世界有着同样的温度、湿度，甚至连呼吸到的气味都有着同样咸度的熟悉。而离开前那场下了一整天的雨，竟也同样地再次重现在踏出机舱的瞬间，身外的世界丝毫没有发生变化，一种熟悉的空间所带来的孤寂，竟如这场雨般将我团团包围。

  这感觉常发生在孤单一人的家中，熟悉的事物像是凝结了，时间也是静止的，如果自己的心不持续地往未来前进，仿佛这环境与我和我的意识将会永恒地停留在宇宙的这瞬间，漂流在太空中，直到另一个意外事件发生，才能将我再次地解放。

这样的孤寂感或许可怕，但我却一点也不恐惧它的出现，因为当它出现的时候，我才能谦卑地面对自己的脆弱，面对自己是无法不依赖着别人而活着的事实，尤其是我付出一切所爱的家人。

我曾试着在如此孤独的时空中想象他们的笑声、哭闹声、对象移动的声音，和家门打开的声音，但想象是如此的脆弱，就连盛夏清晨的薄雾也比想象的世界真实。当想象停止的那瞬间，竟会有如溺水般的窒息感，因此，我不再试图改变孤寂缠绕于心的事实，而是让这感觉深刻地在心中留着。

这场雨到现在还没有停，天空阴沉得让人失去了判断时间的依据，失去了认知空间的能力，也让我的心，还停留在那颗寂寞星球。但，如果你也在那的话，我就不再寂寞了。

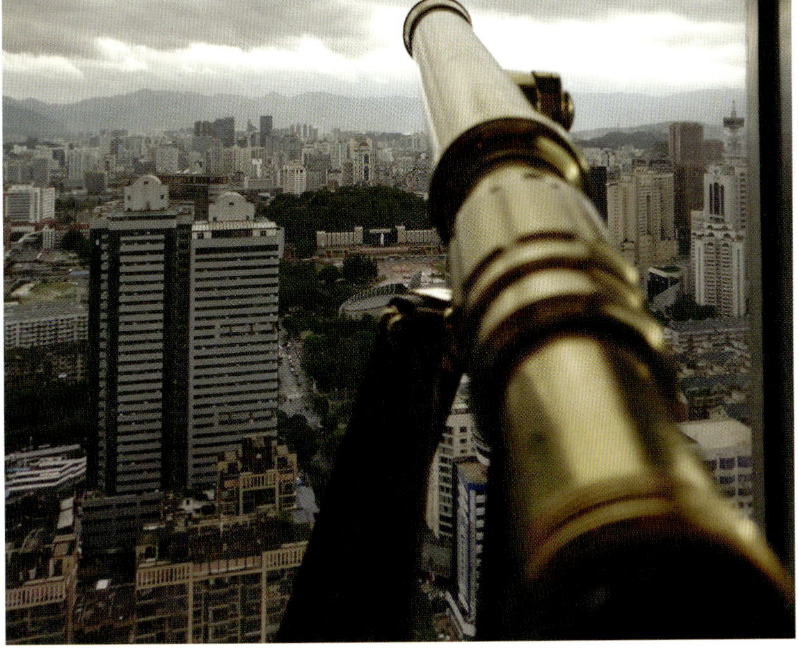

林中窗

2017/10/28 吉隆坡

念书的时候，历史和地理总是学得不好，如果有高分，不是出题太简单，就是死背的那些，幸运地转化成了分数，不然就是前座的同学"故意"地把考卷侧到了一旁，我则是"不小心"地看到了关键的几题。那些离我家巷口千百里远的地方和那些已成了烟尘的王朝，对当时的我来说只是换取分数的考试题目而已。

而现在的生活竟是当年荒唐的现世报，到了一个又一个从未懂憬过的城市，新的刺激是不断地增加，这世界的浩瀚在那年的书包里是沉重的负担，但是现在却成了伤悲的材料。常见到陌生又熟悉的事物，心里总是嘟哝着："这似乎在书上有读过？"那些风土民情、帝王和国家的盛衰、地质和气候所形成的世界，都随着淘汰的制服和课本消失在这世上，现在想将这些都给拾回来，却发现零散

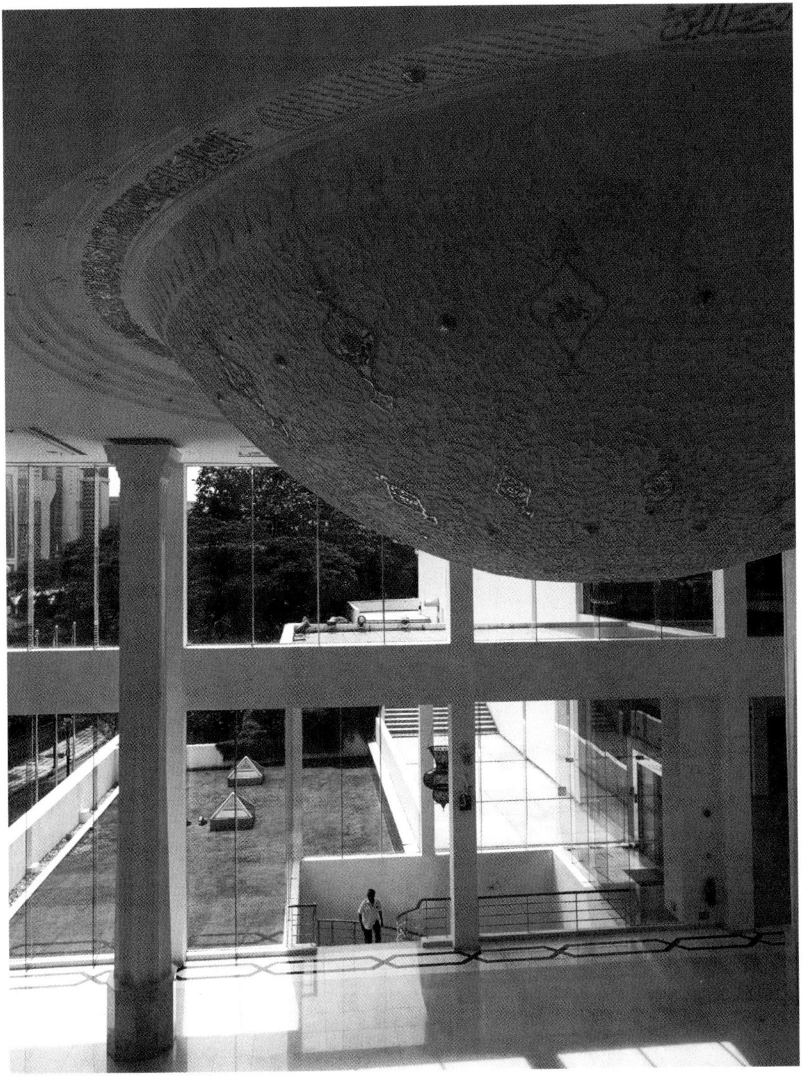

的生活步调根本无法和当年系统化又聚焦的人生比较，只好继续走走看看，用生活中的每一次的点滴注满这饥渴的人生。

在秋天的最后一个节气来到这城市，这里的暖和让我赞叹这星球的伟大。几个月以来，我经历过大雨、高温、寒冷、干燥，有沙漠、有草原、有丘陵，也有高山，而这个森林城市虽然不是第一次来，这一次却又看见了她的不同。这森林不同于其他森林的特别之处，是她不只是一片充满植被的森林，而是孕育着各种文化、民族、宗教，让他们茁壮。

过去常以为这城市的舒适和便利对我这样一个慵懒的个性来说，是个适合度假的天堂，但早晨伊斯兰艺术博物馆的第一次接触竟打开了另一扇窗，窗后深厚又沉重的世界，吸引着好奇的我想一探究竟。看着不断重复的模块图样，脑中竟出现了阿拉伯、波斯、东罗马帝国、花剌子模等词汇，这些词曾在过去的书本上出现过，现在却没办法将它们全部串起来。而这扇窗却已打开，也很难将它再合上。

这森林之城的内涵丰富，还未离去，却已想念，期待着下一次的到来，也准备着绕过大半个地球，度过一轮明月的盈亏。那里和这里正巧是两个相对的世界,今天的遭遇,似乎也预知了自己的行李箱里会带上那些书,也得再次提醒自己别再放弃任何学习的机会了。

不 成 眠

2017/11/08 温哥华

这个夜是那么静，静得连笔在纸上书写的声音都听得见，房间里沙沙沙的声音，停了笔还在不停地回响。只能戴着耳机，试着让其他的声音掩盖那似乎永远停止不了的声音。而全罩式耳机能阻隔的是声音，却无法隔离从心里发出的幻想。在这样的一个夜晚，耳机里的音乐是那么悦耳，却无法催眠我的世界。一个像是迷了路的世界，迷失在日和夜调皮交换身份的把戏之中，迷失在牵挂的世界和现实的世界之间。

窗外的街道是冷清又深邃，和白天车水马龙的景况全然不同，也因为是如此冷清，远方的引擎声才会有如野兽般可怕，好似准备吞噬这城市剩下的微弱的光，只留下无尽的黑暗给还醒着的旅人，让他在这刺骨的风中思念、反省、细数着自己曾在多少个这样的夜晚中感觉到孤单，又在多少个这样的夜晚里决定了自己的未来。

　　锐利的寒风切割这城市的建筑，像是透过了玻璃窗，挤压着里头的一切。摸了一下透明的窗，竟倒退了一步。在温暖尚未全数被这冷空气取代前，也只能消极地寻找尚且舒适的角落，记录着这一夜。一个失去了夜晚的夜晚，因为我曾经拥有的夜晚少有如此清晰，如此寂静，让我听得到寒冷，可以摸得到孤独，可以看见心跳。

　　飞过了半个地球，这时的世界是颠倒了般令人难熬，曾经尝试多种方式将这颠倒人生给翻转过来，到最后都只是徒劳，一不小心，费力翻转的世界又得重新翻身。只好任由这不属于我的夜晚陪伴着我直到天亮，然后这城市白昼的喧闹与繁华都与我无关，只有那一直与我紧密连结的世界会来到我半醒的梦中。

　　凌晨四点四十三分，与我世界里的亲人切断越洋的联机，我与我的世界每日的连结也瞬间失去联系。或许是那样的便利与真实，让我对那个世界的一切是那么放心不下。

　　放不下，也不成眠，就让我好好地品尝这一夜的冷清与孤单。如果你还醒着，也正巧一个人醒着，刚好这也有一个人在陪着你孤单。

加州阳光

2017/11/10 圣何塞

颈后两肩中间突出的脊椎因为姿势不良,疼得让人睁开了干涩的双眼,但如果不是不小心在这形状奇异的躺椅上睡着了,痛点未必会因为突出的骨头压迫而出现,地上的书也许还在手中被阅读着,而不是被捡起,前后翻阅着回想合上眼前的最后一个段落。半个钟头前,兴奋地阅读着这书并信誓旦旦地认为绝对不会打盹,没想到不但睡着了,竟然连姿势都这样狼狈。

当深夜来临时,一度踌躇着是否要在床上躺下,只是这一晚是这趟旅程里温哥华的最后一夜,几个小时后,下一段的行程即将开始,带着不充足的睡眠启程,不如好好享受这最后一夜的宁静。

搭上离开温哥华的最后一趟车的时候天还没亮,路上只有交通号志依旧积极地在工作,稳定的闪烁速率和车厢内低鸣的隆隆声，就像在子宫内的胎音和外头朦胧的亮光。雨水打湿了车窗模糊了双眼，刚刚旅馆沙发上的那阵睡意再度袭来。是啊，原来台北已经晚上十点了，这时两个儿子早已熟睡，我也差不多这时候准备上床的。

机场漫长的等待在时差的视角中，形成无限蜿蜒的道路，是永远到达不了的终点，到最后，这一切的过程被这一路上的曲折取代。机场的样貌、来往的行人、等待的气氛，都混合成了一场迷雾，飞机降落后，这片雾全都消失在旧金山的晴空下。

这两小时航程的最大差异是一件大衣的穿脱，加州的阳光和煦，在这样的一个冬季里，恰到好处，让人想挑块修剪平整的草皮躺下假寐，可以听见风拨弄着枫柏、幼童在草上嬉戏、街角的无人车缓缓地起步、邻居在车库内谈论着改变人类生活的机器，和远方飞往火星的殖民火箭发射升空。

巴士在加州的阳光下行驶着，司机热情地介绍住宿附近的环境，也顺便分享了他一天的工作内容，积极的语调呼应着巴士外的阳光。说句心里话，这阳光真值得让人熬夜。

公路电影

2017/11/11 洛杉矶

已经很久,没有见到这样大片又清晰的星空了,尤其是在这样进步的国度里,满天闪烁的星光,是旅人在大都会之外的地方难以想象的美景。而这片星空是那些奔驰在州际公路上的卡车司机午夜的慰藉,也是疲惫异乡人的思念,想将这样的珍宝全放进口袋中,只可惜无论如何调整设备的参数,这样的感动都无法重现,只好让这样美丽的星空留在回忆中。或许,这就是上天的本意。

圣何塞演出结束后的一个钟头,我们的庆功宴是在美国西岸的五号州际公路上办的。没有主持人与麦克风,但是有引擎声和打呼声;没有华丽灯光,但是有满天星斗;没有珍馐美馔,但是有汉堡奶昔。西方电影里摇滚乐团的巡回人生现在正在上演,只是缺乏戏剧张力,恐怕是会被好莱坞回收的剧本。巴士上没有威士忌,没有细腰丰臀，没有大打出手，也没有悲欢离合。这样的电影，就算是二轮戏院也不会有人买票进场。

这部长达十几年的漫长公路电影，曾经有过几个激情的镜头，也有些欢笑与泪水的场景。参与演员应该也有百万人了吧，都不是临时找的，而是他们自己挑了这部电影主演。而我，则是常常出现在这里头，有时跑龙套，有时在一旁挖便当，或是屏幕全黑让彼此沉思，或偶尔在其他演员的生命中沉默地亮相，之后再回头演自己的漫长公路电影。

而现在的桥段正是整部电影最低调的时刻，没有配乐，没有爆破，跑龙套自言自语地旁白着，确实无趣却又无比真实。

巡回的巴士开在两场演出之间，车上的宁静和刚才台上的狂喜是强烈的对比，老子说的"为无为，事无事"，是否就是这样的境界，自然而然，缓慢又悠远。

这电影的剧本还在不停地写，胶卷也是不停地冲洗出来，只是现在长镜头的比例变多了，看的人可以好好琢磨里头的演出，正在演的人期待着这部片可以演得比他想象的久。还有，现在想要报名演出的人，男女不拘，不需要任何经验的。

洛城邂逅

2017/11/15 休斯敦

洛城旁的帕萨迪纳是个宁静又温和的城市，像躺在秋天染上了黄昏的落叶上，等待着眼前的翅果缓缓地飘落。最热闹的那条街，没有人擦身，也没有人需要让路，偶尔有从车子窜出的音乐，像是冒失点燃的烟火般引人侧目，却在音乐远离之后如飞烟般消失无踪，然后路上的行人继续他们未完的事，享受这小城的静谧。

行脚在这城停了下来，歇息几天的时间，应该会是一行人欢笑最多的时刻，漫步在这里或是在远处经典的游乐园里享受刺激与惊喜，都是这段高压且疲劳的行程中，最迷人的调剂。多年之后，记忆中会留下的，应该都会是这段仿佛在云端的感受，或是那些睡眠不足的提领行李与登机手续。

尚未调整时差的我，这城我只见着了她的黄昏，却也值得，既然值得，也不能辜负了其他地方的美丽，本想在洛城市中心的几个建筑里欣赏当代的艺术，却未留意许多场馆休息的时间正巧就是我决定早起的这一天，一趟四十分钟从帕萨迪纳到市中心的车程，最后换来的是闭门场馆旁的一杯蓝瓶咖啡。

虽然结果未圆满，过程却让人回味，只因选择了大部分加州人少有的交通方式——捷运系统。曾经与久居加州的友人聊过洛杉矶少有人搭公交车或捷运系统，所以每到上下班时间，高速道路上的瘫痪是每个人早已准备好的让时光虚掷。前去场馆演出的那晚，巴士就像是轮子上了胶水般黏在五号州际道路上，只可惜这胶水无法将惴惴不安的心固定在一处，而是悬挂在巴士司机的后照镜下，随着不平的道路左右摇晃着。到达场馆后门，只剩十分钟不到的试音时间，无法预测的交通一直是对演出严苛的考验。

在加州的最后一天，搭上了当地的运输系统，其实并非像友人口中所说的那样不便，沿路风光也立体而生动，是未曾想象过的洛城，可惜已是最后一日。能有此邂逅，令人惋惜。下次重返此地，应该再多些日子让人慢慢品尝这地区的细腻与柔情。

过客匆匆

2017/11/18 纽约

休斯敦的演出正好落在这次巡回的中间点上，一个墨西哥湾旁的温暖城市，地理上也正好替我们在北美洲划下了一道分界，地图上左手边的西岸和右手边的东岸，时间性的前期与后期。在这样的中间点上，当事人通常会有两种思维，"啊，过得好快"或是"快要可以回家了"。而我，常常是后者。

这样沉思，往往发生在深夜，万物静默无语，心底总会出现自己的声音："这城市留住你了吗？否则为何想家，那样渴望着熟悉的事物回到身边？"事实上，并非是想远离这些刚来到的地方，而是内疚地自知无法在有限的时间里深入那些环境，而成了一个身不由己的过客。停留时间的短暂，竟成了想缩短这旅程的理由。

因为这些城市的成形是那么令人好奇,那么伟大,绝对不只是生产石油或是太空总署的控制中心那样表面,也不只有大块牛排和富豪而已,但时间的推移却也将还没熟悉这块土地的我挤压到了下个城市。

虽然是像过客般匆匆,但总是会留下些什么在心里,那些是我们飞越半个地球的理由。也唯独有那些独特的夜晚,才能将那颗想家的心暂时放下,拿起吉他,创造一个无法重复的时空。万物静默,我也常常在这样的深夜问自己:"这一切值得吗?"答案,我想我早已知道。

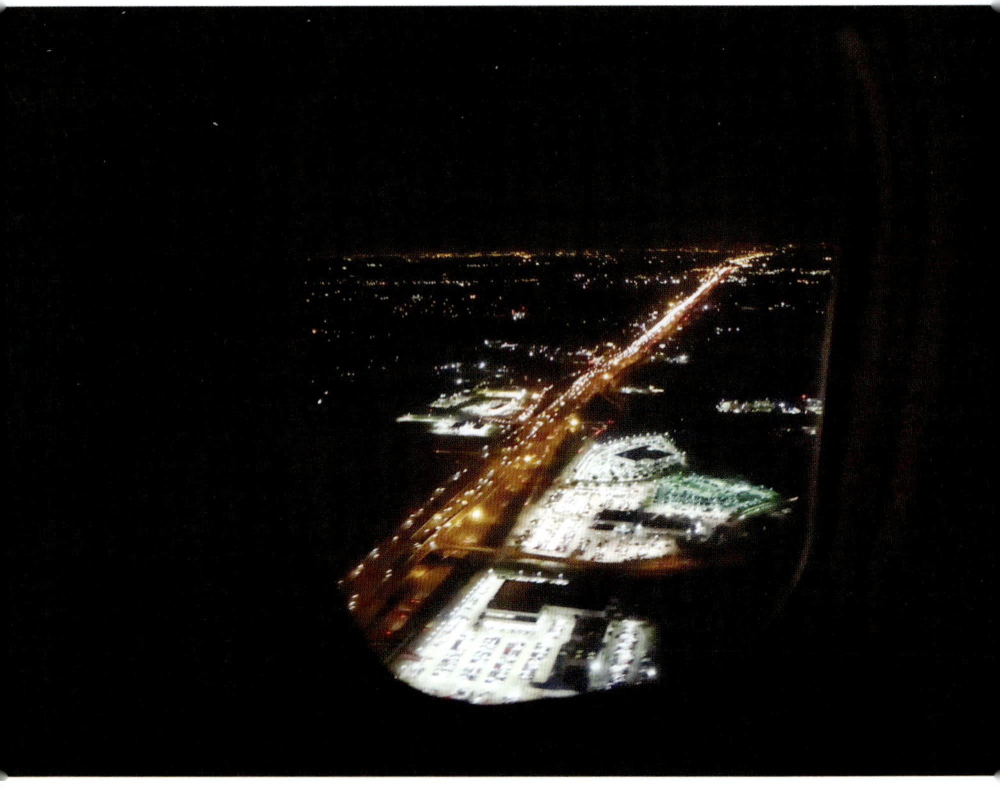

桥上的夕阳

2017/11/21 芝加哥

　　一早就没停过的雨，让米奇取消了每个晴朗午后必定的行程；走上布鲁克林大桥，在桥中央看着金黄的太阳慢慢地变成葡萄柚果肉的橘，然后消失在海湾边缘。他已经这样十七年，开始这仪式的那天晚上，他本来要到 Irving Plaza 看 Coldplay 第一次在纽约的演出。

　　这场雨，令米奇想起了十多年前的那场雨，他清楚地记得那天天气冷得像是要将他这个澎湖小孩，用宇宙深处最黑暗最冰冷的物质将他给凝结了般。而那只他一路上一直紧握的手，到最后竟也如那场春雨一般冰冷。

　　为了躲今天的这场雨，米奇走进了 Bowery 上的 New Museum。这栋日本建筑师设计的前卫大楼，在米奇刚来纽约的时候，还没开始建造。当它落成后，米奇正好从雀儿喜（切尔西）搬到这附近中

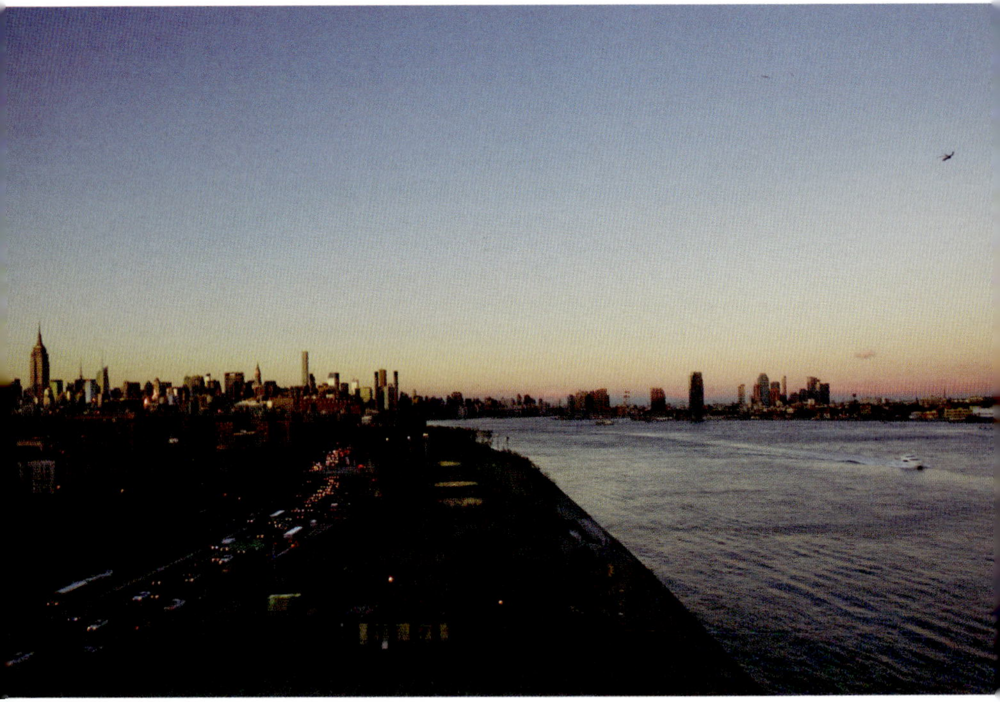

国城里的公寓。米奇从未踏进 New Museum 一步，因为它独特的外在，在小意大利区和中国城的对比下，让米奇感到它似乎在暗示着米奇在这"多元"城市里的不和谐，而这疏离感也是他离开雀儿喜的理由之一。搬到中国城，并不是寻找那份熟悉，而是试图在一个较为均值的环境中，减低他人对他的异样眼光。

但他错了。每天出门，公寓楼下餐厅的伙计就会像看到店里的海鲜走在路上般睁着眼看着他，米奇会快步远离那附近，像是做错事般逃离家门口。米奇刚来纽约的那几天，握着那只手走在街上，是那样安心，那么温暖；现在没了那只手，米奇觉得自己像是没穿衣服，没了肌肤，赤裸地走在街上。

米奇走出 New Museum，他难过地觉得里头正在特展有关性或性别与社会文化的冲突，借由前卫艺术做出批判或沉思，竟真实地反映在他的日常。但事实上，餐厅那伙计只是想找机会问他的耳环是在哪买的。

到现在雨还没有停，就像十七年前那一天。

他们俩约好了在当兵前一起去纽约。连续好几天的天晴，他们在中央公园散步，吃了好几只雀儿喜市场里的龙虾，从帝国大厦顶看见了整个曼哈顿。Coldplay 的演出是在明天，本来打算今天傍晚在布鲁克林大桥上看夕阳，天黑后到对岸享受纽约最有名的牛排。留在纽约的最后一天晚上是期待已久的演唱会，回台湾后可以同时入伍服役，退伍后，两个人再一同搬到米奇妈妈留给他的套房。

但十七年前的那场雨打乱了他俩原先计划好的浪漫，他像个促狭鬼地跟米奇说："明天开演前我一定要看到夕阳，如果明天看不到，我们就不要回去，直到那天天晴，好不好？"米奇没有回答，只是笑着，但雨下得很大，他们看不清彼此的表情，米奇也没看见那呼啸而过的车，只听见让米奇每晚无法入睡的救护车鸣笛声和自己不停地喊着他的名字。直到隔天清晨，米奇都没有放开他的手，而那只手就像那天的春雨一样寒冷。

演唱会开始，Irving Plaza 空了两个座位，米奇自己一个人走上了布鲁克林大桥，他终于看见了夕阳。后来的十七年里，只要天气晴朗，都会看见米奇在布鲁克林大桥上，等待着太阳消失。

后 记

公元二〇〇〇年，Coldplay 第一次在纽约演出，我和团长、贝斯手、游绍导演站在 Irving Plaza 的门口看着演出的广告牌叹气。纽约是一个容易错过的地方，因为这里有太多的精彩。有时人生就不会是你把握了所有的事，它就会成为意料之外，就像故事里的米奇。我祝福他有天能见到雨后的彩虹。

城市天际线

2017/11/26 多伦多

一直都很喜欢芝加哥这个城市，她总是给人一个优雅又神秘的印象，或许是童年看的电影《狄克崔西》所留下的记忆，让我对美国草根时期之后的权力与欲望蔓延的十九世纪城市雏形，投射在这城市，深刻地烙印在脑中。是真实也好，是误会也罢，至少芝加哥城市的天际线和街道尺度的规划，会让人觉得比美国的其他城市高贵而且有气质，甚至优越于刚离开的纽约。

前往下一站的路上，短暂的假期正好让我可以慢慢地探索芝加哥，而市区的路上已经没有阿尔·卡彭的党羽，街道上连发机关枪的硝烟早已散去，当年酒吧里的私酒现在已可以公开贩卖，舞厅娜娜的女子年华也早已凋零，只剩下十九世纪末芝加哥大火后的钢骨建筑依然屹立，成了黑暗骑士出没的场景，和更刁钻邪恶之人躲藏的暗巷。

日前一个有扭曲历史嫌疑的美国假期，让这城繁华的生气随着上桌的火鸡一同被屠杀了，大街上满是无处可去的观光客无目的地漫游。入夜后，芝加哥的街道在这一天竟是空无一人，似乎全城的人为了黑暗骑士与小丑准备在这街头大战一场而躲在家中，不敢发出一点声响。

无处可去，他们俩的战争也轮不到我插手，只好下载了巡回团队里正风行的手游在饭店房间里打发时间，只是这游戏入手得晚，手指功夫也不如人，一两个小时过去，还未抓到诀窍，眼睛却已如关不紧的水龙头般，不停地流出疲倦的泪水。只好不甘心地断开了联机，开始怀念起青少年那时的无敌。

几天后到了多伦多，一路上常挂念着等级的提升和攻略，因为要玩好这游戏，得做一些有用的事，以免成为一同游戏伙伴们的累赘。但不争气的眼睛没办法令我持续地练习，只好在脑中不停地演练，等到真实的人生补满血后才能再战。

脑子不停地幻想，后遗症是无法在应该睡眠的时候停止战斗，黑暗骑士和小丑从芝加哥打进了游戏里，现在又不停地在我脑里攻击彼此，只好起床写下这些，然后再无奈地补上一句："喂，可不可以别再打了！"

冬 眠

2017/12/02 上海

巴黎下雪了,浪漫的花都还有什么能更胜此情此景的,恐怕只有香被底下的缠绵了。温暖这件事,在冬季是奢侈的,除了那些包裹着身体的厚重衣物,人们总是会要得更多。烧得火红的木炭、一杯暖手暖胃的姜茶、克什米尔羊毛制成的毛毯,和一个没有意外醒来的睡眠,并希望熟睡醒来后能像初恋般难以忘却那夜的美梦。

寒冷这件事,对在北回归线经过的岛上生活的我来说,总是离得比较远一些。如果不是将近一个月在北美的瞬间位移,在地图上跨越如此庞大的尺度,回到台北后,温度的差距就像是将我从冷冻库中搬到常温下退冰,我倒还不会那么怀念两日前台北接近夏天的晴朗。武侠小说里逼出寒气的桥段,在那时贴切地形容了我的状态,只不过阳光两日的运功还未完全将身上的寒毒退去,今日又来到了一个微寒的城市。

北纬三十一度的上海，位在巴黎和台北的中间，靠着黄浦江和太平洋，似乎并未将温暖的洋流和水汽借着地理上的优势留在这个城市，微湿的地面和已经枯黄了的树叶，暗示了接下来的气候变化。不出几个月，浪漫的初雪也将笼罩着东方的巴黎，到那时，在上海的人们会希望一直在被窝里缠绵，还是期待着温暖的阳光赶快到来？

　　才跨出北国的寒冬，回到暖和的海岛，又一脚踏进了长江畔的湿冷；才从严寒中苏醒，现在又想冬眠了。唯有一种众人齐声的喝彩与欢唱，才能彻底地消灭这寒冷，而那种温暖，是世间最为难得的。

银杏

2017/12/03 上海

冬阳难得,一早驱走了寒意,便沿着太平桥公园溜达,附近居民逍遥自在,漫步在街道,日光在冬日枯黄树叶的密林间筛落,静好的时光,映射在相机的光圈里,是值得被凝结的幸福,留给那些期待恬静美好的心灵,和相信这些瞬间便是人生的人们。

公园的对面,一楼店面里的豪华房车和彪悍超跑干涉不了这一刻的宁静,已经绕着公园跑了第五圈的黑衣壮汉,才是这小区里速度最快的物体。不需名贵车内的舒适装潢,落叶纷纷,凉风吹拂,是至高的享受,物外之心,应该如此。

或许是这如此繁华的城市之中,才能觅得此情此景,也或许是这冬阳的和煦暖和了心境,让这城慢了下来,像是空气中的鹅毛缓缓地飘着、荡着,迟迟未落入手心,让人盯着它飞舞在空中,飞舞

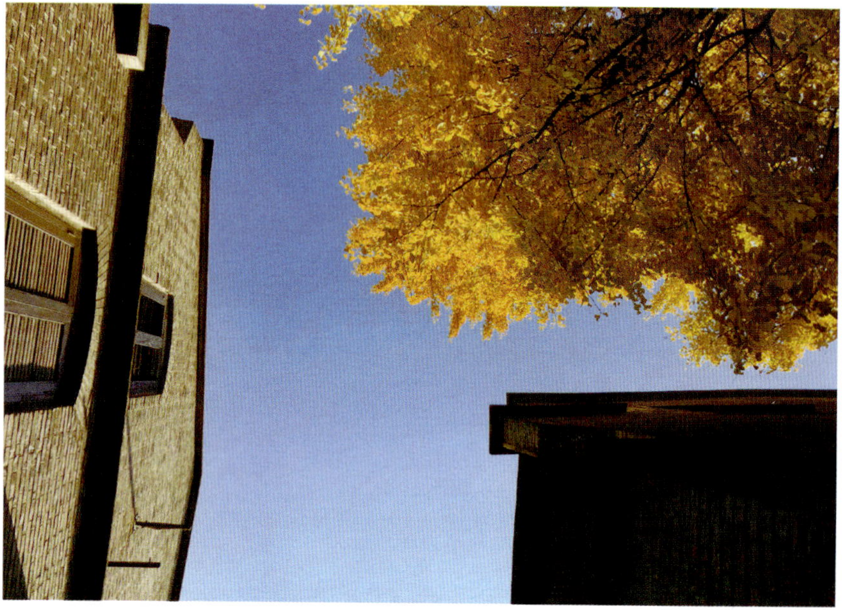

在时间之上。

黄陂南路上脚踏车的铃声划破了这短暂的宁静宇宙，但一路上的清水砖再一次将人拉进了另一个时光隧道。这区已经十几年未曾再访，当年的酒吧早已易主，附近的建筑也成了更高的高楼，而这重新仿制回旧时代的建筑群，也因其巧妙的"仿"而吸收了使其存活的本钱，而在这时光幻象的内在，其实是一种更为摩登的生活方式。

趁着正午未至，餐厅和商店的人潮尚未涌入，品味着这区特有的矛盾。正寻找着真正属于那个时代的对象，远方屋檐间的那一片黄吸引了我，是一株参天的银杏，挂着满树如油画颜料般悦目的铭黄，调和着周遭的幻象。真正跨越了时代的，竟是一株未与时代并行的自然。天门开阖，能为雌乎？

牛肉面

2017/12/05 上海

很久没有回去看奶奶了，台北这几天的空气质量这么糟，不知她是不是还会出门到旁边的公园走走，但只待在家里也会令人担心减少活动造成的退化，仿佛已经看见她皱着眉说自己已经老了这样泄气的话，常常只有两个曾孙的顽皮才能让她暂时分了心，看她带着微笑的双眼，周围的子孙也才能暂时放了心。

来到上海，听这城市的声音，总是会让我想起她。在宁波出生的她，虽曾说过宁波话和上海话是不一样的，但恐怕是在上海或宁波长大的人才能分辨得出那些许的不同。两地的人互相对话时，要能知道哪一个是上海人，我可能只能从单位时间说话字数较多的那个，猜测说着流利上海话的人或许是他。

除了那熟悉的口音之外，这城市里的黄浦区竟有如孪生兄弟般和台北有着许多相似的路名，让我又起了思念。天津、南京、汉口、福州，地图上的远方成了两个城市里头的街道名。那些离乡背井的人们，是不是能够在这些街道里抚慰着他们的乡愁，还是跟现在的我一样，站在上海的南京步行街口期待一转眼就会回到台北的南京东路。

当心渴望着回到那熟悉的地方，会像是即将溺水的人伸手试图寻找可拯救生命的浮木，而正巧映入眼的，是一间卖牛肉面的小馆，一楼已坐满了人，二楼的狭小空间并不影响对这碗面的渴望，墙上的神龛似乎跨越了空间，连结到了奶奶虔诚膜拜的那一尊。阿姨从楼下小心地端着绿色碗公盛装的面，没有溅出一滴，满满豪迈的葱花，抗战老兵的家乡味，在台湾生了根，也在各地发了芽，无论口味轻重，口中就是满满的相思。

吃完了面下楼，五坪不到的空间里依然满桌。墙上的匾额记录着这间小店的年华，百年前就已存在的它，想必是喂饱了许多人的心。门口正在调味的老板娘，不知为何看得出我来自外地，亲切地问了一句："香港来的吗？"我答："台湾来的。"转过头，我竟流了滴泪。

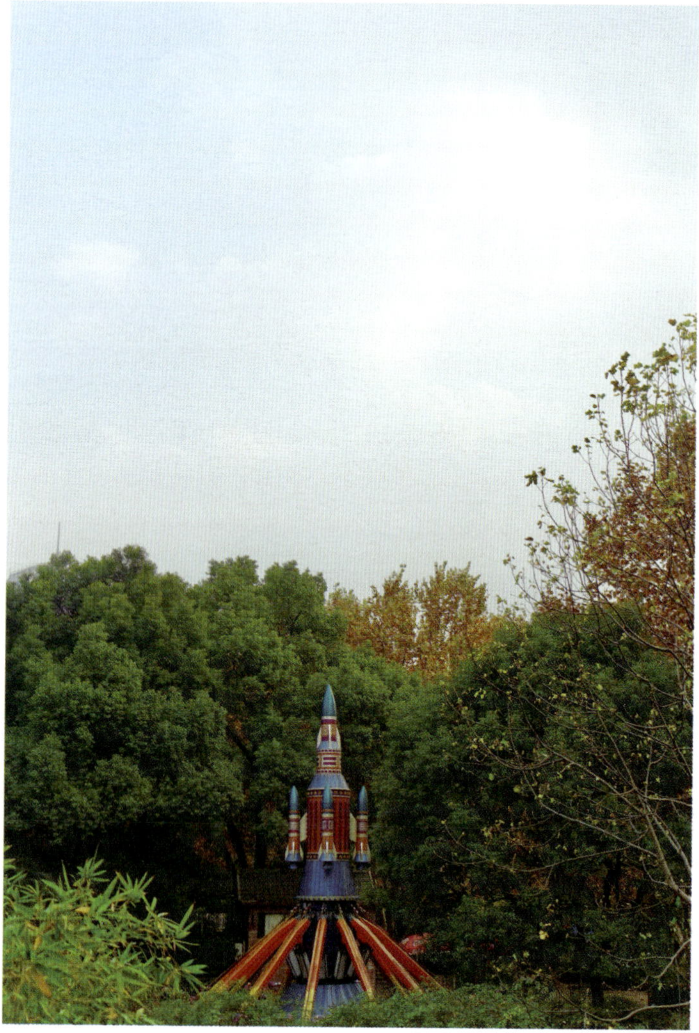

床边故事

2017/12/06 上海

儿子还小的时候,睡觉前都会要求说个床边故事,经典的重复说过很多次以后,脑中剩下的,尽是些超越他们年龄能够理解的故事。有天晚上,灯已经熄灭,选了几个故事他俩都不爱,一急,随性地创造了两个角色:小兔子与小野兽,地点:在森林里,然后,故事就这样开始了。

说故事之前,压根没想过结局,也没设计任何精彩桥段,毫无章法地让这两个角色在脑中自由自在地生活着,遇到了什么事,碰到了什么人,都成了我催眠他们的素材,但后来讲到自己精神不济,就草草将这两个角色送到了故事中的家,像现实生活中的两个儿子一样,准备上床睡觉了。这个夜晚用了这个枯燥的床边故事打发了他们,心里想,如果这世界有床边故事大赛,我今天的表现应该会是全世界的最后一名吧。

本以为兄弟俩会忘记这无聊的故事,要我换别的说,但隔天竟要求我告诉他们小兔子和小野兽在森林里后续发生了什么事。故事意外起了头,既然是虚构,我就把日常的一切描述成森林里的生态,接着好几天,同样的角色,平淡的生活,竟成了肥皂剧般让他俩难以抽离。

断断续续地讲了几个月之后,兄弟俩还未丢失兴趣,倒是我,开始觉得无趣,索性将故事转了个弯,让主角在森林里遇到一个博士,准备建造艘宇宙飞船上太空。故事中的挫折与困难可想而知,但每日章回的结局却都是以众人为了更好的明天而上床睡觉作为一天的结束。兄弟俩从未抗议故事内容,让人不禁忖度着,床边故事真正需要做到的,似乎不是说故事,而是在床边。

前日在上海的人民公园里,偶遇了一个游乐园,一艘色彩缤纷的设施像极了我当时天马行空的那艘未完成的宇宙飞船,拍下纪念,打算告诉他们故事业已成真。虚构的故事可以再续,只是已经见过世面的小男孩,是否还愿意陪着父亲听他说无聊的床边故事?

落 叶

2017/12/08 上海

镇宁路上清道夫不停地清扫着落叶，刷刷的声音甚是好听，勤劳的声音应该就是这样吧。但不知他的心里是否正埋怨着正刮起的大风，路口那才堆起的金黄色的冬叶，又回到了它们刚落地时的位置。有些叶甚至不甘寂寞，和正在空中未落下的那些，一同舞着，飘着。

常觉得，这些无声的花树，就像是城市里的诗人，或是音乐家，能够丰富这单调枯燥的几何环境；有时又像个顽童，逗得让人好气又好笑；而有时亦会让人动情，寄托自己深藏心中的那个难言于此景。接着一阵鼻酸，竟是为了那已落地的叶。

因为那些空中飞舞未曾静止的令人眼花，还未仔细端详其中一片，就已发生变化，想探求其源头和路径，实则困难。热力学第二定律的证明，就在这一场风吹落叶的现象中展现。因此，那些落地的，或是已经成了堆的呈现出来那样轻易被瓦解的稳定，才会那么容易让人感到伤悲。

这景象容易触动那些漂泊的人，落叶归根对他们来说，只是片如昙花般的风景。当风起时，扰动着他们的，一次又一次地，并不是那阵风，而是他们不时看见的落叶满地，并执着地想成为那片永不再被卷起的叶。

四季更迭，花开叶落，每阵风，似乎都是为了那片完美的落叶风景而吹，却意外地成了旅人的哀愁。或许有那么一瞬间，当风静止的时候，漂泊的人能看见被风吹而摇曳的枝头，那些还在枝桠上的，那些即将落下的叶。它们不是过程，也不是结果，而是一种境界，"风定花犹落"的境界。

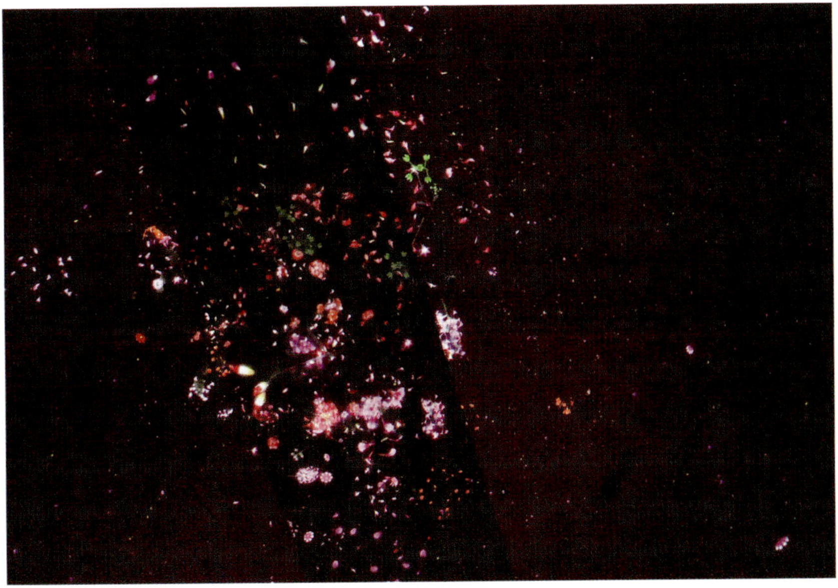

太平盛世

2017/12/15 新加坡

一场午后的大雨，偷渡着许久不曾听见的响雷，震碎了一个已经失了忆的梦，震波也掩盖了枕边 Arvo Pärt 的琴声。或许是尚未清醒的缘故，这突如其来的一阵雷却像是永恒般地持久，久得令人回忆起早晨在新加坡国家博物馆特展厅里听见的"二战"战机轰炸地表的录音写真。

在地球上许多大国的博物馆，常借着自己土地上所遗留下来的历史文物来诉说那个时代的故事，有时从掠夺来的文物来证明自我的伟大，一个青铜铸成镞，背后的旅程可能是轴心国与同盟国间的战争；一尊埃及法老的金身，或许来自一艘西班牙沉船。不论这些文物来自何方，当它们被集合在一起，就值得让人静静地阅读，并思考它们为何被创造以及被重现的过程。

在新加坡国家博物馆中，看不到故宫的华美与浩瀚，也见不着大英博物馆的霸气与多样，但却可以循着历史的轨迹，看见她如何从蒲罗中变成淡马锡，再从昭南成为现在的新加坡。得天独厚的地理位置，却成了列强争夺的要角，而未曾在大小战争中缺席的她，却能在每次的复原后重生，变得更为强壮。

一间间的展厅各自诉说着不同的主题，而背后的意义，是昭示着这片土地上坚韧的精神，而其中最令人兴奋的是自然图集特展里的芳香瓶，万万没想到一个博物馆中竟能将大自然的美妙如此真实地重现于此。而玻璃圆楼里的"森林的故事"，将人置身于一场幻境，躺在展厅的地板上，看着威廉·法夸尔自然图集里的画作从空中缓缓地落下，星空幻化成缤纷的花朵，其他展厅里的喧嚣与争战在此都已消失，这才知道，原来宁静是这么容易得到，却也那么容易失去。

一个国家级的博物馆不与人争锋，追求着奇珍异宝，而是以时间为经、事件为纬，编织着这一路走来的历程。适可而止的感官刺激，能让人体会到她的细腻入微，而这些对象背后的核心，其实都指向一个事实：战争所造成的影响。期待有一天，所有博物馆里的收藏都能不再让人叹息,也不需令人反省,能静静地听着青花瓷,诉说着工匠的眼睛里曾经看见了什么样的太平盛世。

锚定

2017/12/16 新加坡

几个月以来，航班起落的次数在行事历中已经无法计算，每每回到家中的第一晚都像是裹在云朵里入睡般舒畅，虽然常提醒自己这样令人羡慕的常态不该抱怨，但每每看见一种更为家居的生活时，总是无法不对自己的现状产生怀疑。要释怀，只好改变心态和习惯，说服自己是个游牧民族，飞机是我的驮兽，行囊也就只是一个背包和一把吉他。

只因看见牛车水的一个展馆复原了多年前的生活形态，才让我脆弱地又翻开了行事历，细数着那些已经离开了的城市和那些还未到达的城市。展馆里头的故事是那么深地扎根在这个区域，才让人更能感受到"家"这个难以解释的文字，是否其最基本的条件是一种锚定。

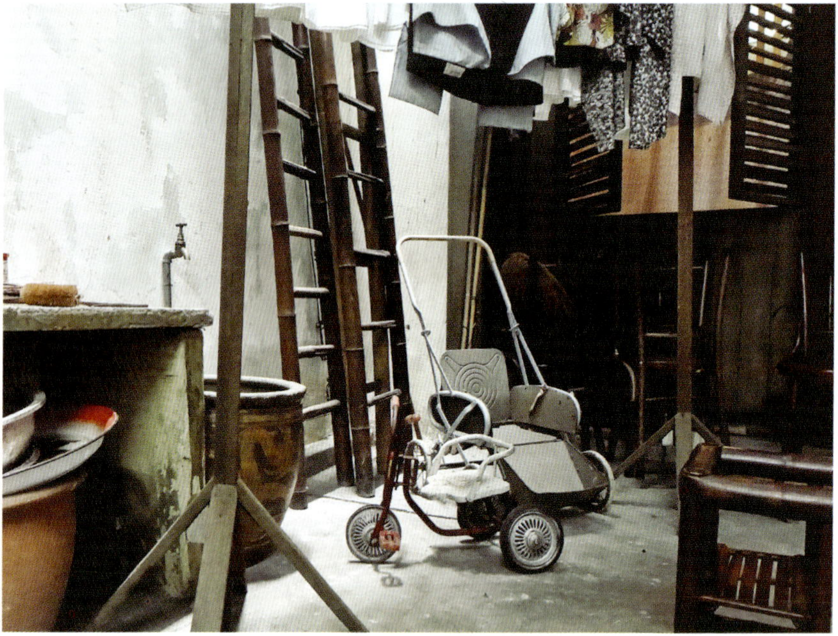

在那个世代，没有镜面烤漆、没有抛光石英砖、没有水晶吊灯、没有真皮隔间，生财工具就是家具与陈设，草席瓷枕和隔壁陈家八个人的打呼声是每一晚必备的催眠，生活条件糟糕得没有卫生设备，而是二三十人共享茅房而且每天由粪车挑粪。

这拥挤的空间里，不只让人看见了生存，并且有着更多的生活，让这里头的每个对象都带着丰富的故事。可以想象着那样的空间里有多少的冲突和妥协，但是也因为人是那样紧密地接触，冲突或许是火花，妥协或许是合作。多年以后，这样的一个独特的区域诞生了，意气风发的一直到了今天。

展馆的一楼有一个天井，其中的故事引起我的沉思，只因这空间内同时提供了工作与家庭这两件事同时发生，才让我思考着或许华人的韧性就是在这样的一个空间里解释了一切。没有人是独立的存在，而"家"，是可以轻易地融合在任何的时间和空间之内。

一家人的形成，是一种无形的连结，而不是有形的捆绑。本以为一个真实的"家"就得像牛车水的这间展馆一样，得锚定在一处，但后来发现，家真正需要锚定的，原来是人，是家人的心锚定在一起。

阻力

2017/12/17 新加坡

台北正遭遇低温的袭击，家中的窗门紧闭，只留了一个一指宽的小缝在厨房旁的窗。进出其他房间开关门时，因为压力的关系，外头的冷空气会意外地偷溜进来。

其实，冷热空气并没有如我心中所想的泾渭分明。在那一指宽的缝里，冷热间的交换是剧烈却无法见识，只因空气的物理状态是一种流体，能充满地心引力能触及的范围。真正能和它产生界面的，就是固体和液体的另外两种状态了。

台北的冷空气远在新加坡的我感受不到，只能听到家人形容它的威力，但这空气并没有失去与在南洋的连结，是同一层的大气，只是符合了当地的地理特征，温暖又潮湿，让怕冷的我，能在一个北半球的冬季中，再一次享受夏天的逍遥。

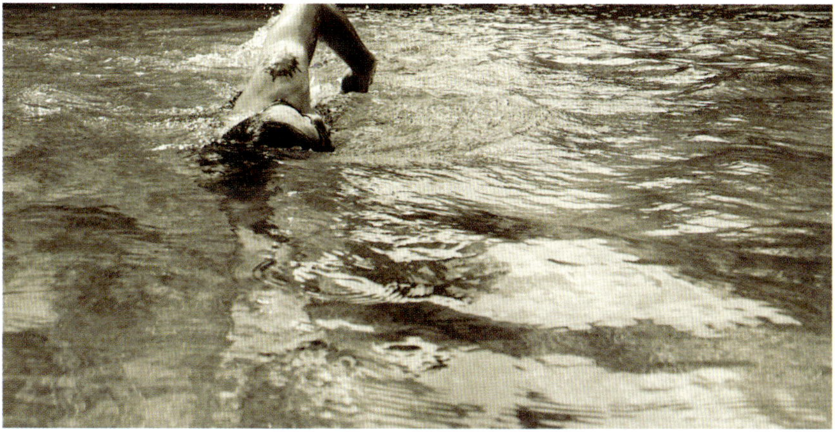

天晴的午后，戴上已经半年未曾下水的泳镜，回想之前游泳课程的体会，口诀就是不要与这整池的水作对。这样的领悟来自于一堂不断冲刺的训练，每次冲刺都是用尽了全力，恨不得像子弹般往前射出，但出的力越大，水池的水就越像凝胶将我牢牢地抓住，到最后，体力耗尽，全身酸痛。但也让人思考那些飞快的体育选手，其实并没有超人的肌肉，让他们如此迅速的原因，必有他法。

　　几天后，再一次回到泳池，教练指导着更为基础的姿势：每一次划水，得像落花那样缓慢，前进的每一下，都得像只鱼让阻力最小。渐渐地，我与池水似乎能够对话，它不再是阻止我前进的凝胶，而是包裹着我身体的流体，可以感觉到水流流过每寸肌肤，像是羽毛轻抚，从头到脚。

　　带着这样的记忆，我不再执着于气力的展现，而是在每一次的寸进中，享受着细微的变化，在水底，竟能吹到风，也可以感受到微气候。原来，臣服于自然的力量，竟能得到这么多收获。

便当

2017/12/23 桃园

    前阵子很久没有见到她，对一个常态性总是生活在一起的团队来说，这样的一个消息，不免令人叹息。这口叹息，呼出的是抗拒不了的责任感与使命加诸在她身上的重量，和平衡不了的公司与人生间造成无法重置的扭曲。但幸运的是，再次回到岗位的她，气色和以往一样带着茉莉的柔美，笑容也还留着有如春天的温煦，好似她那段不见了的日子，是隐身在哪栋私人会馆中休养后才能有如此气色和轻盈了些的身躯。

    但能有这样的状态，绝不是简单的照顾就能复原，那段消失的时间，其实是身为生物都不想再经历的折磨。没有听她自己说过，却总会从身边的人口中听见这病痛的治疗方式与症状，身体内无数原本不该出现的细胞，竟成了扰乱生活节奏的凶手，暗杀了我们的笑容、我们的宁静和我们总是忽视自己身体的傲慢。

昨天晚餐的时间，她走进休息室，后台的团员尚未到齐，彩排未能及时开始，她关心着团员们到达的时间和整个巡演的大小琐事，不曾见她在大家面前皱眉，却能感受到回过头后的那股强大的精神力在她的身上发散着，知道她一定将众人的事一股脑地又扛上了身。顺口问了一句："吃晚餐了吗？"否定的答案。不由自主地催促了几句，或许是我太多事，但总担心如此高压又稳定的工作环境再度唤醒了那身体里的邪恶势力。

她邀请我到她的岗位上看看，那是一场演唱会里视野最完美的地方，真正的要塞。屋顶下的每一位都聚精会神，没留意到我的存在。就连她，一坐上指挥席，就像换了一个躯壳，春天般的笑容收了起来，茉莉的香味也消失了，只见她如宝石般的双眼，闪耀着。

不难想象这控制台前的便当为何迟迟未打开，只好多事地又说了一句："快点吃吧！"但不只是她，在高台上的灯光师、舞台边的摄影师、控台旁的音响师，还有许多的工作人员，都为了这个独一无二的夜晚，付出了许多，便当也都还没打开。总是希望可以为他们再多做些什么，但现在请让多事的我再说一句："快吃吧，饭菜都凉了。"

智 慧

2017/12/24 桃园

前往桃园国际棒球场的路上会经过新北市的河滨公园，车子在六十四号高架道路上奔驰。晴朗的天气里，远山、蓝天、绿地、小河、嬉游的人群、挂着笑容的宠物，对快速移动的人来说，这是一片近似永恒的风景。只可惜，对常常手持方向盘的我来说，这片风景是如此难得，得将眼光从前方的道路移开，方可获得。

是因为多了个帮手，才能如此悠悠地看着远方，在动静之间，享受着差异所带来的乐趣。但享受的人是我，身边的人却只能注视着前方，随时听从导航指示更改路线，一心无法二用，自然无法见识这静美的瞬间。

如果这世界持续地进步下去，可以想见身旁的帮手或许不再会是真实的血肉之躯，而是有如科幻电影般用屏幕及声音来驱动的移动设备，人类将空出许多时间满足自己真正的需求。但是，那真正的需求究竟为何？

后台的空闲时间，团员们常在网络上与真实的大脑斗勇斗智。我常在想，或许哪天打败棋王的人工智能能组成一队，与来自台湾的电竞世界冠军来场比拼。但如此具有战略思维的人工智能，未来是否会成为电影里的一场科技浩劫？

在厮杀激烈的声响下，与勇志聊到这世界面对人工智能与自动化所带来的影响与因应，硅谷的那批科技巨人们对新科技的支持不令人意外，而大众的担心却也能说服许多人。但他也提到正有一小批的实验，在高度的智能与无人工业制造的机制下生活，并由政府单位负担人类的最小生存开销。本以为人类会因此成了纯粹消耗地球资源的生物，意外的是，这批人非但不会不事生产，并且发展自己的潜力创造了软硬件无法达成的境地。

昨夜，第一夜的演出，天气微凉，状态极佳，节目已进行至最后三分之一，以为一切能顺利至结束，手上的乐器却突然哑了几拍。慌张的我以为是设备自动化的步骤出了错，却在最后一首歌才找出问题来自老化了的吉他线路。对自动化与人工智能的不信任其实深植在心底,但我却真心希望有天能不用再握着方向盘在车内望着远山与天蓝。当那天到来时,人类或许都不需要再以重复的劳力来维生,到那时候,我们会知道自己真正的需求了吗?

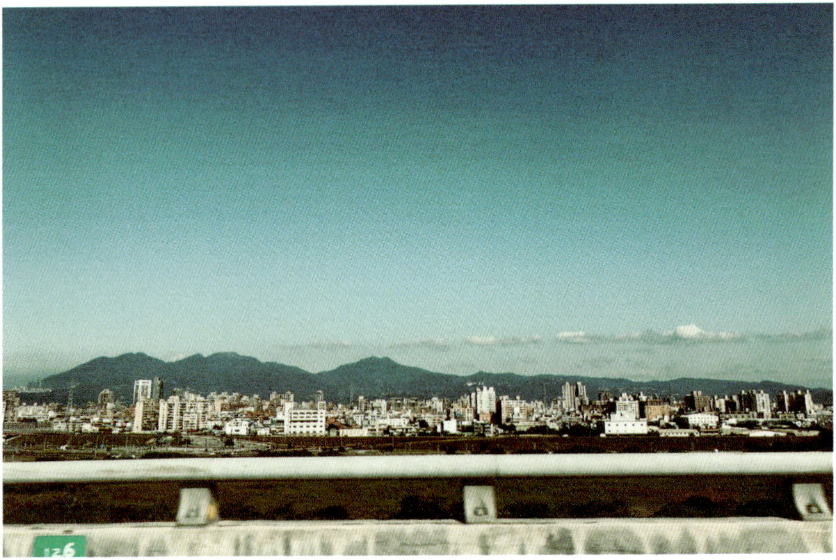

果

2017/12/26 桃园

  后台常备有许多种类的食物，彩排下台后，可以满足短暂的口腹之欲，为这几小时的集体生活增加了在地的、全球化的、自然的、人工的风味。桌上放着能下肚的品项与类别，虽不至于能与便利商店比较，却也略胜市场角落的蔬果摊，只因桌上常共存着水果与包装精美的食品时，最先被众人翻牌的，不意外总是那些精致且浓缩了的美味；至于那些未切开的橙子或未去皮的苹果，通常只有少量会被取用。也因此，金黄色外表容易去皮又不会弄脏手的香蕉，成了不可或缺的必备品项之一。

  回到物产丰富的家乡，桌上放的东西有如百货公司的迷你地下街，地道的南北小吃、夜市里的炸物、美国警察的最爱、友人精心烹煮的家乡菜，后台成了美食展的展场，随时可见到带着笑容的团员或同事大快朵颐，满足地品味着好久不见的相思。

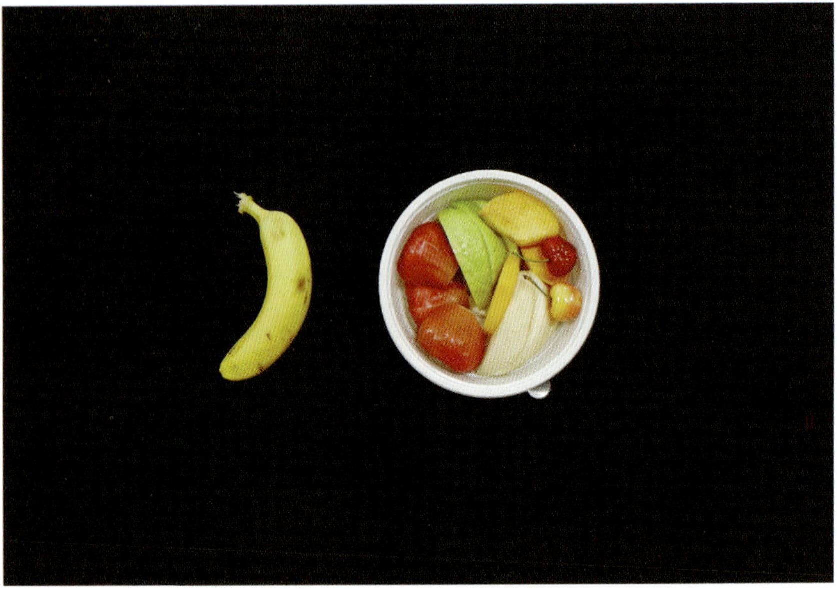

或许是蔬果的种类与滋味符合众人之口，也或许是切块整齐的果肉方便取用，一盒盒原始未调味加工的水果竟也成了畅销，就连平常未曾见过主动拿起水果入口的人，都意外地消灭了一整盒的好滋味。

前日两子一同到了后台，桌上的甜甜圈让他们眼睛发了光，家中未曾出现过这类食物，只因外头诱惑太多且容易取得，我得先在他们年幼时建立观念，所以常嘱咐他们，如果有天然的食物可以取用，何必增加身体的额外负担？但食品的历史与文化力量实在强大，只能靠着天然风味与地域性的特殊为自身推销的食物，怎能敌得过精美包装与制造并以浓缩了人类生理上快乐源头的蔗糖为要求的甜甜圈呢？

令人欣慰的，两子并未沉迷过度的甜咸口味，只各自分了半个甜甜圈。而在一般的食物里，最令他们觉得美味的，并非是哪位主厨的三星料理，而是家人烹煮的爱心鸡汤与昨日旧家庭院开始落果的百香果。我常想，在他们成长后的世界，有许多的知识将会是我无法知悉也无法给他们任何建议的，但是我希望他们的未来能身体健康，从吃进去的东西开始。

拉普达

2017/12/27 桃园

连续了好几天的天晴，将冬至过后的冷空气加了温，午后的球场里，暖暖的像被窝，只可惜保护草皮的隔离板布满地面，否则这样的午后，甚是适合准备些美酒小食，逍遥地躺在这草皮上，幻想着球队夺冠的瞬间、全场沸腾的声音，然后不胜酒力小憩片刻，让冬日的暖阳在身上添被，而夜，何时来到已不再重要。

但昨日，起了风，风吹过来的方向与落日相反，像是要将这唯一的温暖来源给吹走似的，使上了全部的力气。太阳败下阵，在球场的边缘消失，风得到了胜却丝毫不罢手，在漆黑的夜里更是嚣张。阵风成了利刃，割开身上包裹的衣物，直入骨髓，双手挥舞着想阻挡那看不见的利刃，却被它划出一道道的印记，印记警告着即将到来的寒冬。

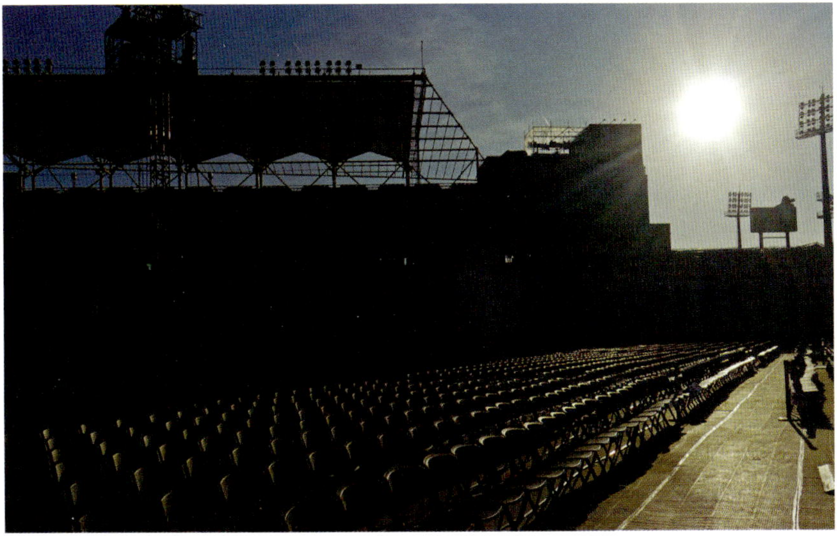

这风威力惊人，多年前常从淡水骑车沿着六十一号快速道路前往位在观音的丈人家，侧风起时会将我吹离航道，气温低得连续四个小时的骑乘只流了一点汗。有天到达丈人家，却见到庭院有如台风过后之景，树倒枝残，人也被低温摧残，鼻涕直流，赶紧躲到屋内取暖，外头依然呼啸着，像是千万头野兽在外头嘶吼准备入侵这最后的圣地。

昨夜，那阵风再度肆虐，舞台旁数台机具喷出的烟雾只存在瞬间，但彩带与纸花却被这风吹得漫天飞舞，迟迟未落地，好似天仙在天界的狂喜或哀伤，都化作凡人得以体会的现象示众，此情此景，是否好似天雨曼陀罗？

球场的边缘，三楼看台区的上方有片屋顶，原意应是遮阳避雨，但造型颇有特色，是达芬奇手绘稿中飞行器的翅膀，轻盈得像是可以将这球场托起，在空中盘旋。今夜的风如果未歇，能否将这球场带上天空，振翅高飞，有如拉普达般永恒地存在于无垠的夜空中？

休 止 符

2017/12/29 桃园

沉寂了几个月的球场，这个月又活了起来，不知道那些场外的小吃美食是不是在球季开始的时候还会出现，如果会的话，在台湾看球赛还真是一大享受，进场时可以打串香肠，离开时还可再带包咸酥鸡。但和演唱会散场不同的是，球赛结束，总会有批人难掩失落地吃着手中的那包咸酥鸡离开。

这段时间在这球场内像个寄居蟹般生活着，球员的休息室成了我们工作室、餐厅、会议室、晾衣间，只消没把家里的床给搬来，否则，就真的可以在这长住。

本以为球员休息室会像外国球场的后台那样冷酷严肃，但毕竟是在家乡，可窥见球员们是如何将这休息室当作家一样对待，处处可以见着生活的细节。对他们来说，在球场上的这十几二十年，确实是人生最重要的时刻。也难怪这后台总是带给人一种家的感觉，只因他们最灿烂的人生，都在这里发生。

休息室外，三垒旁的休息区，长长的板凳正处在球季间的时空中。球季和球季之间，像是乐曲和乐曲间的空白处；球员们调整好下一季的斗志，像乐手们调整呼吸情绪准备下一首的淋漓尽致。

球季马上开打，紧接来到一连串的赛程，有的人会在垒包间冲刺，就像是小号快速的琶音；投手不停地牵制，像是定音鼓般地惊心；而那颗飞出墙外的球，是长笛手最后一句长音之后随之而来的全部乐器的合奏结尾。每首乐曲都有休止符，就像是比赛时这些板凳上的球员，但总会有上场演奏的时候。

约翰·凯奇的《四分三十三秒》有着令人深思的许多休止符，当然一场一般的球赛或一场演奏会是不易出现如此的宁静，但这样宁静的作品却能让人思考，真正的"无"似乎是件相对的事，球员或乐手的休息，其实是为了下一段的事件发生而做准备。

但球赛会结束，乐曲会停止，当休止符不再出现时，我们总会去到另一个领域继续努力。在这之前，我想我们都是需要有人到球场看我们的演出的。

明年球季开打，要不要来吃咸酥鸡？

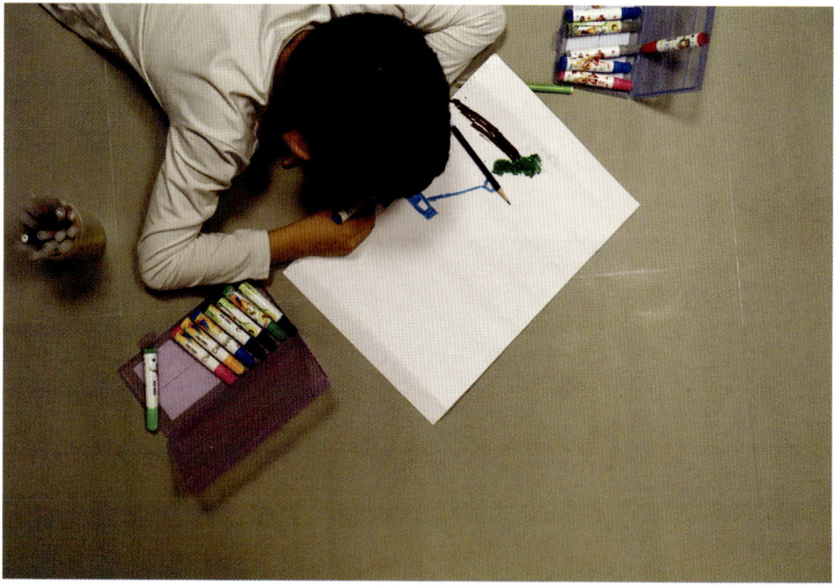

规则大叔

2017/12/30 桃园

十几年前的一个夏天,他带着我们开着福斯九人小巴从北部一个又一个的城市往南部前进,那是台通告巴士,却也是台欢笑专车。那时还是新人,只能克难地自行开车,赶着全台湾的电台通告,白天通告;晚上,大伙就聚在房里用难以攻坚的规则玩游戏,赢家只有一人,输家下场凄惨。

那些凄厉的规则都是他定的,心思缜密,处置残忍,抱着赌徒心态的我们在与这些规则周旋下度过了中南部的电台巡回,也是在那时,给了他一个"规则大叔"的封号。

多年来,大叔的规则基因让我们能拥有一场又一场完成度极高的演出。在如此忙碌又复杂的事业体中,运作这样一台大型的产业机器,意志力与体力已经是不可或缺,更重要的是除错的能力,而这件事,早已成了他思考本能反应的一部分。

但是这样的思维逻辑，却不曾在他和他小孩的相处间看到，也不曾在他可爱的小孩身上见到任何的规则束缚。后台只要这对姐弟出现，就会传来大人们的阵阵笑声或是惊讶，因为演唱会屏幕里的邪恶势力与英雄，对他们来说，都是真实的存在，每次团员们上台前与他们告别，仿佛我们真的即将变身成为拯救世界的超人。规则大叔小孩的那声"加油"，是那样真诚而且梦幻。

或许他为他自己与小孩间定下的唯一规则就是没有规则，才让他的小孩有着如此天马行空的大脑，常常让我反省自己是否早已失去了幻想的能力，也提醒我是否将自己的孩子限制在了大人制造的脆弱又不容易快乐的世界里。

昨日学校募集学生自由作画，获选者，作品未来会成为校外壁画一景。我没有得失心，家中两子也没有，一人在桌上，一人趴在地上，任凭想象力在天空奔驰。他们画得开心，在一旁的我也感受到他们幻想的力量，是那样纯粹、天真，没有规则且自然而然。

目前读到《法华经》中的一个篇章，当释迦牟尼说法时，地上竟涌出千万亿个菩萨，当时苦思许久，在现实世界，如何见识此景？但这答案，或许，就在我们的孩子身上。

这样，很好

2017/12/31 桃园

昨夜不连续的睡眠质量要将前夜激情的肾上腺素给代谢已经非常吃力，顽强的生理时钟却已将我在清晨八点唤醒，其实离平常苏醒的时间已经晚了，但这多出来的一个半小时并无法将身体里破损的细胞修复，也没将残留的废物排出，双手感觉肿胀，全身的肌肉也还紧绷着，但就算是一直躺在床上，却无法再度回到那无思无想的梦境中。

营养师友人曾说过，如果在如此疲劳的状态下再吃进高油盐的烹调，身体里的坏东西还没离开，就会又加入新的负担，最后的结果就是《搏击俱乐部》里泰勒深夜去偷的那几包东西。这样的实验我已经做过很多次，不意外地每次都会符合研究报告，所以为了防止身体再进入一种欲望与失望的轮回，最好的做法就是简单又均衡的一餐。

其实家中的盐罐很久没开启，炉火旁的色拉油几个月前开封，到现在还是满的，小孩早已习惯未调味的家常，有时回家还会抱怨营养午餐口味太重。味蕾敏感的他们，已能从鲜美的食物中获得品尝原味的乐趣，正巧现在的身体也不适合外食，再回床上也睡不着，早餐后，就带着大儿子去采买当令新鲜的食材。

附近的传统市场虽然不大，但食材非常新鲜，尤其是海产，一尾鱼加上半斤的蛤蜊煮汤，就像湛蓝的大海在口中翻腾般的滋味。大儿子今天第一次到这传统市场，见到种类繁多的鱼种眼睛都亮了，尤其是周末的市场，一些平常看不到的鱼今天都出现了，本来空着的摊位，今天也摆上了温体（新鲜）的牛肉。第一次到这市场的儿子嗅着这里的空气，认真分析里头的味道，如果不是他年龄还未到，我一定会买本《香水》给他。

来回菜市场的路只有十分钟，却让人珍惜，已经很久没有和儿子单独地走这样的路，觉得自己正与《禅与摩托车维修艺术》里的斐卓斯在做一样的事。回来的路上，我问儿子明天就是新的一年，有没有什么心愿。他想了很久，说现在这样很好，没什么特别想要达成的。

我心里也是这样想的，现在这样，很好。

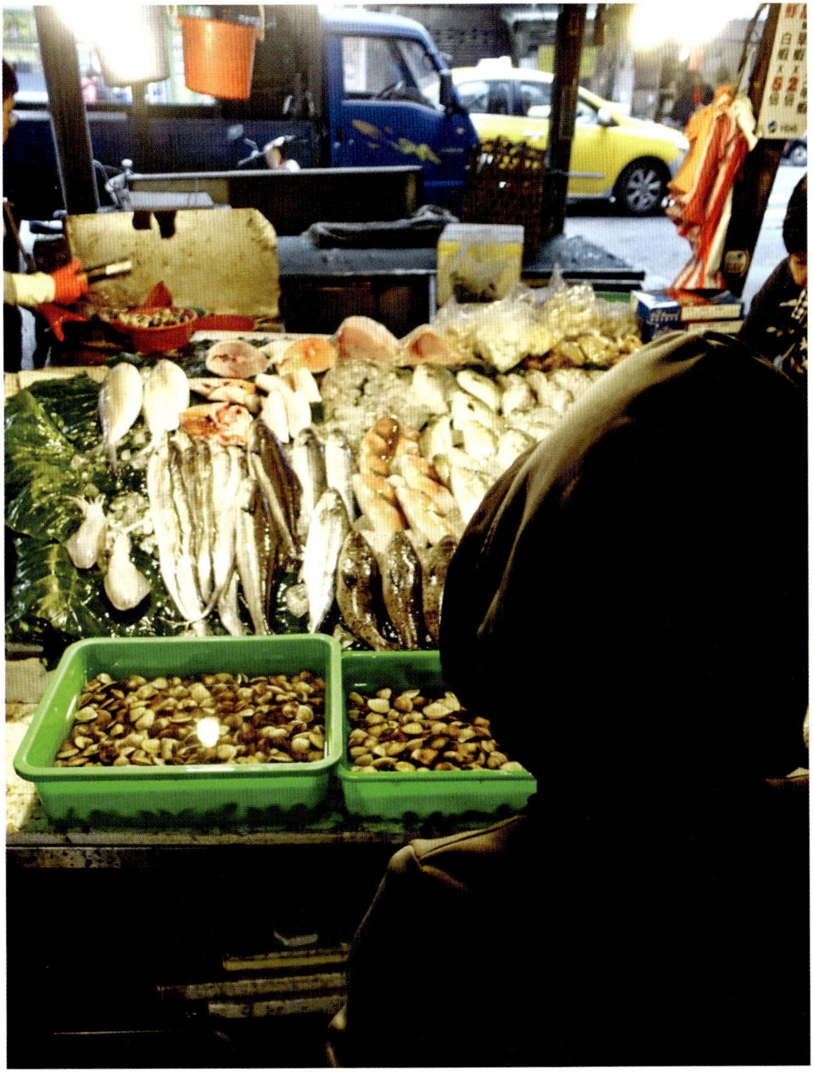

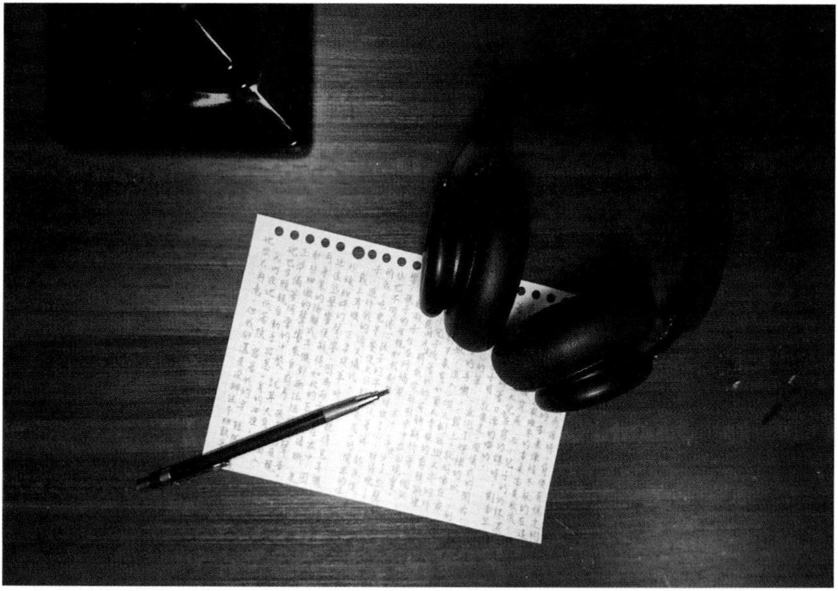

她

2018/01/01 桃园

我喜欢坐在家中东北方位的一个角落，背后会有稳定的天光洒落，两子和我的书桌像积木般在这组合在一起，但从旧家搬来的书桌高度较低，字写久了总是腰酸背痛，而小儿子的功课现在还不多，所以常常是大儿子在写功课时，对面坐着他的父亲写着他日常的唠叨。

每当坐上这位子时，就像是一个仪式的开始。一支装满笔芯的笔，一壶泡了柠檬的水，一副能隔离噪音的耳机，一戴上，就好像在家里消失了般，进入一个只剩我与文字的时空，眼前的景象有如蒙太奇般剪辑跳跃，直到小儿子拍着我的肩膀期待着一个父亲的响应时，才会将我从那漂浮的时空中拉回现实。

昨晚两子寄宿在阿嬷家，家中一早便少了些声响，孩子的母亲和我都暂时放了心,睡得晚了一些也不用担心孩子的早餐没着落。起床后的我,吃完早餐便又回到昨天同一时间坐的位子,进行我的消失仪式。

戴上耳机,正要提笔时,却听得见耳机外头细碎的声响,因为两子未在家中,因此这些声响便显得如此巨大而清晰,是再专业的隔离式耳机都无法阻挡的声音。那些细微的声响来自厨房,孩子的母亲正准备着待会的中餐,就算只有我们两个人在家,她也甘愿亲自动手招惹一身的油烟。

我内疚地低着头,写着我的字,虽然知道她从不在意,但我却还是没办法不细数着她为了这个家的付出。二十四小时全年无休的她,当我不在身边时,她扛起教养的责任,就算我在时,也会有时像隐形了般地消失,而她,却未曾远离我们任何一个。我常在想,在她的心中,是否只有我们父子三个人。

这几天她来看演唱会,说她每次都会在那首歌时大哭,我看得到台下许多人也在那时落泪,在台上的我,何尝不是模糊了双眼呢?身不由己的悲哀和锥心的懊悔,是每个人都不想要得到却又一再发生的现实,只得时时提醒自己:那个人,一直在那支持着你,请不要忽视她的存在。

放 心

2018/01/05 桃园

　　你有失去过什么吗？我想应该没有人从来没失去过。那种胸膛里缺了一块，又好像压得你喘不过气的感觉，要如何才能阻止它再次发生呢？

　　昨夜，家中一台让儿子收发邮件、绘画的平板计算机消失，母亲帮忙在一旁仔细地探寻各处角落，最常使用这平板的父子三人相互提醒对方是否将它随手带到了何处而遗失，但三人都信誓旦旦确定机器还在家中，各自回想着见到它的最后一刻，竟然是在我的手上。兄弟两人诉说的场景颇有印象，但之后的画面却好像被人敲了一记后脑，记忆像被黑洞给吞噬了般消失了。

　　哄了他们睡觉后，我收拾着家中堆积的书本和纸张，期待那轻薄的平板是意外地被夹在了里头，但每当拿起一叠书时，视觉的重量就算已知不可能有其他的异物，还是会不甘心地翻着每一本，期待是自己的认知偏差，能翻出找不到的东西，而得到的是一次又一次的失望。

两个小时过去，不甘愿地停止了搜索。最后的希望是某天它会像鱼缸中的大肚鱼宝宝突然地出现，或是在翻阅哪本书的时候，像张书签般滑出书本。但此时我只能任凭那胸膛缺了一块的感觉肆虐着，甚至让它撕开了其他的伤口，隐隐作痛。

最深又最久的那一道，来自小学的毕业旅行，一台跟奶奶求了许久的随身听，里头一卷高明骏与陈艾湄合唱的卡带，随着一个蓝色的背包，遗落在从四重溪开回台北的巴士上。发现背包不见的瞬间，只觉得好似一股电流直达颈后，当老师回复给奶奶司机没有找到背包时，胸口那块肉就彻底地不见了。

昨夜的失物，令我整夜难眠，并非只是那失去的空虚感，更想探索的是为何会有这感觉，明知世事无常，却仍无法自然面对。"受中心着，是名渴爱。渴爱因缘求，是名取。"人生中一切得到的最后也会消失，而心头的那块肉在这一生中不停地消失，得将心放下才行，但谁能帮我放心呢？

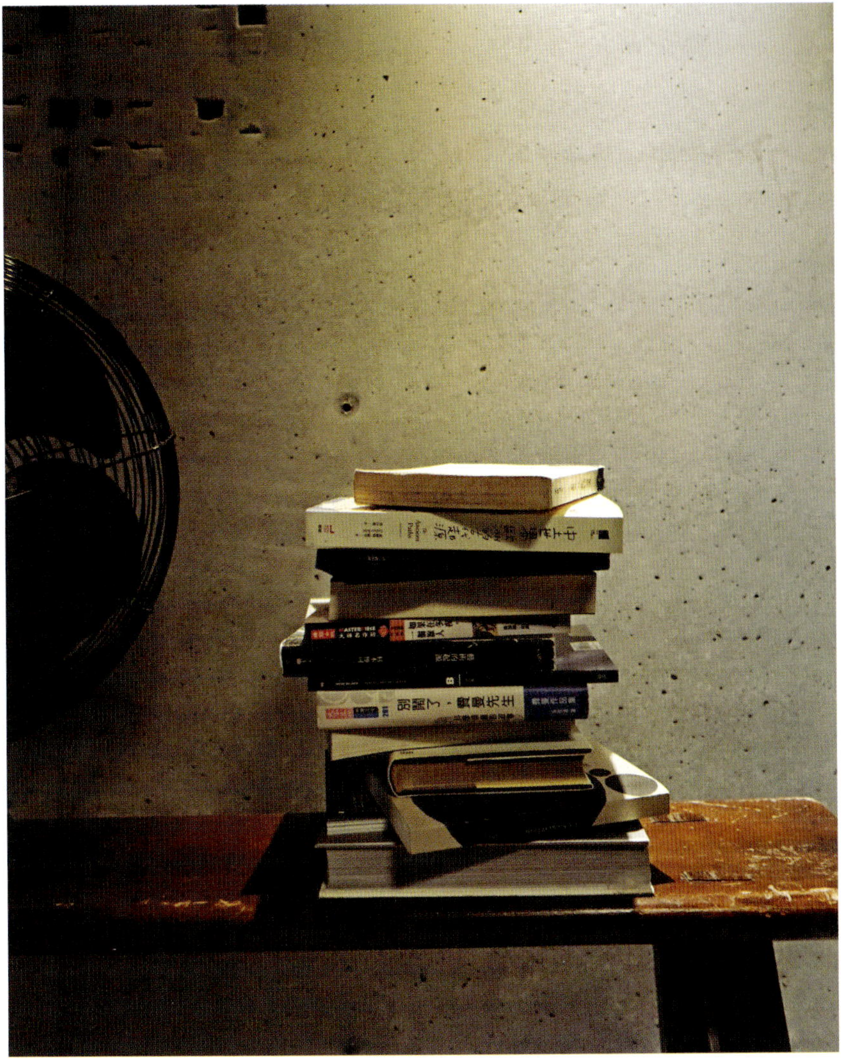
别闹了，费曼先生

彼 此

2018/01/06 桃园

短暂的休息日结束，连日来的好天气也跟着消失，就像是刚开始传情书的隔壁班女孩，学期还没结束就转学了，接着在学校里的每一天，每一节的下课钟声，就敲得让人眼泪都快掉下来地令人心酸。

昨天下午，舞台上的风不留情地刮起前几日已落下的纸花，当音乐都已静默，也只有它还在放肆地呈现自己的威力。此景如在夜里，佐以感性光彩，便成了一幅幅如诗般的瞬间，烙印在心灵。只是此时天光依然，寒风阵阵，众人更是不解风情。

寒风将手指吹进了大衣口袋中，若不是团员的乐器已准备妥当，我知道手指们只想互相依偎着取暖，享受着这特殊的季节才能带来的体验，一个能感觉得到彼此的季节。

想起大学的时候，不管风是多么寒冷，总能在大度路上没有任何御寒装备下顶着风高速地前进，想象自己是把闪着银白刀光的利刃，能切开前方的一切阻碍，却从未发现后座的女同学早已被冷风吹出了眼泪，扇红了双颊。当道路尽头的红灯亮起，也是男女关系的终点。

许多个冬天过去，当年顶着风骑着速克达的大学生一年又一年地被风吹着，滚动着，一路上崎岖颠簸，尖锐的棱角被磨去，留下的或许还有许多，但他渐渐懂得这世界并不是只有他一个人骑着车，后面载的人也越来越多，能彼此依偎着取暖是幸福的，能一同前进更是难得的缘分。也因为有了彼此，这冬天也不再那么冷了。

拾 荒

2018/01/07 桃园

　　这习惯已经维持了一段时间，演出前的空白时空，既不能穿越任意门，也不能搭乘时光机，只好瑟缩在后台的一个角落，仿佛架起了一个真空的结界，让思绪自由地飞翔，穿梭在时间的轴线，再拾起过程中的点滴，揉捏成文字，镶嵌在纸上。

　　未来的事难以预测，只能留下些憧憬与期待，等未来的那天来到，来印证是否辜负了当时的自己。但又怕是大话说多了的自负，所以常常拿来落笔的，是回头看看自己改变了什么，又有什么不变，或是借由拓印、改编或虚构的他人的人生，反复咀嚼着生命的滋味。

　　写下文字的是我，却似乎常常有另一个人在一旁凝视着这些文字里头发生的事，以至于得将心里那个最深、最真实的自己写出来，才能满足在身旁的那个人微笑着离开。

但有时挖得太深，以至于自己一直停留在那个时空的漩涡中，无法抽身，所以尝试着创造几近虚幻的故事。但令人感到恐惧的是，当故事写完，角色却一直存在，不时在我身边围绕。那些替他们创造的时空，竟也如瞬间搭出的电影场景，突然地出现和消失。

所以，再度写回了自己，只是整理思绪的过程总是耗神又费力，像个拾荒者收集了整座山看似不起眼的细节，期待着里头有任何一个能够散发出微光，然后把它擦亮，希望它有如探照灯般让这些思绪反射出它们原本的光芒。而有时拾荒的时候会突然发生插曲，意外会像森林大火般烧光了整座山，一切都得从头，而最后的结果，常是和原本的收集全然的相异。

这些过程的起头都太严肃，所以常常提醒自己得写得云淡风轻些，但恐怕，轻松是我得再修的学分，因为每当写完这些字，就好像是百里马拉松般地筋疲力尽，以至于每次即将开始前都会质疑自己是否还要再继续。

曾经几次，看着那座空荡荡的山，打算就让它这样空着了，但身旁的那个人却总是在我身边一直等着，等着，直到我起身拾荒，将文字落下,他才微笑着离开。

"总有天会停下来吧?"我想,等哪天身旁的那个人不再出现,就停下来了吧?但在那之前,希望你也能读着这些事、这些人,然后微笑着。

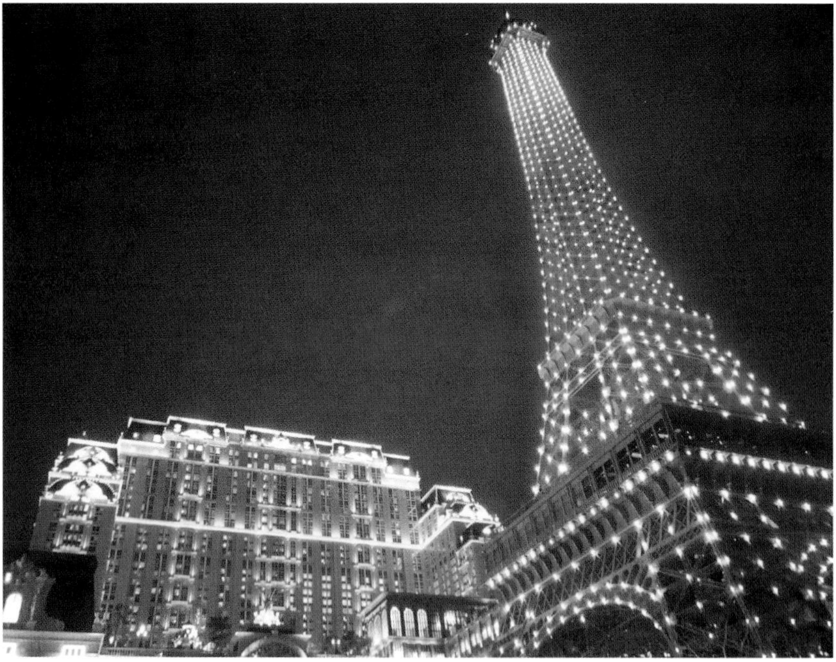

幻境

2018/01/27 澳门

　　饭店房间的纱窗半掩,编织精细的窗帘图腾和外头的世界来自于不同的文化背景,却都是各自阶级中较为豪华或高贵的表征,满屋的欧洲纹饰与符号,不曾消失在张开眼的任何一刻,皇室般的享受,在几世纪后,下放到了民间。

　　在这里,每个人都可以是国王,只是,能够拥有的,并不是有着老弱妇孺的国度,而是一个欲望无尽释放的世界,一个所有感官都极大化了的世界,却也可能是个一辈子都不愿再踏进的世界,只因昨夜那关键的瞬间,运气转到了对面的那副牌。

　　这片有如幻象的国度并非凭空打造,在全球最高密度的土地上制造出第四名的人均 GDP,多半是来自这些富丽建筑中那些失望透了的表情,而不是那三条大桥另一端充满着在地力量的老城区和委屈巷弄中狭小公寓并且每日加班的勤奋市民。而所有人对这城市的记忆，也被这仿佛来自幻境里的世界给抹去了那些斑驳的漆、锈蚀的锚、墙角的土地公和那些挂着风干咸鱼的小店。

像是一段胶带不小心黏到了自身，就算再怎么小心地将它撕开，胶带上的胶总会意外地无法再平均分配在两端。而这城市的两端像是隔着短短的海岸黏在了一起，撕的时候用力过了头，以至于所有的胶都沾到了另一半。看着这不平衡的比例，难免叫人不知所措。

在地图上原来不存在的路氹，将两块不大的陆地连成了一个充满着幻境的岛屿，像是想借由连接着另一块陆地的三条大桥，将它拖往另一个世界。不知何时，我们会放弃劳动与生命的价值，跟着这小岛，前往另一个世界，那个充满幻境的世界？

神 迹

2018/01/27 澳门

　　这里的冬天意外地跟台北的气候相似，幽幽的天空，带着水汽的冷空气，看得见悬浮在空气中的那些细小微粒，像是烟火灿烂后的硝烟，提醒着世人这一切现象都是有因、有果。

　　这样的天光降低了这城市的彩度，夜夜富丽堂皇闪耀着光芒的城市，在这时反而回到了一个水泥建筑的本质，沉重地扎根在地表，沉默得像是做了错事的孩子，不发一语。也因如此，才能让人留意到有一大片的湿地就在这些巨大水泥方块的一旁，想必是当年填海留下的恩泽，让群鸟和寂寞的人，有个宁静的庇护。

　　不知是什么惊动了湿地里的野鸟，隔着饭店的玻璃窗，我只听得见远方建筑工地敲打着地基和隔壁扫除工作吸尘器的声音。野鸟朝着南方飞去，在与高耸的建筑物的对比下，野鸟朝向的那个丘陵竟然显得很无力，像是即将被高楼吞噬了般的无奈，但我知道，野鸟们穿过这些建筑群，越过了这个山头，就会到达远方另一片净土。

那里，是片有着黑色沙粒的海滩，前些夜来到这时，已经看不清海岸边沙的颜色是黑是黄，但沙的物理特性依旧，当双足踏入沙中时，就会将人的脚步给慢了下来。索性就这样停了下来，让海风带走一日的尘埃，让浪花冲刷一切的烦扰。

山另一头的城夜未央，建筑物外的灿烂照着她顶上的天空好似神迹，而我认为，真正的神迹，却是在这随机的浪花声和日复一日的黑暗当中。

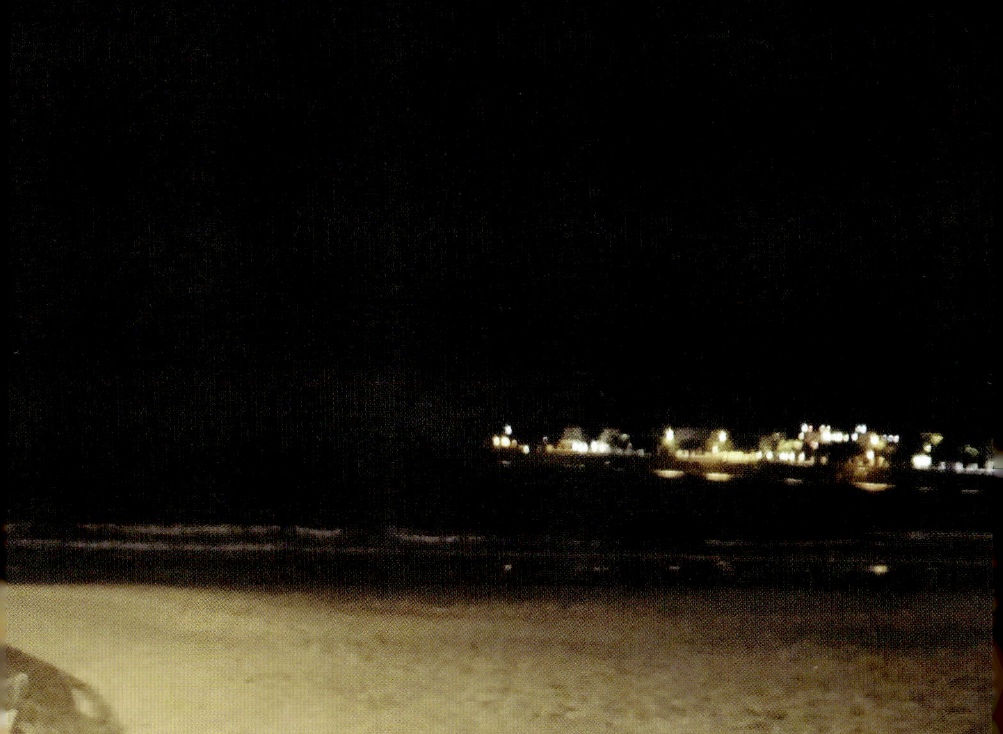

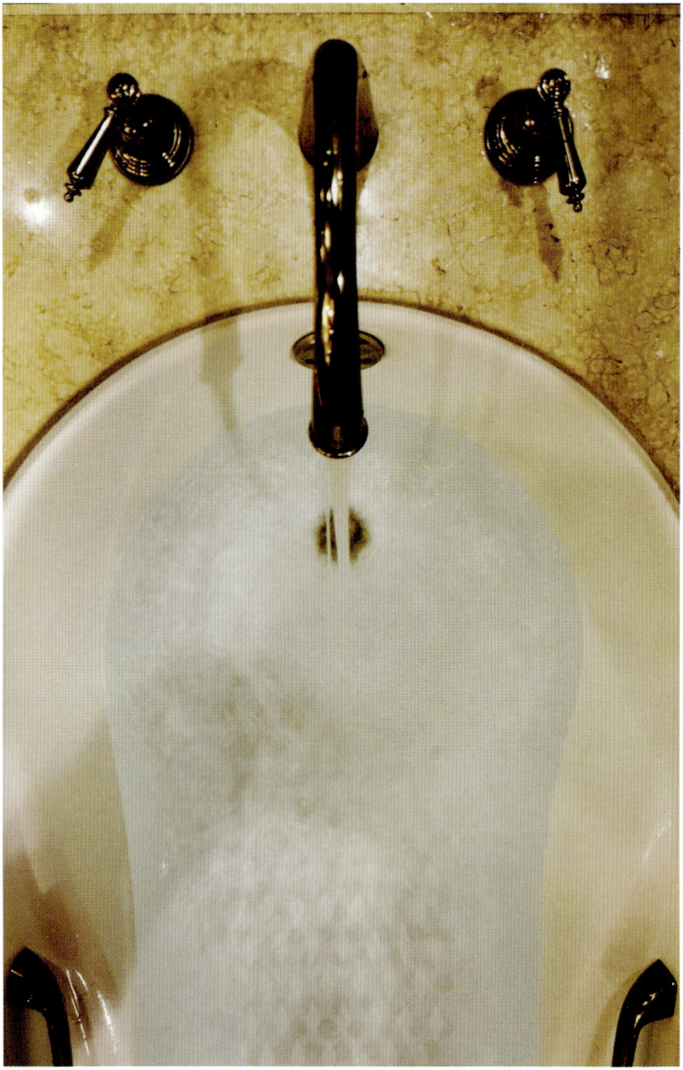

高楼与浴缸 　　　　　　　　　　2018/01/28 澳门

　　几天前新闻报道日本一处火山喷发，从游客手机回放的画面上看来惊心动魄，录下这画面的同时也录下了周遭慌张的呼喊，死亡这件事在当时竟然离得如此之近，近得能够眼看着这件事的发生。

　　拍摄影片的游客幸运地回到了家，或许接下来的几晚他们会难以入眠，但这惊险的遭遇想必也将改变他们的价值观，如果哪天能和他们相遇，很想知道他们后来心境的变化，是否如我心中所想的那样。

　　这生死瞬间的忖度，竟让当晚的我做了一个仿若真实的梦。梦境中的我身处在摩天高楼中，前因为何早已忘记，只因后果是那么深刻：梦里坚固的大楼忽然倾倒，瞬间双脚离开了原本的楼地板。相对于一同下坠的楼层，我的身体像是漂浮在半空当中，但我却清楚地知道梦中那个清醒的我，正在不停地往下坠落，真实得像是我睁开眼也会遭遇相同的情况。

坠落开始的时候，曾想过到底发生了什么事，但这样的巨变来得太急令人无法招架，或许脑中曾迸出无数个解释或解决方案，但持续的坠落就像射出一支无法转向的箭，唯有当它中了靶心，才是它停下来的时候。

但这坠落的过程实在太长，长得令过程中的我已经忘记惊恐，而是怀疑这一切是否是场梦，想到这，就醒了，但醒来后却令人困扰，为何在梦中的自己未害怕这如此真实的死亡即将到来。

问题在前天有了解答，是饭店装满热水的浴缸给了我答案。

下榻的第一晚，放了整缸的热水，平常不爱泡澡的我，竟兴致勃勃地跳进了缸里，二十分钟后起身，忽然无法站立，二十几年前在阳明山上冷水坑温泉昏迷的经历又再度发生，当时团员们将我扶上了车，而这次，还好有枕边人。十几分钟后，待完全清醒，她着急又担心地问着我的感觉，我直说没事，她还是一再嘱咐我下次别再让人担心了。

她的担心何尝不是我的担心,而这失去记忆的几分钟,却让我知道死亡这件事的本质其实并不可怕,可怕的是那无尽的痛、病,和放弃了人生的存在,令人伤心难过的是关心自己的人的眼泪,和他们的叹息。但是,生为人的我们,要何时才能摆脱十二因缘的烦恼,坦然地面对死亡呢?

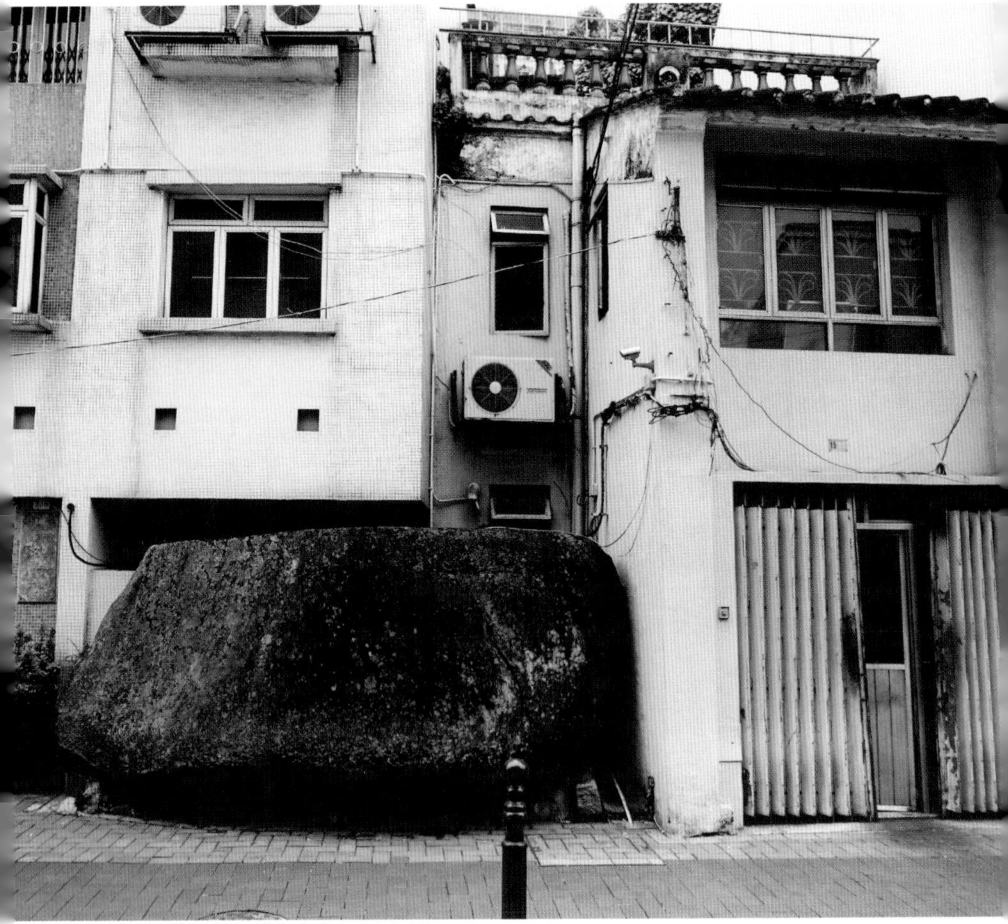

轻松

2018/02/01 澳门

　　离开这城市三天的时间，从北方再次回到这理当温暖的城市，却像北方的冷空气紧跟着我偷偷地上了飞机，躲在行李里一同回到了澳门。听当地的人说澳门难得如此寒冷，而这样的气温让我再次想起了上个月的桃园演唱会和更加寒冷的上海演唱会。

　　记得三年前的每个冬天，除非大寒流来袭，否则整年洗澡时，水龙头流出的，都会是未加热的水，但最近却容易手脚冰冷，当年血气方刚的少年现在就连夏天都必须温热地离开浴室，转变之大，连自己都吃惊。

　　不在这城市的三天里，她不畏如此的湿冷，走遍了许多当地的热门景区，大三巴、天后宫、议事亭、美丽街、恋爱街、氹仔村，探索着这城独特的风味。我问她哪里不一样，跟另一个曾经也是殖民地的东边那个隔着海洋的城市比较起来,"轻松。"她说。我纳闷地想不透,也无法在短时间内自己找解答,只好静静地听着她形容着这三天的经历,从这些交织的回忆中整理出线索来。

一早,她说要带我去附近一间机车行里喝咖啡,如果外头的气温没有这么低,我一定马上起身穿鞋,但身体实在诚实,马上起了个哆嗦。这样的天气让我迟疑,却又忆起她昨日眉飞色舞的表情,多加了一件内里出门,还好走了这一遭,氹仔传统巷弄里的温暖,竟让人觉得这件内里是多余。

一不小心走进了天使巷,我俩对眼莞尔,见着大叶的榕树,我们幻想着多年前邻里在树下恬淡的午后,红砖砌成的围墙,低得只有一个人高,仿佛只是想说里头有户人家而已。

走在氹仔的街道里,我渐渐体会到她说的"轻松"是什么意思,或许就像如祥楼大楼前的那颗硕大的巨石,如果将它移除很费力,又没有必要,何不与它共存?

大雪

2018/03/02 巴黎

听说巴黎下了大雪，但飞机落地后却未见着洒上了糖粉的巴黎，只瞥见路边的沟缝旁，尚未融化的雪，稀微地暗示了前日的大雪纷纷。浪漫的人儿叹息着时机来得不巧，理性的人臣服于刺骨的寒风中直打哆嗦。巴黎的冬天，雪的浪漫是难得的附加价值，而这样的景象，值得恋人们在铁塔前留下回忆，甚至搭配着优美的背景音乐，淡入、淡出。

或许是刚离开日本长野白色的山林就来到了巴黎，对消逝无踪的雪并未感到一丝感伤，反而被这难以闪躲且持续攻击的冷箭射得让人招架不住，每一箭都穿过了大衣、长裤、筋肉，直至骨髓，顺着脊椎往上，脑后像是被冰柱重击，疼痛从两侧的太阳穴爆开。这浪漫的城市现在成了杀手，寒冷是她消灭浪漫的招式。

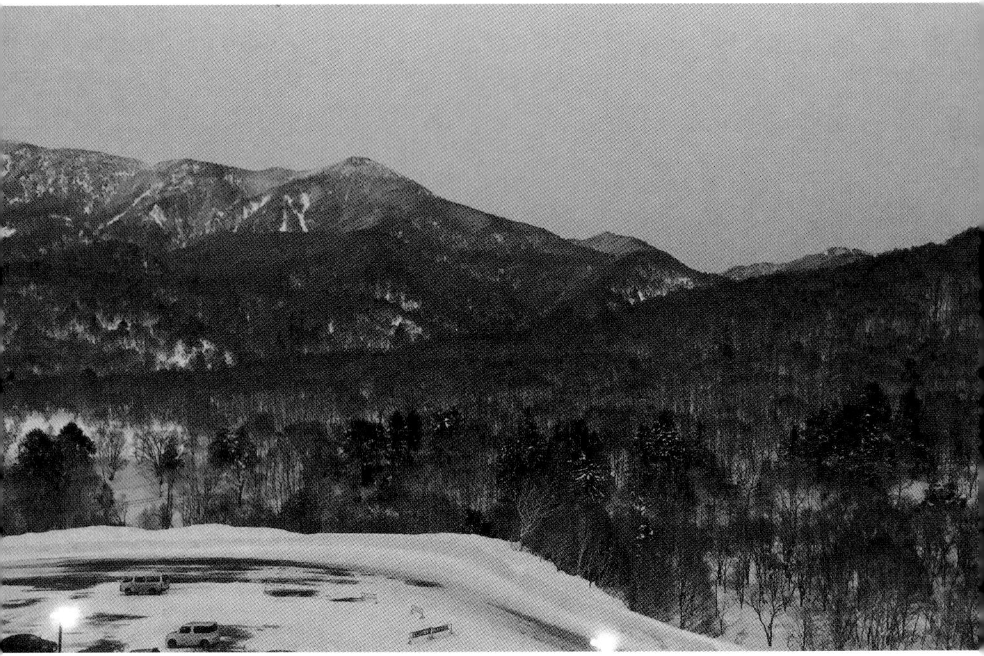

为了不成为她的手下亡魂，午后就匆匆逃回了房间，唯有这样才能躲避她的攻击，而窗外明亮的阳光却不断地给人暖和的错觉，引诱大意的人向外头走去。看着窗外，我想象着巴黎大雪的景象，如果能见着轻盈的雪花飘下，或许就能与这寒冷的感觉同步，如此，应该就不会产生这样巨大的落差，让人不知所措。

　　我纳闷大雪后的巴黎会是怎样的一种表情，是否会像长野山上那样的宁静，没有虫鸣、没有鸟叫，雪落下的时候无声，无息。无风的夜晚，只剩下自己与无尽的黑暗。唯一能确认在这样的深夜，自己不是唯一醒着的生物，是隔日清晨雪地里的野兔脚印。

　　窗外的巴黎在冬日的晴空下显得锐利，行人快步地行走，车头进入斑马线的小客车被行人比了一个羞辱的手势，另一个街口的道路施工让一个 Uber 司机摇下车窗咒骂另一个和他抢道的秃头父亲。浪漫的巴黎在这时显得强硬又阳刚，或许现在正是时候该来场大雪。

GMT+0 　　　　　　　　　　　　　2018/03/04 伦敦

午后的巴黎对一个带着时差的东方人来说，像是个罩着薄纱的电影场景，光影在纱的皱折处闪耀着，迷幻得像蒙太奇般的剪辑跳跃。无法集中的思绪只好任凭现实事件的发生，带着已丢失灵魂的肉体，前往对岸的不列颠。

欧洲之星的平稳正好适合这样的精神状态，当列车启动，车上的人就进入了童年郊游时的欢乐时光，我只能瑟缩在一角，享受我原本的时区所造成的不同步，就算是座位后的牌局输赢那么刺激，或是前方手游里的厮杀如此激烈，沉重的眼皮是用千斤顶也撑不开了，只能靠着浅眠时无法隔离的声音与现实脆弱地联系着，像刚出生的婴儿在摇篮里晃啊晃地摇到了国王十字车站。

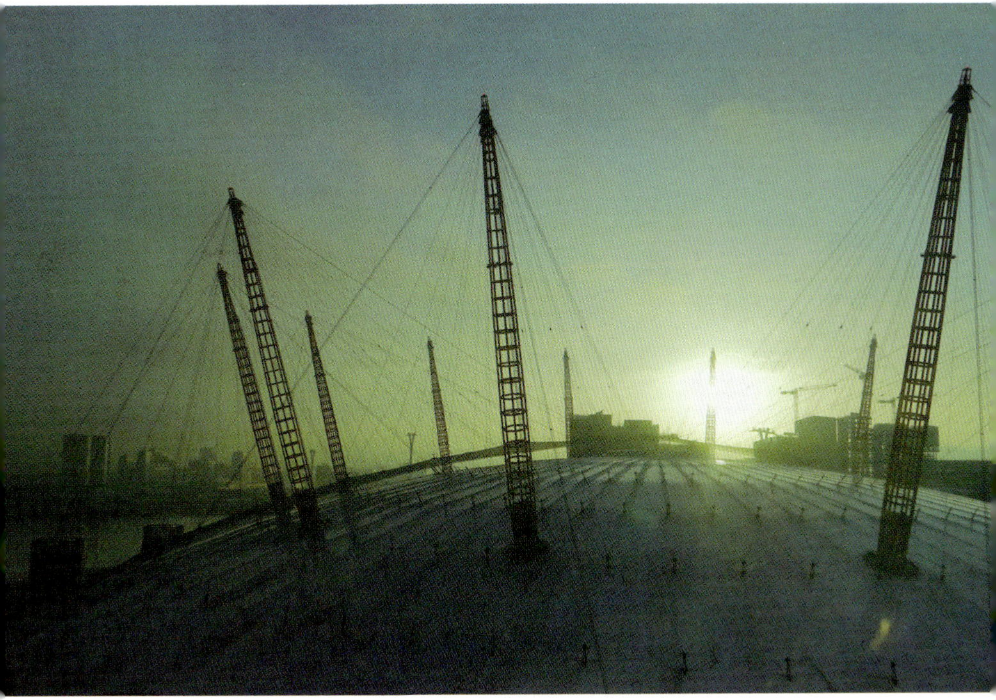

没见着九又四分之三月台，反而是一个改建成新式建筑的现代车站，原本的砖墙在钢构与玻璃包覆下被小心地呵护着。如果说巴黎一直是旧时代的捍卫者，伦敦相较之下就显得实际多了，就像是詹姆斯·邦德身边的道具，优雅、科技且实用。

行程没有因为思绪的缓慢而停下脚步，前方副驾驶座前消失的方向盘所造成的惊吓还未平息，就到了明日演出的场地旁，O2（体育场）附近格林尼治天文台的时间和我之间还差了八个小时。曾听说过人类的生理时钟其实是二十五个小时，也就是说，如果我能在没有阳光的地方生活十六个夜晚，或许就能多个十六小时正好接上这里的时间。但看来我已经没有十几天的时间去调整我的时间了，只好明天一早去天文台里对时，看看是否可以结束这难熬的时差。

奶 奶　　　　　　　　　　　2018/03/24 泉州

　　已经忘记从什么时候开始，见着她的时候，大部分的时间她都是坐着，或是躺在客厅的那张沙发上，周围的靠垫很多，舒适得像是儿童游乐场里的塑料球池。天冷时，她手中编织的毛线和垂下来的围巾或是背心，看着看着，屋里就暖了起来。纠结的毛线中，几十年前的棒针现在还能使用，只是她的手，不会再像以前那样的灵活了，那条围巾，只能等到春天的寒流来袭时才能围上。

　　在屋里时，只有三个时间点她会离开这张沙发：去洗手间、到餐桌用餐，和晚上就寝的时候。客厅的这个区域就像她的指挥中心，家里的大小事都以这里为中心，最重要的设备也围绕着她，一伸出手就可以碰到，一支电话和一台永远播放着同一出戏的电视。

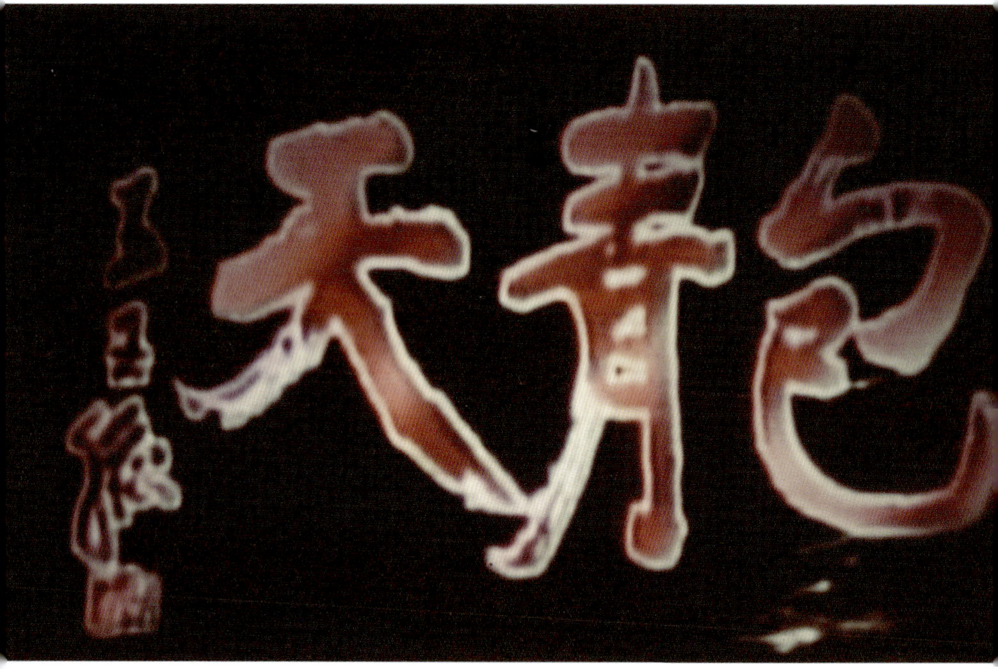

晚餐时，饭菜上了桌。杵着助行器的她心思总是比身体还要早到，傍晚时就惦记着桌上的菜肴不够丰盛，要帮佣为正成长的曾孙多添些菜色。筷子飞舞间的谈笑她完全没有参与。半碗饭上没多少新鲜的菜，在她面前的，总是前天的菜尾。每次夹块又嫩又正在冒烟的红烧肉给她时，她总是摇着头自己夹了面前那泡在一盘汤汁里的最后一段葱段。

天气好的早晨，她常不在家，但一定可以在附近的公园找到她，倚着她的助行器，在家人的搀扶下绕个几圈，然后坐在凉亭下，看着附近的邻居，有的在交谈，还一边使用着涂着鲜艳色彩的运动器材；有的无法交谈，倒是可以看见他们身边的帮佣用家乡的语言在说笑着。这一幕幕无声的哑剧，在她的眼里，会是什么样的风景呢？

这几天她不在家，却也没在那个公园，而是进了她这年纪最害怕去的地方。第一天，她吵着要离开，只好顺着她，就像大家一直让她把那盘剩菜放在面前。回到家，隔了一天，凌晨两点，腹痛更剧，再次回到了原点，终于，她不再阻止大家对她做任何的治疗。我跟一位研究中医的老师请教她的状况，"忧思伤脾耗胃"，他说,"但得表里一起谈",接下来的内容太深,完全没听懂,但他接着说,"神气主情志,精血主物资,万病从中起",这些我倒是听懂了,她的身体其实是诚实地反映了她这辈子的烦忧啊。

这城市距离台北是那么近,在今天却感觉那么遥远,以至于心没带过来,窗外的景色仿若空境,她的一段遭遇,竟成了笔下的一页呢喃。不断地想起她眼中的那出不曾结束的电视剧,只希望自己和所爱之人不再为心所役,放下执着。也祝福天下不停操劳的母亲们,身体健康。

沧浪之水（上）

2018/04/06 苏州

来到这已经两天，外头的天空一直是蒙蒙的，无法看清远方，因为清明的缘故吧，我想。路上的行人未必断了魂，但如此的天光与云影，怎是一个"愁"字能够说得尽，再闷在房里恐怕会闷出病，何况又是周末假期，而童寯笔下的园林，大多就在此，这次能在江南探访一两处，便也无憾了。

是从王澍的《造房子》这本书开始，引领着我重新观看园林这件事。说来也算巧遇，这书是在南京老门东的书店购得，在二〇一七年当代时空下的百年建筑群中，那里和那本书似乎正在用一种无声的力量，缓慢地提醒着我们一些真正有价值的精神，而这样的力量，也正在这些细心呵护的苏州园林中发散着。

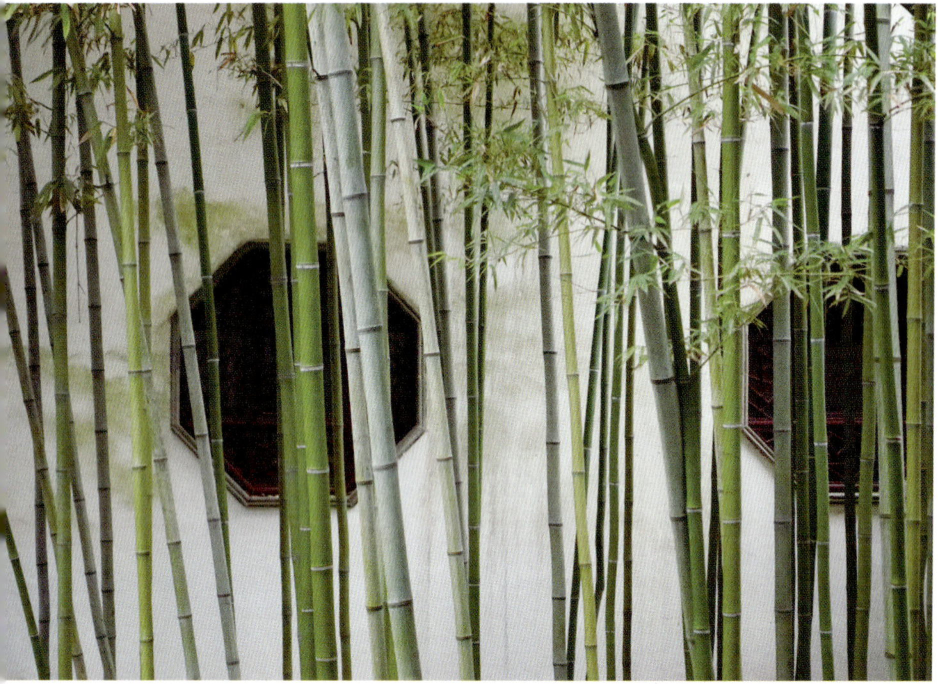

"造房子，就是造一个小世界"，王澍说。我在想，这世界，可大可小，但重点不是尺度，而是观点；这世界可新可旧，重点不是时间，而是精神。顺着它第一章节的文读下来，可以读到距离饭店不远的沧浪亭和拙政园，感觉得到他对沧浪亭这园林情有独钟。去年读到这些文章时，就对他每到苏州必访的沧浪亭向往着，因为他所看到的沧浪亭似乎是个有机、有思想、有生命的实体，每每让不同时候到访的同一人，有着不同的思维和感受。

但这对即将到访沧浪亭的我似乎产生了压力，"如果我感受不到呢？如果在我眼中这园只是些植物的集合？"惴惴不安地，我买了本《江南园林志》，可惜一直到出发前才拿到这书。昨日到沧浪亭门前时，只大略翻了开头的几页和书末的平面图。看来此番入园，最后还是得全凭自我的感受了。

沧浪之水（下）洞天

2018/04/07 苏州

园外一弯小河，倒映着岸边绿叶，沁凉的春风荡起了水纹、摇摆着枝叶，人民路上的尘嚣像是在千里之外，时间是凝结了般地沉淀在水纹下的土里。这时代的沧浪之水是清是浊，是只有见着的人才能明白，百姓的一生匆匆，如何能感受到当年投江前的煎熬呢？

入园的票券需以现金购买，怎料口袋中竟无分文，狼狈地奔返落车处和司机借得后再急奔回园，家人失落的眼神这才露出了笑容。心脏一直不停狂跳，却在一入园就平静了下来，时间在外头停了下来，而在里头又动了起来，只是那是一个不属于任何时代的时间，是一个浓缩了的自然，是一个诗意的境界，是一个精心雕琢却不着痕迹的世界。

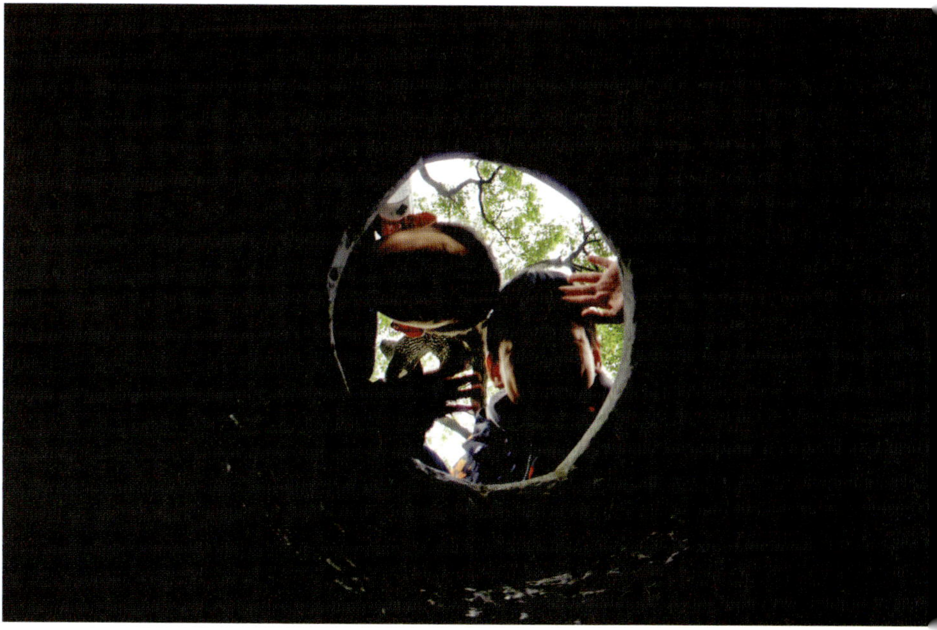

在这个园里，我和两子一样兴奋，他们在数不清的孔洞间彼此追逐，而我则在这些围塑内推移出一幅幅流动的风景，每当一阵春风吹起，我都不由自主地激动起来，期待着一个无法复制的美景就这样被框住了的瞬间。想起了王澍在书中提到的古法，重点其实是个法字。法无形、无招，法其实是没有法。或许在园林这件事上，就像他说的，只是在"情趣"两个字上。

两子倒是比我更了解情趣这两字，看山楼底下的神秘，是他们忘情嬉笑的世界，可以想象当年的文人是如何在这底下放声地笑着。透过这些不规则的洞，外头的人羡慕着里头一个难得的时光，他们努力着想像他们一样忘我，但最后却永远无法达到，只因为他们太努力了。

就在他们捉迷藏的时候，我一直待在"翠玲珑"里，王澍在书里已经道尽了"玲珑"二字，而令我不解的是那个"翠"。听到一旁的游客随口说出这些窗棂过去应是纸糊的时候，竟瞬间解答了我的疑惑。半透光的纸在绿色的竹影下就会像是碧玉般透着光。是啊！原来是这样的光景才有了"翠玲珑"这三个字。但更令人好奇的是先有这个"名"，还是先建这个别致的小室？是无心插柳，还是有意为之？但无论如何能在这园内阅读着这些巧思，实在舒畅，难怪王澍会一再地探访这些园林。

午后下起了大雨，拙政园去不了了，只好留待下次，但沧浪亭的经历却也能让人玩味颇些时间。翻开王澍的书重读，再看到附图的历代山水画时，已与先前的感受不同，发现这些画中的"人"，通常很小，甚至不存在画中。东方思维的主体，原来如此宏观，那些没画出来的，才真是别有"洞天"，如果能在那里头躲着、藏着，才是真有"情趣"。

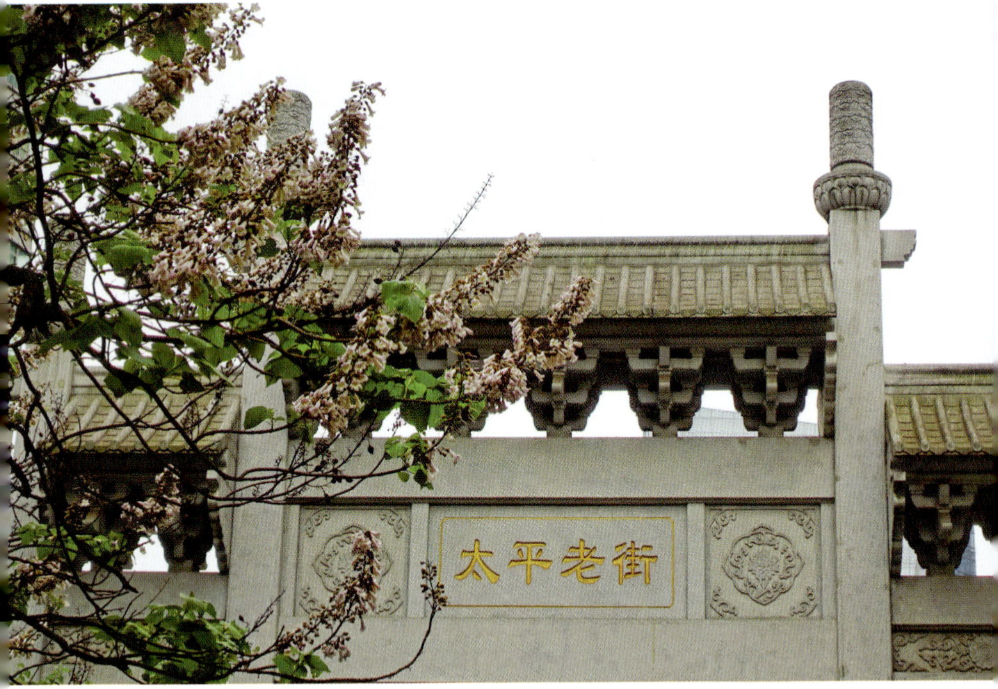
太平老街

泡桐花

2018/04/14 长沙

　　家中的窗台上有几株香草，可以入菜泡茶的那种，这个冬天算是撑了过来，想想也真是难为这些娇嫩的绿草。常常因为远行，使得它们得一再从即将枯萎的命运中恢复，而这过程不但频繁，持续得又长。每每重新照顾它们的时候，总是会自责自己的不自量力，心中忖度着待这批植栽不再葱绿、奄奄一息，就是我停止学习让自己成为绿手指的时候。

　　这些植物不知是否听见了我内心的声音，下机后的那几杯水，就像是滴在了浓缩的海绵上，瞧得见它的变化。隔了一夜，枝叶就挺起，呼喊着："还活着！我们还活着。"盆里龟裂的土再次愈合，但下次的饥荒，何时会再到来？

上周回到已搬离的家中整理夏衣，不大的庭院已布满杂草、爬藤，种了几年都没长大的樱花树也歪斜，近看才发现树心早已被白蚁蛀空，露出像轰炸过后的疙瘩，而樱花旁的白匏子却强壮得像是吸收了所有植物的精华般挺立着。我难过地操着手中的锯子，锯下有如士兵重伤垂肢般的主干，手中虽然没有鲜血，但天地和我都知道是谁造成了这一切。

我凝视着白匏子，忆起多年前的一个秋天，我曾折断它细嫩的枝桠，抑制它的生长，但这庭院的日照与环境，恰恰适合这原生的优势。只得到西晒的樱花，加上不良的排水，其实早已烂根，强行想在每年的春天看它落花的浪漫，到头来却留下残枝的凄凉。这才知道，要得到逆天的风景，需要人为的强行操控，还得时时刻刻地关注，才阻止得了本该茁壮或消逝的命运。

今天在长沙太平街口看见一棵泡桐，让我想起了院子里的教训。泡桐满树的粉白花刚开完，花期的尾声，略带枯黄的花吊挂在浓绿的枝条上。来往的行人或许会嫌弃这衰败的景象，我却对这生命的实证赞叹着，一种自然而然却又如此充满力量的呈现，会是当年那个种树的人能够预见的，还是一阵风吹来了这泡桐的种子，就成了这街最美的风景。

走在太平街上，我不停地寻找着这样原生的力量，后来却是在街道后面许多错综复杂的小巷里寻得，那样的暴力、狂野、自然而然，就像这条街脚下的石板上的刻痕，真实、赤裸，而且难以磨灭。

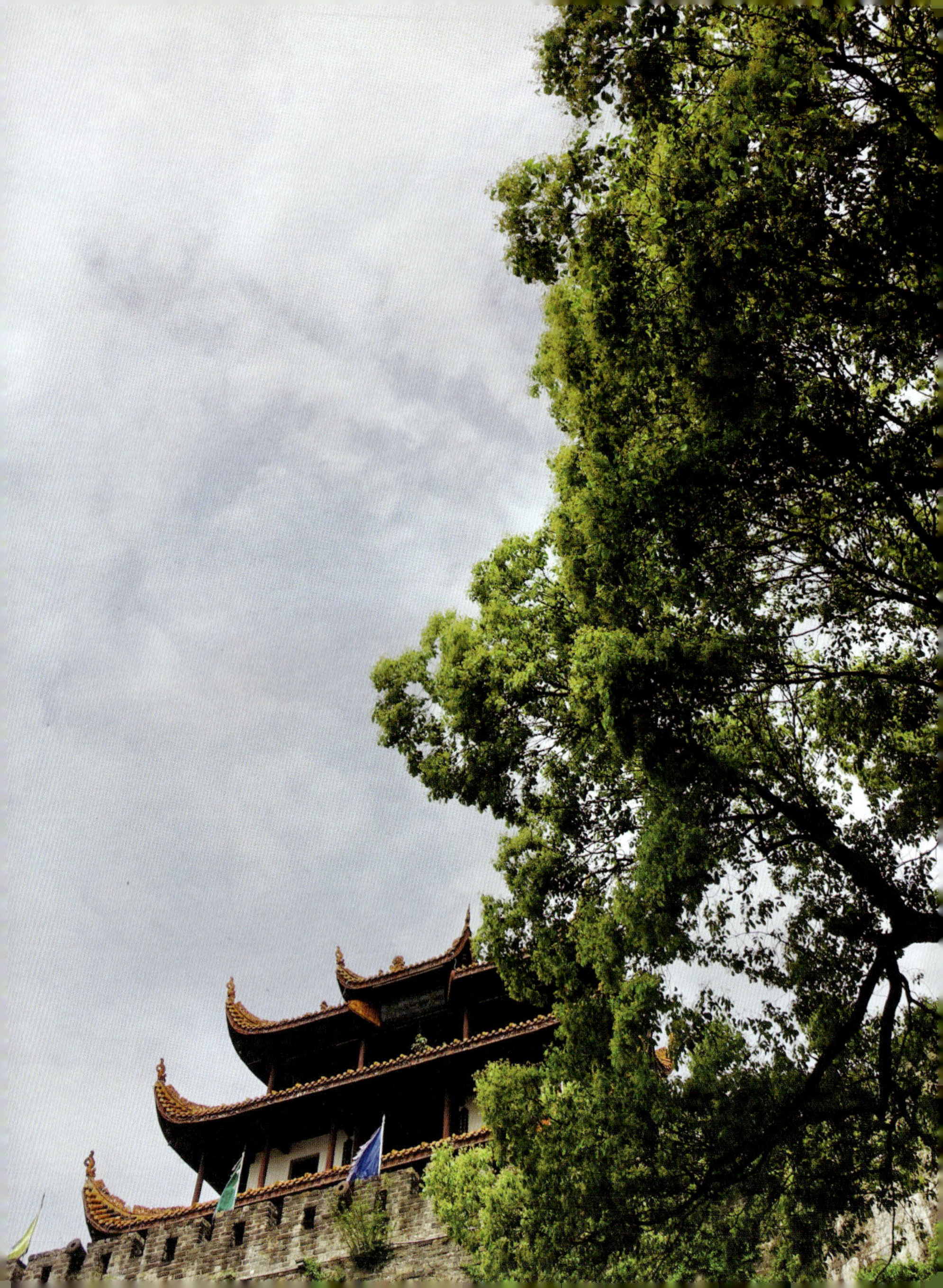

天 星

2018/04/15 长沙

昨日在前往场馆的路上，恰巧经过长沙简牍博物馆，在车上时，随口说了隔天早上可以来看看，前方载送的司机热情地成了在地的导游，介绍着附近的景点：白沙古井、天心阁，还说到长沙之前有场大火，烧光了大部分的城市，这天心阁是唯一留下的古遗迹。只可惜场馆离得太近，近得连大火的细节都没时间说完就到了。夜晚欢唱结束，带着下午未竟的疑问入睡，却整夜地辗转，不知是余温未退还是心中一直期待着隔日的探索。

一早，博物馆入口前一批旅游团正要入馆，人数众多，只好先绕道附近的天心阁。来的路上远远地就可以看见这阁，在一个不高的小丘上，传统的外形在这现代都市里像是种刻意存在的提醒，四周是黑色砖头叠起像长城般的墙，露出几个窟窿可以抵抗来犯，但如此坚固的墙，却也抵抗不了那一年冬天的大火。

司机没说完的那场火，发生在一九三八年，二次世界大战爆发前的长沙市。网络上可以查得到的未必是真相，只能说这一切都是愚蠢又残忍的战争下的牺牲品。对照现在正发生在叙利亚的战火，又有哪个人或是哪个国家能够站出来大声地说自己是完全的正义呢？

一场烧了五天五夜的火，烧透了长沙市，难以想象当时的悲凉，但却必须透过这些留下来的文字警醒着还能改变这世界的我们，必须让自己闻得到那夜里的焦味，看得到火星在城市的上空吞噬着黑夜，听得见大声呼救后又宁静无声的死寂。我们没办法改变过去，但是，我们可以改变未来。

简牍博物馆里的书简因为在地底，幸免于那场大火，白沙古井里的水也没有因为那火而沸腾蒸发。水，持续滋养着土地上的人们，而历史，那些书写在竹片与木板上的文字，是一种期许，期许着未来的人比过去更宏观、更有智慧。那里头或许有假，但其实也是种真相。

猫

2018/04/21 金华

几天前，家中最小的那个成员从学校的滑梯上摔了下来，他从小好动，以至于这一天的到来我并不感到意外。他的母亲虽也早有心理准备，但当弟弟回家后，母亲的眼泪还是伴随着每个重复叮咛的字和他的眼泪一起流了下来。

这次他应该是真的学到了教训，侧胸着地的瞬间，让他无法呼吸，当有意识的时候，他正试图用力吸气却徒劳。从他口中的描述只是存留在他记忆的某些片断，而从学校来的信息只是结果，那段消失的记忆，才会是一个好动的小学二年级学生真正感到恐惧的。

我能体会到他的恐惧，因为这些历程，也曾发生，如果将我的童年时间轴拉开来投影，会发现竟然是和他的如此相似。也因此，我也担心这样的意外将不会只发生一次，因为这样的意外从未阻止得了我成为老师口中的顽皮学生。

这样的学生,总是会在学校惹出个什么不得了的大事后,让老师以长时间的电话访谈或请家长到校洽谈作为改变现状的契机,而父母与老师间也因此产生了三种方式:合作、放任、拒绝。虽然当时那些不得了的大事我常觉得没什么大不了,但还是常常让家人为我担心。现在做了父亲,却也觉得有些时候得让孩子们自己知道错误的发生和影响,而采取我所认为开放但却让老师觉得放任的态度。但我常提醒自己不能溺爱我的小孩,相信我小孩做的都是对的,不过,全然地相信老师或教育者,也不会是我唯一的选择。

弟弟的老师在晚餐前来电,关心他的恢复状况,同时也如意料中地报告了他在班上的一些坏习惯,其实老师说的有很多都曾经在联络簿上用朱红的笔强调过多次,但今天这场意外就好像是这所有红字集合起来的现世报。当晚,我写了封长信给老师,为了小孩,我们都得做些改变,因为没有一个成年人愿意看着他们在人生的路上一再重复地跌得头破血流。但在心里设定一些规矩之后,我却没办法说服过去的我遵守这些古板的紧箍咒。

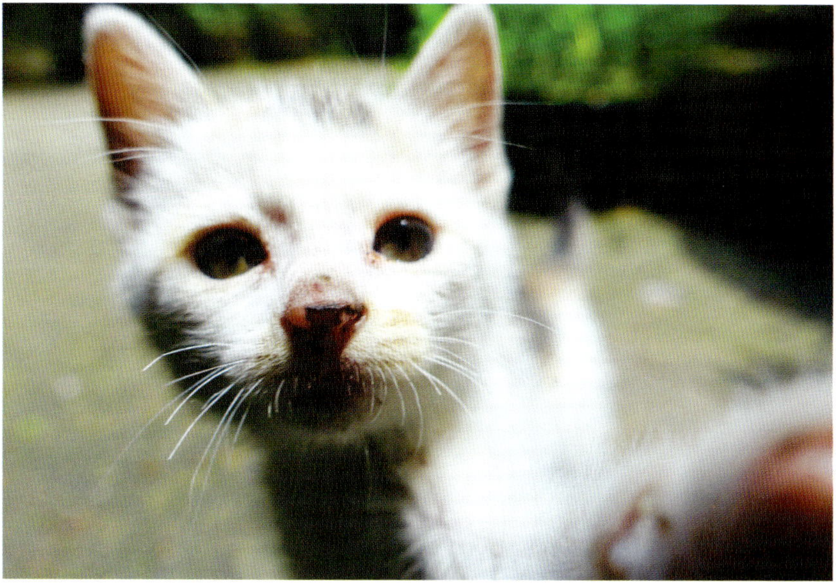

今早在金华八咏路的一间古宅里遇见了一只刚满月的小猫,活泼好动地追逐着落叶。我拿起相机来拍它,它竟没任何戒心地朝我走来,还伸出它未成形的爪,扑向我的镜头。我好奇母猫在何处,难道不担心这陌生的人类一把抱起她的稚子,或是小猫意外地走失在老街里头?这只古宅里的小猫,或许是在暗示着我"生而不有,为而不恃,长而不宰"的境界吧?

圆 圈

2018/04/29 天津

同事说从天津出发到北京机场接机的车辆到现在还塞在路上，待这些车到了后，会再回头接我们返回天津。早在从台北出发前，就为了这两小时的车程特地准备了几部电影在身上，好度过这难熬的枯燥交通。好奇地问了一下同事车子离开天津的时间，一阵凉意从脚底涌上来，看来到达天津前，这几部电影是全都看得完。

半小时的等待，终于上了车，北京的高速公路上车辆走走停停，从未见过如此庞大数量的车头灯和尾灯，红的一条，白的一条，像巨龙般沉睡在地表，安静无声。当车轮开始缓缓地滚动时，像巨龙在呼吸般地起伏着，引擎的热气流在巨龙的鳞片上荡着谜一般的空气，分不清是在海底还是天堂。无机的四轮机器庞大的集合竟成了有机的神兽，我看得入迷，直到后头有插队者，好几声咒骂

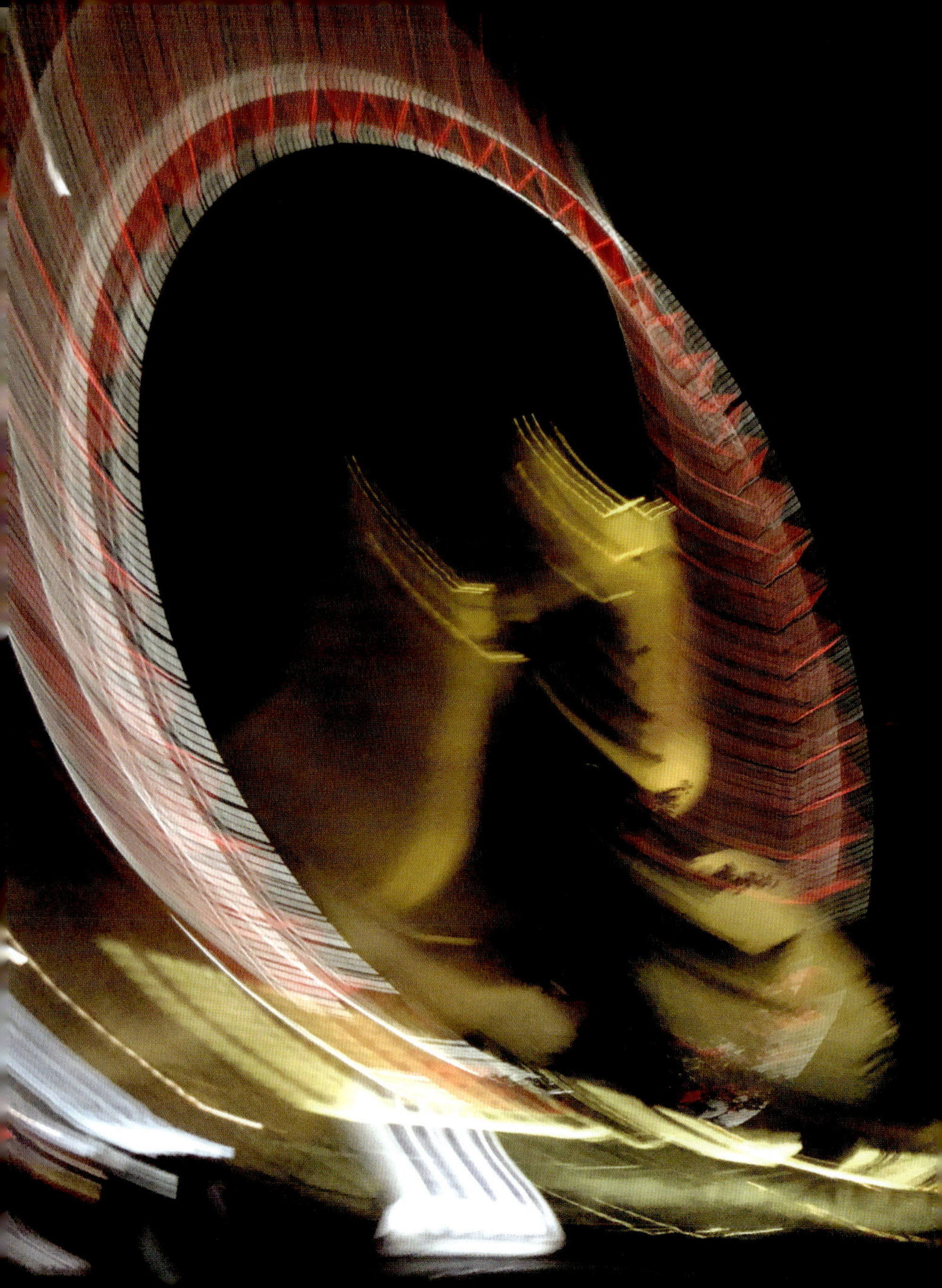

声般的喇叭声像是冲破玻璃般传到了车内，才将我从无名的宇宙拉回了现实。

幸运的是，我们的车很快地离开了龙的身体，一路上也没有再被另一条龙给吞噬。早已回到现实的我沉浸在另一个方框围塑起来的世界里，丝毫没发现天津竟就在眼前，但方框里的高潮就要来到，只好放弃唯一一次的深夜邂逅，待抬起头时，已经进入城市的中心，只见海河边的彩光圆圈像巨大呼啦圈挂在黑夜的空中，又像人造量子时空隧道令人好奇地凝视着圆心，好似里头随时会有历劫而归的穿梭机划破黑暗穿出，证明现在这个宇宙还能继续存在的事实。

黑夜里幽幽的海河，左岸欧风的建筑，右岸几栋擎天的大厦，一度以为这是上海的黄浦江沿岸，但身旁的鼓手突然对这城市的赞叹，令我好奇，这一路上我到底错过了什么。但夜已深，只好让这城静静地睡去，听听她的呼吸，和失落旅人们的呢喃。

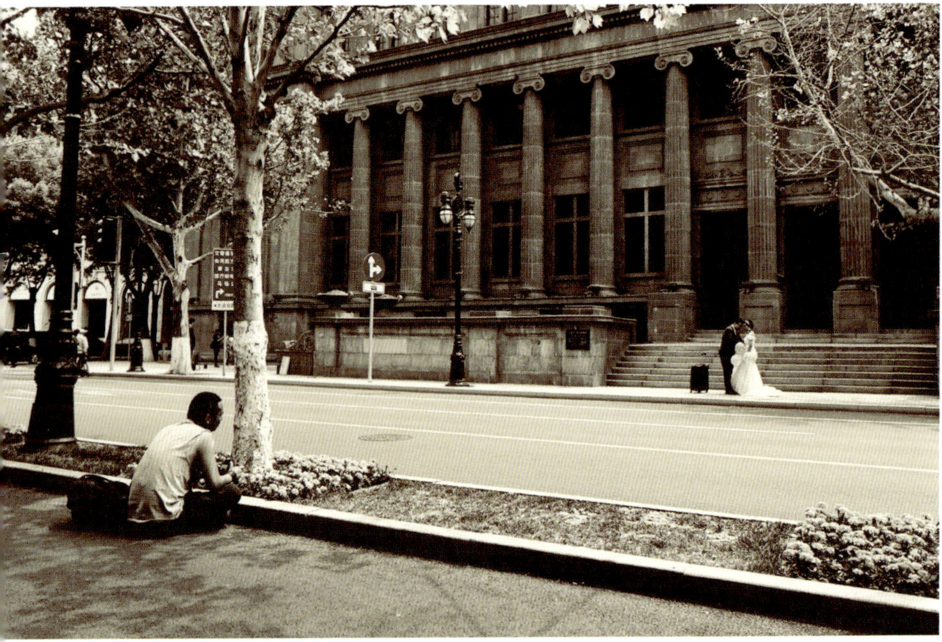

开始 。 结束

2018/04/30 天津

下榻的饭店附近像是世界经典建筑的缩影，佛罗伦萨、罗马、巴黎、京都、伦敦，中古世纪的、"二战"时期的、巴洛克的，样式内容丰富，一整个假期不一定能够全数逛完，更何况是我们这种蘸酱油式的行程。心里叹息着，怎么还没离开这，就已经留下了遗憾，只因这城还有许多的谜团还未探得，那些雕梁画栋背后的故事还未读完。当那些熙攘的人潮退散后，会是怎么样的真相显露在这城，实在令人好奇。

想不留遗憾地离开，只有两种方式，一是更改回程班机，但满足了此境，却会丢失了彼方，另一个遗憾或由此而生，剪不断的扎人藤蔓会开始蔓延，缠绕着心脏至死方休。这般的苦痛令人却步，只好另寻他法。遗憾的产生来自以为能取却不得，而这世界本就无任何一物、一事、一人、一地本该拥有，就连我们的生命，也来自两个原本陌生的人身上的细胞。行文至此，才渐缓解了分离的惆怅。

遗憾就像是下背的胎记，常意外地提醒了未曾放下的人，像是个疙瘩隐隐作痛，然后告诉自己从不是个坚强的人而流下了泪。但胎记并非伤口，也从未生疮溃烂。其实，只要一直向前看，就不会看见下背的那个胎记。

昨夜第一次在天津的戏院观影，片名是《后来的我们》，故事是那样真实，真实得可以闻得到片子里的味道，摸得到她的头发，尝得到嘴角流的血，感觉得到雪地里的寒冷，还有那锥心的遗憾。这深夜的电影竟让心头好像缺了一块似的。

午前在饭店外的街道走着，提不起兴看那些精致的异国文化，脑中都是昨夜那片中的哀愁，但前方一位拉着嗓门的婚纱摄影师吸引了我的注意，他的声音像是要全世界都看到对街那对幸福笑着的新人般洪亮，他说这是最后一个景，要新娘下腰让男方搂着她。这经典姿势在一座经典的欧风建筑前，是那样传统，那样理所当然，那样的别扭却心甘情愿。路上的车净空，新人的笑容僵化前，摄影师按下了快门，然后大声地说了句："好了，结束"，而我心中所想的是"好了，开始"。往前看，就看得见幸福了。

山顶

2018/05/04 香港

昨夜，飞机降落在赤鱲角后，接驳的车辆就搭载着我们前往隔日的演出场地彩排，虽已知会场就在机场不远处，但还是对只花了到达尖沙咀四分之一的车程兴叹着。过往只要上了车，在海底隧道前总是免不了漫长的等待，如今换来的，是阵阵从海上吹来的风，和远方浪花破碎的声响。

过去都在一栋建筑里的欢唱，明天将第一次发生在香港的夜空当中。在建筑里，总是能提供一个稳定、相对隔离的空间，让里头的人创造一个理想的世界。在这样的空间里，"自然"常常是排到较为后头的顺位，除非是刻意为之，但常常也是勉强的。如果真有这样的空间，我觉得中式的"亭"倒有如此的态度，将自然纳了进来；或是说，将人造的物和人一起，纳入了自然。

而这样的感受，是在过去的维多利亚港旁不容易得到的。红磡屋顶下的幽静，是同时隔离了城市与自然下的终极手段，屋顶外是随机的喧哗与纷扰，屋顶内是节奏与旋律的幻境，感性随机发生却不离谱；而离开了这屋顶，以为来到了自然，却发现只是在城市的边缘，从未离开。

舞台上的夜空，云层在彩排结束还未散去，细微的水珠随着海风吹了过来，不知那是碎裂的浪花还是即将霏霏的夜雨。满天的星斗虽不可得，但期待这件事却是这般露天的环境所独有的，就算大雨滂沱，也是难得，只因这一瞬间，只存在那时空，无法复制。

前方有片山头，夜晚只看得见轮廓，台下的观众得回头才能看得见这远方的山。过去在红磡里，常常向山顶的朋友打声招呼，而今，我们终于见到真正的山顶了。

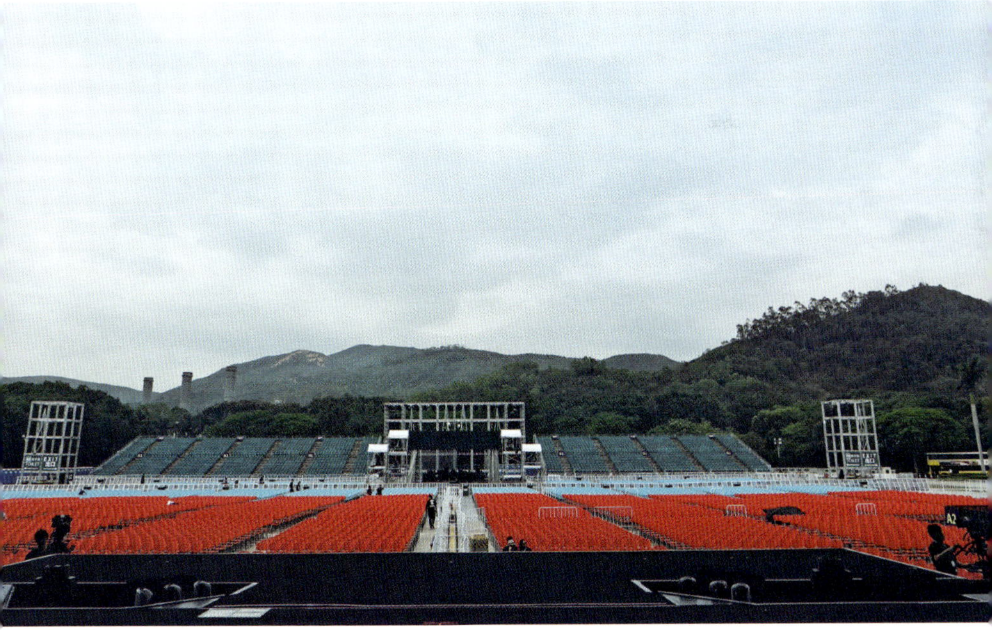

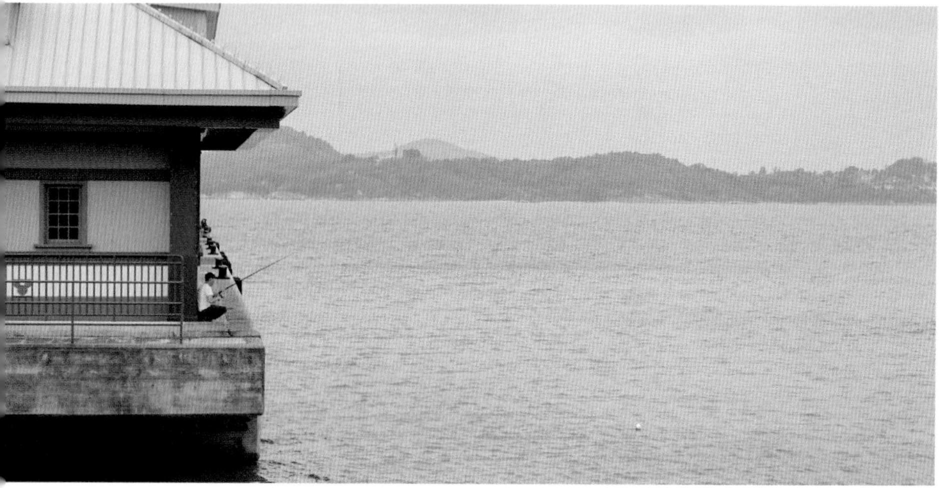

钓鱼

2018/05/05 香港

为何你会不发一语地坐在水岸边花上大半天的时间，等待着一件也许不会发生的事发生？而真的发生之后，你感到满足的，是这件事的结果，还是你所经历的这一切？

我问着远方那个拿着钓竿的男子，但这问题并未出口，而是像黑胶唱片的最后一圈，在心里不停地播放着相同的问题，问着找不出答案的自己。

每个钓鱼的人都有自己的理由，在这物资充裕的年代，生存恐怕是电视上的求生节目才会见到的垂钓目的。有的人会因为渔获的多少而失望或满足，有的人只求那段静谧的时光，不论是大海旁的白浪击岸或清澈的溪河缓缓地流淌，都像是结界般凝结了双手和钓竿这符号所构筑的神圣时空。至于能否得到渔获，则不是抛出钩时的唯一目的。

你问我，我当然是钓过鱼的，不过不是在岸旁，也不是在溪畔，而是丈人朋友家中的一口池塘，里头放养了几尾台湾鲷和草鱼。还有很多年前第一次拿钓竿，也是这样大小的池塘，台东东河的阿公还多养了好几只龟在里头，钓钩入水时，也不见它们逃跑，在岸边石头上伸长脖子不知在期盼什么。

几次的垂钓经验后，我还是像个新手般手拙，钓钩还是会钩到塘边的草，手捏的鱼饵也常一入水就散开，但我实在爱极了出竿那一瞬间饵和鱼线在空中划出一道多阶的贝塞尔曲线的优雅，像是精灵飞舞的路径，瞬间就会消失。饵在空中停留的时间不长，但却值得屏息等待它落水的那一刻，你会见到水面荡起了涟漪，像是看得见的声音，咚的一声，在你心头打开了什么东西。

我喜欢钓鱼，总感觉跟我的创作方式很接近。有人跟我说，创作像是在挖矿，有人说像是在写论文，有人是等待着晴空劈下来的闪电，灵光乍现。而创作对我来说，应该就像是个宁静的垂钓，等待着也许不会发生的事发生。

你问我钓到鱼没，别急，我还在找钓竿呢。或是你先去钓个鱼，你就知道我在说什么了。

麻 雀

2018/05/06 香港

　　五月的香港天气和煦，就算是晴空万里，走在户外也不会有汗水淋漓的煎熬。房间外有个不大的阳台，有两张金属制上了白漆的欧式雕花椅和一张及膝的咖啡桌邀请我留下五月的阳光和香港海风在回忆里。偶尔窗外还会飞过一只鹰，向我炫耀着外头的自由自在，所以前天早晨把门打开后，就再也没关上了。

　　因为如果你在某天早晨享用完早餐回房后，见到只麻雀意外地停留在你房里，你也会舍不得关起房门的。

　　我记得第一次对这个生物有意识是在很小的时候，奶奶家的院子里。说是院子，其实是都市围墙里的一楼，两张榻榻米大小的空间，能够莳花弄草，也是我探索自然的小宇宙。第一次见着它不是在这院子，而是院子旁围墙和大楼围出的畸零地，窄得只有当时还未成长的我才能通过。每当我跟大人说我去院子的时候，其实都是钻进了这个窄小的缝隙中。但几年之后，这缝隙似乎变得更小了，我就再也进不去了。

缝隙的尽头并不像前面的路那样曲折，得弯腰爬行或攀上几个墩才行，而是一个三尺见方的空间，可以直立，还有天光。在那里，有只折了翼的麻雀无助地瑟缩在尽头的尽头。我伸出手想抓住它，但就算折了翼，麻雀还是会用尽最大的可能跳着逃走。在这小空间里，我没能捕捉这只麻雀，最后竟是弄脏了全身，手肘也被窄小的围墙给磨出了伤口。

当时的我并不知道它受了伤，也不知道麻雀是无法豢养的，天真地想把它带走，而当我过几天想再去捉它的时候，失望地发现它已经不见了，但接着就闻到一股难闻的气味。我吓得急忙地逃离那缝隙，整天脑中都是蚂蚁爬满它身上的景象，一连好几天，我再也不敢到那个尽头，甚至连院子都不去了。

忘记过了多久，可能也明白了些生命的本质，再次钻进了那缝隙，恶心的味道已经消失，腐败的血肉只剩白骨，我看了它许久后才离开。后来就没想再进去，某天等到想进去再看看时，就再也进

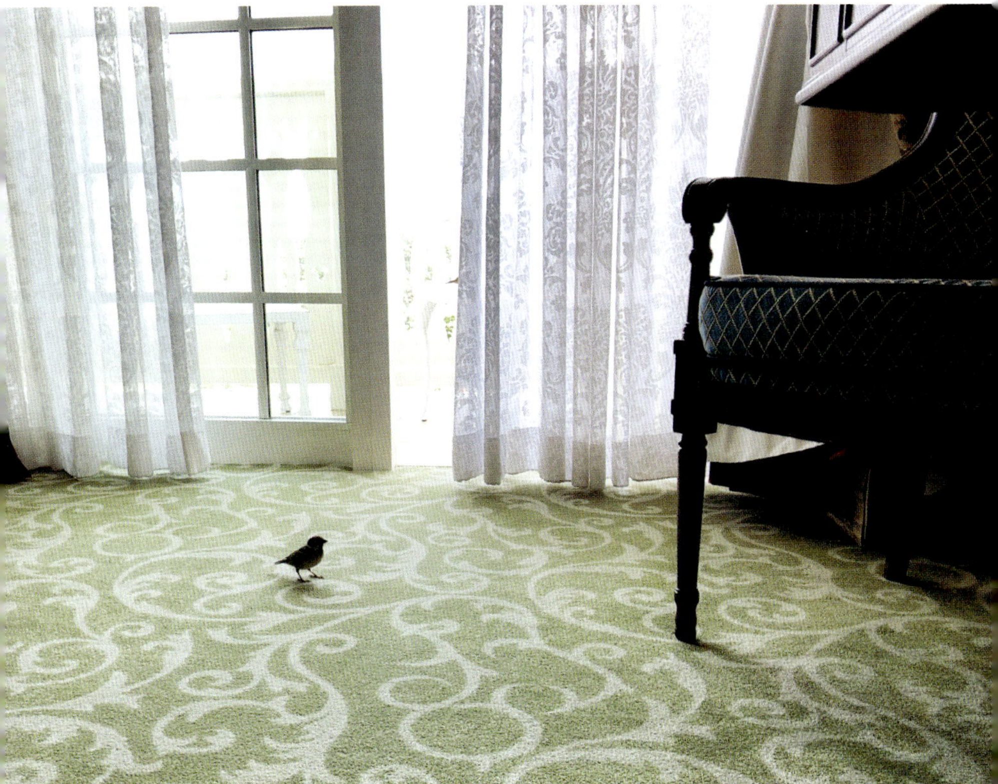

不去了。

昨天早晨,饭店的房间意外地飞进来一只麻雀,阳台还有一只胆子比较小没进来。我小心翼翼地记录着这一切,那年鲁莽的小孩已经学会豢养生命的责任与代价。

如果可以,何不永远开着门,等待着它们拜访的那个神奇的时刻?

鸡蛋花

2018/05/11 香港

下了好几天的雨，像是上周晴空后的存货大甩卖，货物杂乱地撒放在花车里，一股脑地就想全部清空，山头还有突然的闪光出现，暴力得使人不得不专注着阴郁的天空，心情闷闷地罩上了层灰色。周四的乐园之旅，是孩子们盼了许久的假期，而我只期待一个天晴的周四，别让他们扫了兴。

期待让人受伤，是缓慢的凌迟，随着下个周四即将来到，刀刀见骨，血肉模糊。当期待着的是别人的期待时，如地狱般的极刑就会无间地重复着，直到结束的那一刻，也许天堂，或许地狱。想终结如此的轮回，是身为一个父亲的为难，只因他们的喜悦像曙光般斑斓。如此天堂，何畏地狱。

家人在赤鱲角下了机，接机的时候，地面接缝处的边缘还有着

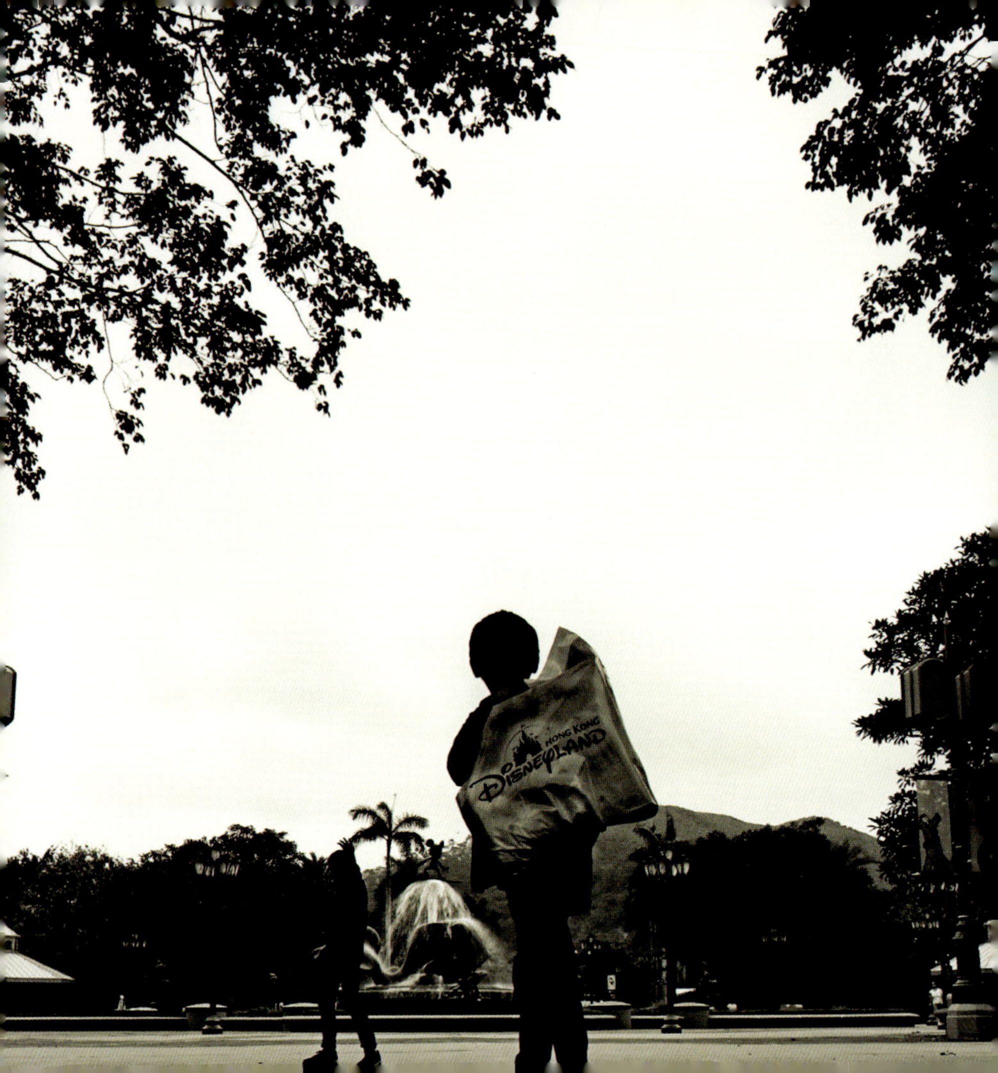
HONG KONG
DISNEYLAND

颜色深浅不一的水渍，空中虽无雨滴落下，但依旧嗅得到湿黏的水汽，让深呼吸这件事得不到任何满足，也让明日的期待得不到任何的解答。手机程序里有如掷骰般的预测难以信任，所幸孩子们与妻子并非在意一个天晴的假期是否成真，但如此难得的奇幻之境，怎能让人不幻想着一切都会实现？怎能让人不期待着一个明亮的场景即将在眼前发生？

下榻的时间已经超过孩子们的就寝时间，但两子让房里的奇幻布置给冲昏了所有物理定律，时间在这里是扭曲的，空间是个梦境，而欢笑却是无比真实而纯粹。那样的欢笑，只属于那些拥有童真的人，无论身份，或是年龄，那是上天的恩赐，也或者是某些人在这现实世界中非常努力地不让它消失。我想，这努力的具象，就是我们现在所处的这个奇幻世界中。

兴奋的激素一直让两子到午夜还未眠，隔日的早晨七点就已听见他俩清醒的笑声，对父母来说，假期早起的孩子，是比地震的发生还令人想要躲到床下。如此情绪高亢的环境下难再入睡，只好提早用了早餐散步到园区的入口。天气虽然不是晴空万里，但也非乌云密布得令人忧心，而是一个适合出游的多云日，凉风吹拂，狂奔的孩子竟然没流一滴汗，此境实在难得。

园区内设施创意无限，设备安全友善，心思缜密，除了在金属扶手触摸不到任何一个突出割手的尖端，令人意外的是，餐厅铁制座椅的重量竟是一个大人单手也难以移动的，也因此预防了孩童因移动的餐椅而意外跌落的风险。也许就是如此不计成本的努力，才有可能创造出这个只有欢笑的世界吧。

随着大游行的音乐淡出，两子的心也满足了，而我则是在来的路上拾着一朵朵缅栀花闻着，也给一直牵着手的伴闻着。我将这花香化成一缕缕的线，将今日的回忆缝成了一个香包，存着，等哪天我们都快失去童真时，可以再拿出来闻闻。

蓝的

2018/05/12 香港

　　一直以为香港的出租车都是红色的，直到今天，我才发现香港出租车有红、绿、蓝三种颜色，而其中一种，今天载着我到了大澳，是与大澳地理环境相呼应的水蓝色，也意外地发现了原来不是所有的车都能到达香港的某些特定地点，尤其是私家车，必须是当地的居民才能进入，游客想要到那些地方，就得搭乘公交车或特定颜色的出租车。或许也因为这样，像大澳这样的地方才能一直保有其特殊的风味。

　　之前到香港，大多只在赤鱲角与尖沙咀间位移，像是个钟摆般逃离不了牵引的那条绳子，就连轨迹都可以轻易地预测，时间一长难免乏了，因此每当听见有人提起南丫岛、长洲或坪洲这些地方的时候，总会拉起耳朵向往着碧海蓝天，然后开始算计着自己的每一

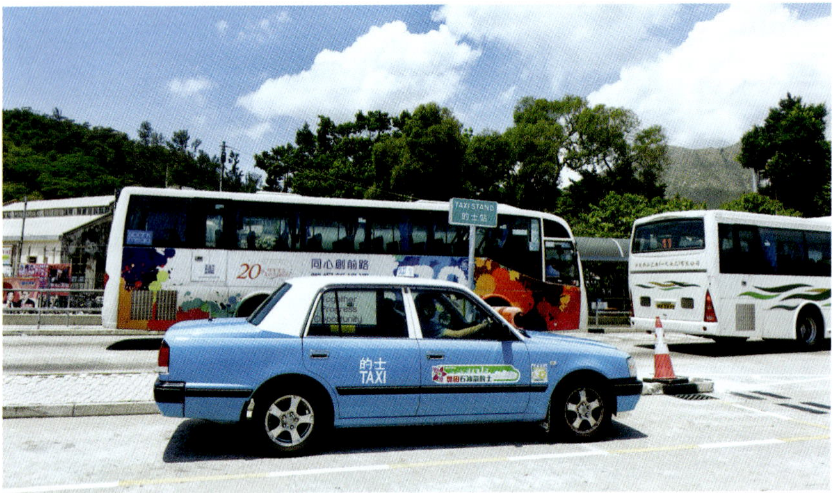
TAXI STAND
的士站
同心創前路
20
的士
TAXI

分每一秒。但无论如何挪移，每个人的时间都是二十四小时，东扣西扣除非把深夜的睡眠都给牺牲了，而码头的渡轮还在航行着，否则那些所谓的"顺道"只会是强人所难，一说出口，其实是挖苦了自己和同病相怜的人儿。

本以为这次难得的两周内可以至少邂逅一地，怎料倾泻的雨水冲刷了所有奢望，只能看着岛上的乌云密布，像是白蛇与法海和尚正在斗法，准备淹了这些大海中的零星陆地。雨停了，欲望却未消失，但这些岛都太遥远，前天问了阿 Su 还有哪些地方可以去走走，她说"怎么不去大澳"。这未曾在旅游排行前几名的地方，竟然从一个地道香港人的口中提出，想必有其特别之处。这地名成了颗种子，在心中种下，今天早上发了芽。

蓝色的"的士"载着全家爬过了大屿山，路上可以见到全身装备的自行车骑士挑战这不缓的山路，我竟天真地幻想某天可以和他们在同一条路上骑乘，而当年承诺要游泳横跨维多利亚港的愿望也还没实现，如果食言真会肥的话，我早应该是个千斤的猪公了。快到山顶时，可见着远方大佛的背影，还来不及叫身旁的儿子，佛就被山棱线给吞没了，只好告诉他下次要看见大佛，得爬两百六十八阶楼梯才能见着了。听到这数字,他的白眼差点没翻到后脑勺去。

在儿子说出他们要吐之前,便到达了大澳。我讶异这地点第一眼见着的人数竟比一间尖沙咀便利商店里的还少,如此的宁静,如此的纯朴。到达的时候正是退潮,岸边露出许多藤壶与棚屋的基座,是有别于湘西吊脚楼和江南水阁的特色,法规制度上看来或许是违建,但事实上却是为了生活与生存间的危险平衡。家家后院半开放地相连着,可以感受到这区特有的连结,不像市区的户户紧密比邻却情感疏远。

两子离开时说这里看起来好不像香港,是啊,看起来不像香港,却是香港历史里非常重要的一部分,而不只这里,也包括了那些大大小小的岛,还有绿色和蓝色的士才能到得了的地方。而下次再回来,还有哪些地方会再带来惊喜呢?

炮台

2018/05/13 香港

  香港的楼高一直令我惊叹，就像每次抬起头看着它们，嘴巴都会因不停上仰的角度而不由自主地张开那样惊叹。以商业大楼来说，这样的高度其实是标准，但在香港，这样的巨型建筑，却也是集合住宅的标准。常常可见它们挤身在摩天大楼间，撕去了如锡箔般的玻璃帷幕，露出了造型简单的骨肉，每个可以看得见天地的窗框里，就是一个巢，堆叠着，不断向天空延伸。难以想象的是，在上下班时间会有多少人在这些大楼里垂直移动着。

  跟很多华人小区不同的是，这些集合住宅并没有铁窗，楼高是摩天大楼与生俱来的防盗优势，除非盗贼是像好莱坞那些恶棍或英雄能在这里上下穿梭，否则还不如像这些在这里头生活的香港居民一样，在高空中将冬天的棉被和洗衣机里的衣服在阳台摊开来得实

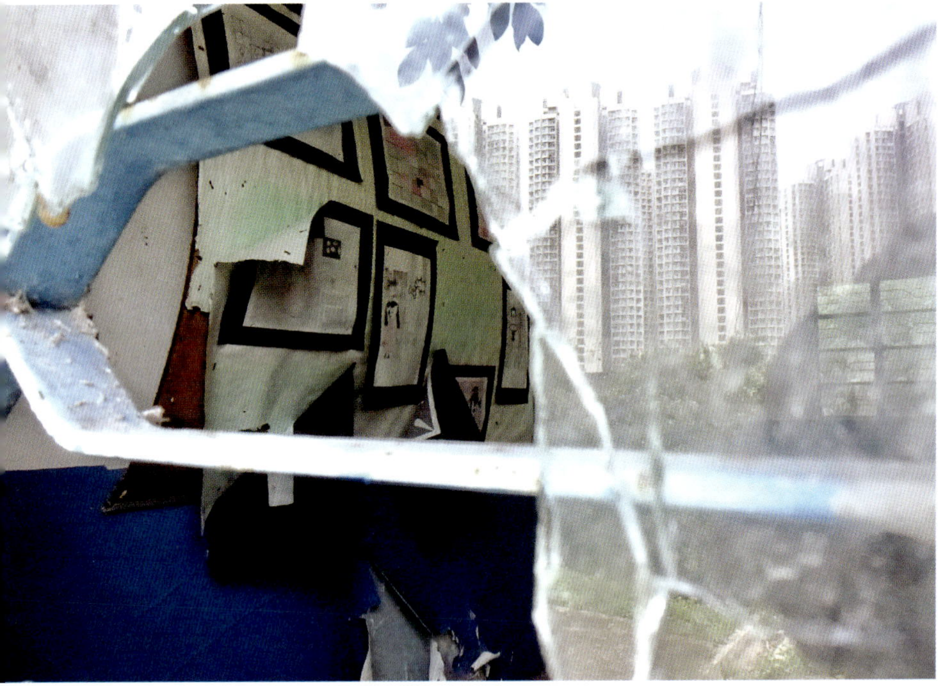

际，而那些随风飘逸的织品，正是这儿生活着而非商业的最佳证明。

在市区，这些集合住宅大厦零星地散布在各处，但有一地却是这些集合住宅的集合，是每次来去机场时都会经过的东涌。夜晚时经过，可见到每户灯火点亮，无论里头的人是慵懒地斜躺在沙发上或是跟伴侣争执着一场人生的难关，在外头的人看起来都有一种归宿般的温暖，让我想起了成家的第一个居所就住在这样的大楼里头，坐落在淡水河出海口旁的新市镇边缘。搬离淡水的时候，附近落成的大楼一只手还数得完，而现在的数量可能比东涌的所有大厦还要多上许多。

但这样的开发总是会牺牲些东西，我想，东涌的炮台，或许就是这种结果的进行式。一个曾在历史上为了防御而建造的堡垒，因为时代的演进曾经作为警署，甚至是学校，可以想象那些小学生们玩耍时假装大炮发射的样子，只可惜那样的幻想现在已成了炮身上的铁锈，在慢慢地剥落中。

记得那时候从淡水的家中向外望，可以看见腹地广大的新市镇，而在那些已经圈好地的方框里的其中一块，有棵树冠茂盛的百年雀榕，在雀榕旁的地都已经整平。当时不知为何这棵雀榕还在，还以为建商会留着它，但几年之后雀榕的方框里已经盖起了楼，而雀榕下的树荫，成了当地耆老的叹息。

通过东涌炮台废弃教室外的破碎玻璃往里看，还可以看到当年小朋友的作品在墙上，但外头蔓生的杂草和教室墙上枯黄的薜荔，令人担心这里未来的去向。此景令人唏嘘，而不远处的大楼新颖且特出地矗立着，让人心情复杂。两者的平衡处在哪我不知道，但香港就是如此的特别，总会教我彻夜难眠。

世界的尽头

2018/05/19 东京

当世界还不是圆形的时候,人类对远方的概念并非像今日,只要一直朝一个方向走去,最后还是会回到起点,在过去,世界是有尽头的。在那尽头有什么,发生了什么事,从来没有人证实,就像一个神话,一个传说,一个永远做不完的梦。

或许是因为环游世界的意象太过强烈,也或许哥白尼的发现我认识得太早,在成长的过程里压根就没想过世界会有尽头这件事。长大后科幻片看得多了,蓝色星球的画面已成了陈腔滥调,转着转着就看得见另一面的地球,哪里还有尽头?而科学家颇有共识的宇宙膨胀说,则是彻底地消灭了人们追寻尽头的精力转而追寻着起头。

昨日起了个大早,计划里的一个行程值得用时差后的台北清晨五时起床,只是早得连路口的咖啡店都还没开始营业,店名叫"关于生活"的小店，颇懂得生活的分寸在哪，来去的行人这么多，却没有开门，因为勉强自己的后果不就是失去了生活吗？前往涩谷车站的路上，穿着西装的上班族大部分都是迎面而来的，涩谷站像是个巨大的水坝，每天早晨都这样泄洪，而我是个不自量力的弱小人类，打算穿越这人潮将闸门关上。

当然，没能成功地阻止人潮，但也算是顺利地到达了售票机台前，一时抬头竟还找不到要去的地点，只因目光都在山手线的那一圈搜寻着，最远也只把眼睛移到横滨那而已。当她说"这里"的时候，我才走到地图的极左，找到了那地名，心里嘟囔着，"这真是世界的尽头呀"。明知世界没有尽头，但这一个地方却是真实的在地铁图上的极端，也是我对东京认知里未曾想象的一个地方。付了车票里的最高票价，心中不免对未来的行程产生了怀疑，就像要前往世界尽头的探险家们，谁也无法保证能带回些什么东西。或者，这也是没有人从那里回来的原因。

电车过了五站，我们把紧握手环的双手松开，坐在一个穿着钓鱼背心的伯伯旁，看着他所凝视的远方，房子慢慢地降低，相互之间的距离也越来越远，绿色开始出现在这些房子间，再远一点竟也看得见丘陵，直到一道无边无际的水平线出现时，我这才知道我为什么要走这一遭，也知道为什么这片大海会是那个人"内心的原乡"。

走出这没有收票口的车站，留下了张可能是我一生最贵的日本地铁票。这就是世界的尽头了，我想，但我在这发现了什么，就是另外的故事了。

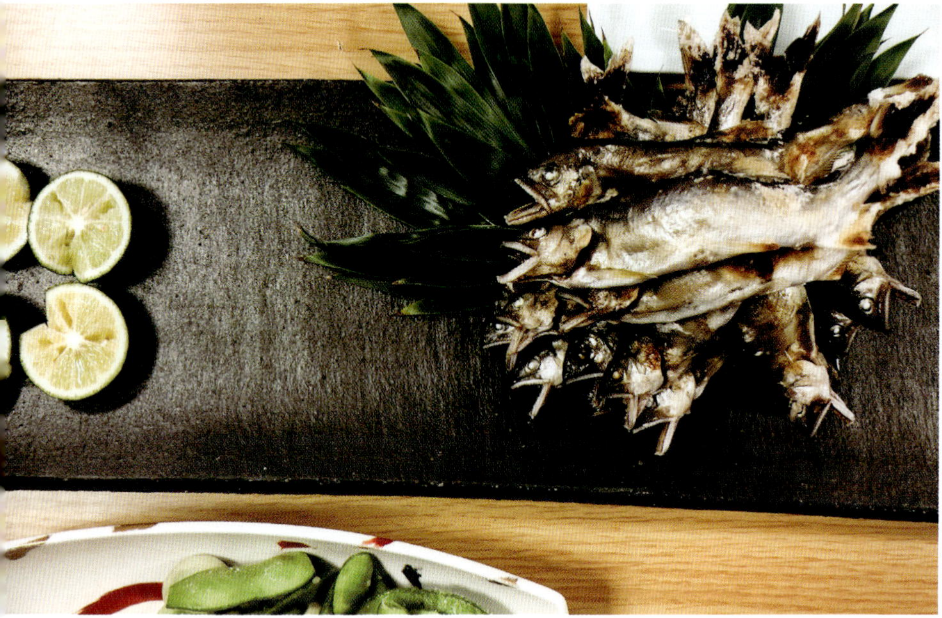

月光下的浪花

2018/05/20 东京

前夜辗转了整夜，并非心中挂念着任何事，而是不小心吃坏了肚子或是感染了什么肠胃型的病毒，整晚不安稳，上吐下泻，仿佛内脏都要被掏空似的一直到天亮。紧闭的窗帘缝隙中，可见到不小心漏进来的天光。平常的日子，我一定是打开窗帘享受这清晨的前奏，但前夜的不适却让这前奏成了噪音，令人只想用枕头盖住头，隔绝这一切。

自从进了饭店房间，就只在床榻和厕所间移动，惊险的时候，这两者还差点交换了功能，吓得让人不敢熟睡，只好数着肚子里翻搅的声音，想象那是月光下的浪花，背景还有德彪西的琴声，这才能平缓那无间的不适。

这让我忆起了多年前大儿子沙门氏菌感染，在医院待了两个礼拜。十几天里，无法进食，还包着尿布的他，只能用嚎啕大哭和在婴儿床内愤怒地跳跃、拉扯，来表示他的饥饿。看他每次哭得满脸的眼泪鼻涕，自己却是无力帮他做任何事，那时是第一次感到做父母的为难。

那一次的经验让我们都更加注意了入口的东西，只是再怎么样的小心，总是会有意外，而今天这意外发生在我身上。心里一直挂念的，是枕边人的担心，和接下来的演出。当我虚弱地躺在床上时，她的眼神就像那年大儿子在医院时那样的无力与无助，而我能做的，也只是安慰她一切到演出时就会好。一日的禁食发挥效用，第一日的演出顺利，但晚餐的庆功宴却贪了嘴，以为自己已经恢复，结果却只是一夜昙花。

谁叫相马先生宴请的料理那样纯粹，不矫饰、不过度的烹煮，可以让人品尝得到自然的原味，是大海、是草原、是森林里的小溪、是农人辛勤工作的春夏秋冬，所以又多吃了两口。而这两口，却又成了另一夜的辗转。

从昨夜晚餐后就未曾再进食，今夜的演出也顺利。只是相马先生的盛情实在难以抗拒，只期待今夜的料理别再那样吸引人，或是自己的定力别再那样容易动摇了。

桌 子

2018/05/26 沈阳

　　一张木制的桌子，在台北的几个家里待过，一开始是叔叔店里的工作桌，功能多元，有男人手靠着这桌子看着送给情人的礼物在这桌上被包装成两人一夜缠绵的前戏；有女人放下呎了一口的咖啡，在上头留下了一圈的大意后，和同行的友人持续办公室外的勾心斗角；有母亲因为孩子的叛逆让她掉下的眼泪在这上头风干了；有中风父亲的拐杖曾在桌边倚靠着，他说话时的声音就像这桌子的抽屉开合时发出干涩粗糙的碾压声。是到后来，这桌子才搬到了我家，在上头放上几本书，偶尔写几个字，仿若这桌子天生就是如此。

　　但它天生不是张写字桌，较低的高度适合日常闲暇轻松地倚靠着，短时间的使用，没有人会在意它其实比一般书桌低了半小时就需要起身活动的高度，但我却每每被它的高度折腾得腰酸。几天前将它搬离了原位,是因为友人木工手艺高明,热情地自愿帮忙榫接改造。它的重生指日可待,只是让我思考着是否还要将它放回原位。

友人建议加高桌子的四脚,而此法一直都在心中萦绕,但身边工具、材料与时间皆不足。本想找四个高度相当的垫脚物,像木屐或高跷般增加高度,将就凑合着用,但将就的念头一起,就会像野火般蔓延,起先是可见的范围,接着就会是眼睛看不见的地方,直到将最后一丝执着的念头都焚烧光前,才会发现到懒散的悲哀。只是这桌子竟持续地使用了好一阵子才能交付给了能手,虽然未曾将就它,却还是将就了自己。

桌子移走的那天,家里和心里好像都空出了一些空间,轻松了许多,或者一直以来的勉强终于缓解了,短时间内再也不必遭受不安定的心灵折磨,这才发现原来自己一直在追求的一个现实世界,是像"待庵"(日本妙喜庵茶室)那样简单的空间,也发现断舍离之后心的自由,竟是那样逍遥。

少了张自己的桌子,必要时得用上儿子的书桌,因为与他们使用的时间并未重叠,放学后工作也该放下陪伴他们,这才发现之前的准备皆是多余。其实家中还有许多"刚好就好"的事仍未被发掘，两张榻榻米的境界也不是一蹴可及，只能在欲望滋生的时候，仔细地判断是否真有其必要。而那张桌子，既然它原生就非一张书桌，何苦费劲将它修整成另一个样子？而那些曾经使用的记忆，就让它留在时间的长河中吧。

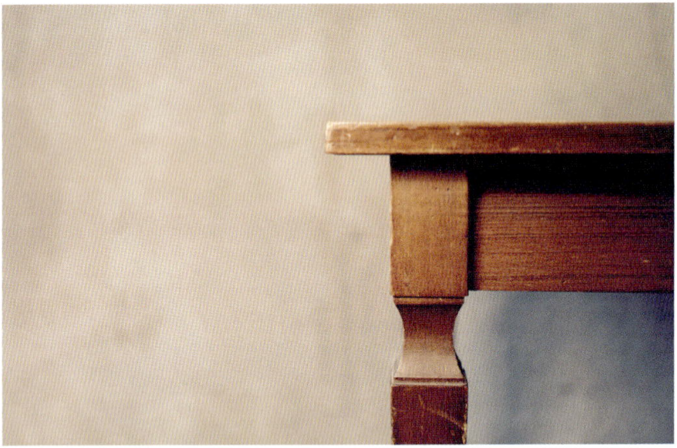

仁

2018/06/02 新加坡

　　刚结束与家人的远程视讯，仨人的声音和影像数字化后以光的速度在南洋一座城市里的饭店房间重现，聊的不外乎日常生活的嘘寒问暖，加上小孩功课的叮咛，难以成为与他人分享配饭的话题，更无法成为喃喃的纸上笔墨，但这样的时光却是一个远行父亲唯一能与他们稍稍靠近的瞬间，短得有如弹指，结束有如落花般惆怅。

　　眼前的幸福出现在随身的电话屏幕，这是过去难以想象的未来，回想生命中开始有计算机的时候，所有的机器加起来像一台大型烤箱，屏幕里只有黑底白字，和一个不停闪烁的下横线。开机时得要放一张巴掌大的黑色磁盘，用不了多久就因为磨损，得重复开关多次才能正常运作。而网络是那时还没发明的词汇，想要见到彼此，还是得用模拟的。

在那时候，远行的父亲或母亲们要受多少的折磨啊，实在令人难以想象，只因就算现代科技如此进步，将他们带到了我的面前，但这毕竟是即将消失的存在，无法让人及时出现在彼此身边。到未来，或许真能如愿地出现，但停留不了多久，那个让他或她远离的原因还是会再一次将他们带走。

就是因为有这样的身不由己，也让人更加珍惜能够在一起的时刻，或许什么事情也没发生，日常的一天就如此平淡地度过，这一切还是令人陶醉。如果真的要拿什么来做比喻的话，或许这就像是跟恋人在一起般，只是多些责任与担心吧。

但陪伴的时间有如在大海中溶解的方糖，家中仨人只有年纪相仿的母亲能够尝出其中的甜头，孩子们对父亲这个角色时常缺席的反应开始令我担忧。科技能够做的，毕竟无法圆满，人类或者是我，真正需要的，其实是时间。

我的担忧早来自于孩子们的行为，几个月以来在餐桌上，他们谈天说笑的主要对象是桌子尽头的母亲，而我则成了一个威严的存在，每每早餐后的告别，称谓也只剩了雌性的那一个。当发现这样的事实，心头难免一揪，因为无法说服自己这一切都是牺牲。期待

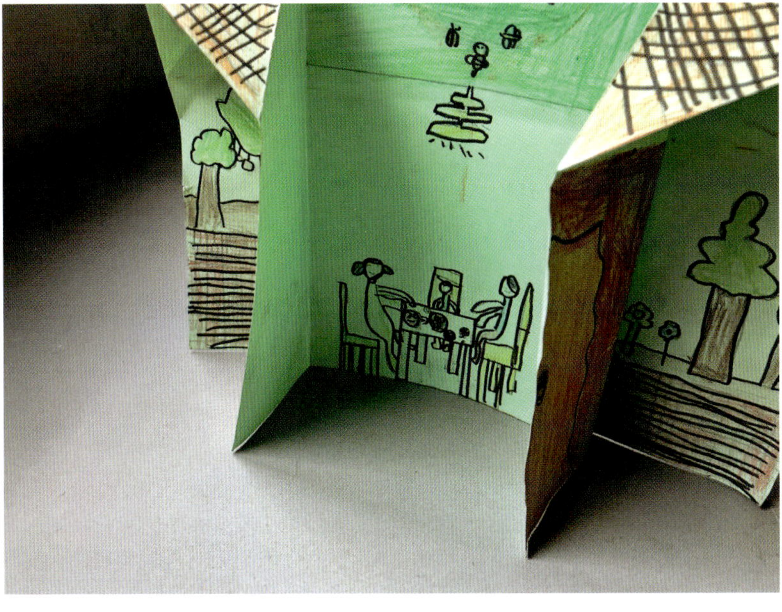

事事圆满的个性，现在成了苦痛的来源。

前天，儿子画了张美术作业，题目是《我的家》，四开的图画纸对折后再依老师的指示折出一个造型，像立体书可以开门，有屋顶，他种了几棵树在房子旁，草地上还开了花。门一打开就是餐厅，挂在屋顶上的灯还引来了些昆虫，餐椅上，比较小的那个是他，哥哥在他左边，妈妈坐在对面。

原来，他的家只有仨人。

问他："爸爸呢？"他说："出差了。"或许，他已经懂得安慰人了。仔细看了桌上的菜色，有盘笑脸，原来长期以来只靠视讯的餐桌陪伴，竟如此真实地在他的画中。

行文就此打住，他们用餐时间到了，接下来能做的，就只能是如他画作里的陪伴，我亲爱的仨人。

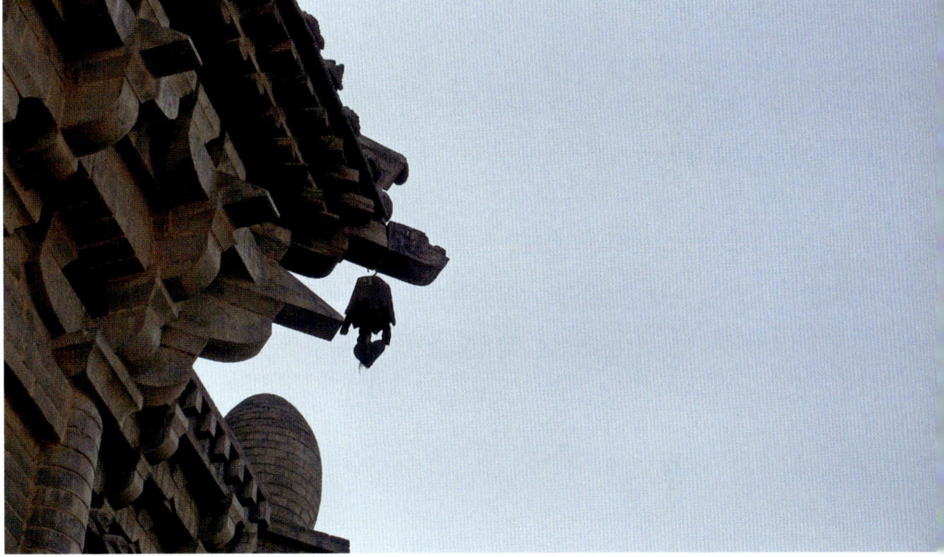

异乡人

2018/06/23 石家庄

一周只有几班直飞石家庄的班机，却是让人偷得了一日清幽的远行假期，可以好好地认识一个城市，只是这城市的名字似乎比她的故事更容易让人记忆。数字化数据中保存下来的，像是烈日照射地表的热浪薄薄的一层，若有似无。多年前偶遇的记忆也如蝉翼，成了即将再会的愧疚。像是要和陌生的老朋友碰面般地，竟然有些慌张。

习惯从城市的地理开始认识起，常像只老鹰在手上的地图里盘旋，看得见那条河，孕育了万千人；看得见那座山，守护了千百家，接着，可以找得到城郭。就算是守卫百姓的墙倒了、塌了，还是可以从现代的街道中见着历史的辉煌，有如用力地在纸上写下的字，拓在下张纸上，摸得到深凹的痕迹。但在石家庄的上空只见着棋盘的规划和几条如命脉般的铁道，就连水文都像是人们在方格纸上画下后再深凿的沟渠，难道那城颓圮的墙如落叶般早已没入黄土千年？

也是到了这城，才从当地居民口中听见，原来这城市的发展不过七十年，铁路确实也是当年的命脉，成为省会的幸运让这驿站扩张成过去未能想象的繁荣。而原本的河北省省会，是否会因为当年的风骨而扼腕，恐怕得问问那些保定的耆老才能得知那一年的秘密和他们的哀愁了。

或许大部分的人在石家庄都是异乡人，在这城市中总能感受到谦卑与热情，没有领地，没有霸主，只有追求美好生活而在此停留的人。只是这美好生活毕竟是这儿当地人的未来，身为过客的我，能够带走的，其实只有过去。

而这城市的过去得要和滹沱河对岸的正定县借，春秋战国的存在，就必须要有这样的城市才有办法实证，失去现代化经济规模滋养的正定，却能从遗迹的重建中得到安宁，能静静地看着未来即将在她的身旁经过，似乎当年的冷兵器已在她身上留下了无数的伤疤，让她不想再战，也不愿再争了。

从正定返回石家庄，城市从平面又变回了立体，正定县的长处不在高楼，石家庄的优点也不在遗迹，彼此都不勉强地过着自己的生活，一个在过去，一个在未来。但是，在遥远的未来，石家庄会有个怎么样的过去呢？

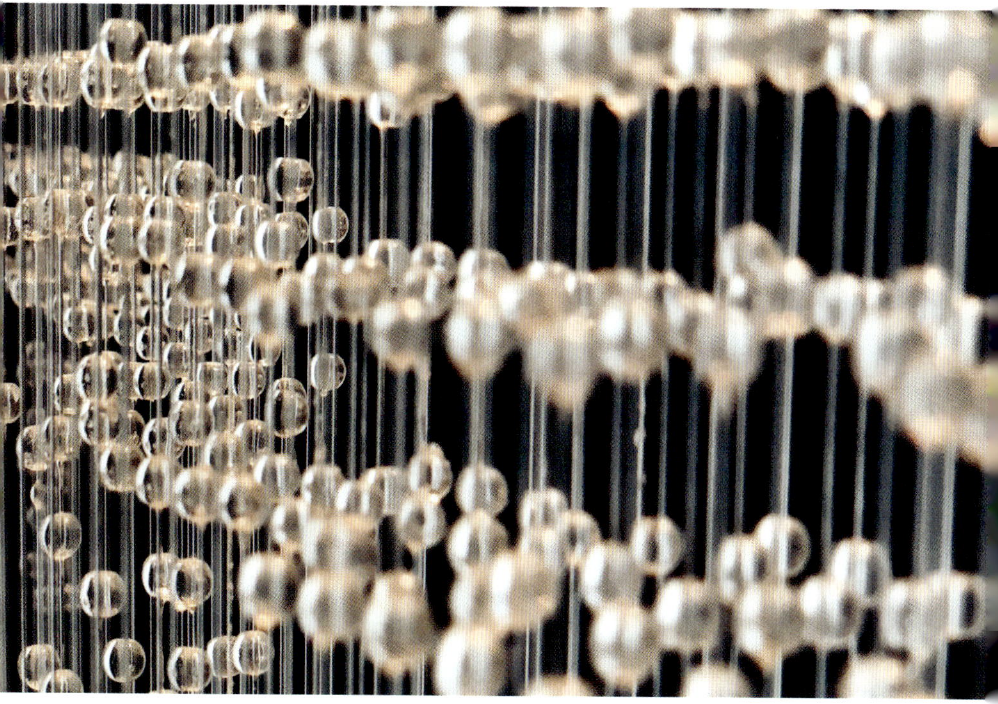

弹 珠

2018/06/30 佛山

  我的口袋里有一包弹珠,是过去的记忆萃成的,大小不一,色泽也多样,可以放入口中尝,滋味丰富,不尽相同,都酸酸甜甜的,仿若上等草莓制成的果酱,可以见到阳光透过后染上的红晕,像是害羞地道不尽那一瞬间被留下来的缘由,只有尝着它们的我才能从反复的吮吸中模糊地辨识出大概的样子。有时想再寻找前日遭遇的滋味,却像是弹珠滚到了床底,遍寻不着。

  弹珠在袋中碰撞着,声音清脆,好听极了。记忆从一处碰撞后连结到另一处,只可惜串起这些弹珠的线早断了,只有这些单独散落的珠才能让自己相信那过去曾经存在,而不是将他人的故事背诵进了自己的回忆中。

  回忆本来就是私密的,难以与他人诉说,能说出来的那些,或许加了油、添了醋，也或许有如断简残编，留了白，让听的人续编。只是有些事还能起头，有一些却是秘密中的秘密，那是有关性的回忆，光线照射弹珠的红晕瞬间跑到了脸上。

上天造物有雌雄，为了代代相传，也为了繁荣，而人类看待这事就成了男女，有了性别，谈了情爱，从道家说这是阴阳，得合而为一来看，人们还是只执着在这两者的分与合。西画里的伊甸园，树叶下遮住的是人的冲动和欲望，如果老子把树叶掀开，我猜，他可能会看见太极吧？

令人纳闷的是，这样私密的弹珠是从何时开始制造出的，是幼儿园的女老师，是路上瞥见两人的嘴唇碰到了一起，是恐怖片中赤裸的淋浴画面，是教室前座那串长及腰的辫子，是健康教育的十四章，是内裤上急忙洗掉的尴尬，还是抽屉深处那卷没有片名的录像带？

我将这些弹珠摊在手心，想从这样的俯视中找到我即将面临的问题的解决方法，而我却看见一个孤单少年的慌张，以及对未知的恐惧。我见到的症结在于信任与陪伴，对于成长中的少年来说，一个愿意接纳与谈心的父亲或许是最适当的角色。少年时的我没有对象，而现在的我却还在学，像个幼儿开始学步，常常跌倒，每次将我扶起来的，就是十几年前答应和我共度人生的她。

《礼记》中说的："饮食男女，人之大欲存焉。"现在这样信息量爆炸的社会中，这样的欲望还真实地充斥着各处。身为父亲可能可以做的，并不是将这些用一道长城阻挡，而是陪伴着他们体验这一切，将过去的弹珠诚实地让他看看，不是让他自己探索然后留下孤单的记忆，回避这题目，只会加强少年的好奇。或许《道德经》的五千字里没有一个性字给的启发并不是不提，因为，这本该自然发生的事，何必多言道德。

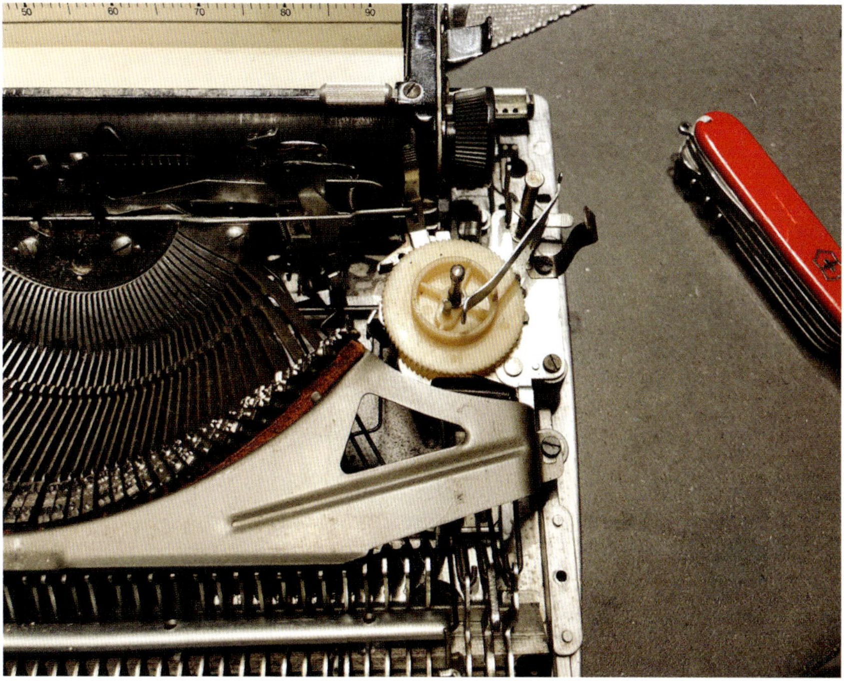
50
60
70
80
90

起子

2018/07/01 佛山

　　每个小孩应该都有个玩具箱，塞满最珍稀的满足。我的箱是个十几厘米高的篮子，里头的玩具跟一般小朋友没什么不同，小男生不外乎是几辆车、可以变形的机器人，和一些模块化的塑料块，变化无穷。除了这些能让小男生飞天遁地、拯救世界的幻想之外，我的玩具箱中，还有一个可以摧毁或重建这些玩具的东西：一支螺丝起子。

　　通常，家长都会将这样的工具收好，为何我的大人会让这支螺丝起子被我当作是探索这世界的利器，我没问，但我确实因为这小小的工具，获得了童年的满足，一直到现在，我还会因为手上握着这样的东西而感到兴奋，仿佛自己的世界只要有了这些工具就能创造，或是改造。像是原始人手中握着长矛般有着能超越身体极限的勇气，只要不放下它，这脆弱的血肉之躯就有多活一刻的机会。

因为有了这支起子，玩具不再是只是用来玩的，而是成了可分解组装的材料，一台有螺丝的车分解开来就像是解剖青蛙般展开在眼前，没有流血，零件接触着零件，就像器官相连，各司其职。上帝造物，人也造物，拆开、重组这些东西让一个小男孩沉浸在他的世界中，无比喜悦。

有些东西打得开，却收不回去。自己的玩具拆装了几次之后腻了，竟将桌上的闹钟给拆了。钟表的复杂远超过幼童的玩具，完全不重复的齿轮散落在地上，对我那时的大脑来说，是一个无法承受的负荷，只好一把抓起所有零件恼火地丢进了篮子。无数金属与塑料碰撞的声音中，小男孩的勇气与自信像这落下的零件般解体了。

这过程实在令人着迷，所以常让大人头疼地不时添购家中的小物。但随着时光的推移，拆装的物品丰富多样，也养成记下步骤的习惯。那箱子里的零件如果还在，说不定现在的我能让指针再动起来。

这样的自信来自于上周将家中一台收藏已久的打字机修复成功，这机械自小便在我家中，应是当年念大学的大叔所拥有的。小时候喜欢它敲打的喀嚓声和打完一行到底的那个铃声,把滚筒向右推时,纸还会自动卷上一行,光是这样的动作,就能让我玩上半天。只是不知怎么着,许多年后,这滚筒竟无法回复原位,那悦耳的铃声消失了。

那天夜里,我将它拿出来,翻来覆去,拆装了几次,上了点润滑油,那铃声终于再度出现。儿子们兴奋地敲着键,摸着纸上的凹痕,那是我当年的眼神吧,我想。

打字机搬了出来,也搜出了许多过时的数字产品,有些已无法开机,有些开了机但功能不全或慢得令人烦躁,只好将它们全数回收。这些全都是不适应时代潮流的物品,最后竟然有如此不同的命运,让我在那天夜里想了很多。

或许,我们其实已经用起子创造了一个还不错的世界了?

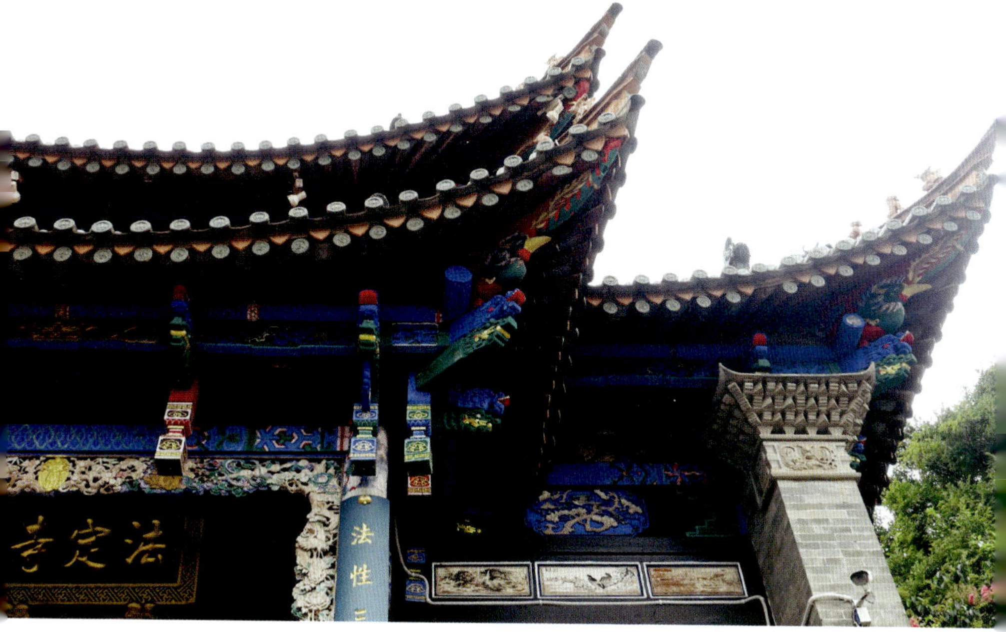
法定寺
法性

司 机

2018/07/07 昆明

他指着左边车窗外说："这一片本来都是渔村嘛，开发了后，这里的人都拿到了一大笔钱的嘛。"特别的是他每一句结束语气里加上的"嘛"字，让他说的话都有一种看尽炎凉的豁达，像本不带情绪的历史课本，没有写进去的，常常是真正令人感伤的部分。

也或许他早已习惯如此的偶遇，对来自于异地的人，心中熟稔地操作着一套剧本，问打哪来，去了哪里，然后介绍当地小吃、名胜，热情地掏出他的最佳选择，让人期待着不久就可以经历的最地道体验，好在心中回味再三，健谈的旅人可以将这些当作与他人分享的话题，而他却会在这些山水和美食间的对话中渐渐被淡忘。

但我却忆起了他，记得他左手有串如栗子般大小的佛珠不停地把玩着，浮雕的凹凸撞击出车上无言时的乐音，咔咔的声音让人将注意力从他半伸出手的窗外街景移到了他手中的声音，并且期待着他即将开启的下一个话题。

雨刷适时地动了起来，就像是安排好的机关，连天上雨滴的特效都准备好了，就怕我们不提到天气这题目——"这里几乎都是春天，人到这都不想走了嘛。"是啊，台北现在三十八度的高温让人想逃跑，我则是幸运地降落在这比阳明山还高的高原上，四季如春，就算是下着雨，也好似仙境般浪漫。

应该是我手上这本书里的角色们，那无奈又纠结的人生，相对使我对他的豁达印象深刻，让我合起了书本，听着他口中的家乡。但当他轻描淡写地提到他的大伯当年随着国民党到了台湾，也问到现在去台湾玩是否有许多阻碍时，我仿佛听见了那种小说家想要挖掘的哀伤，那藏在他不停拨动佛珠和一派轻松背后的忧愁。

"有空你们可以去吃'jin'子嘛，这两天下雨，刚冒出头来，很好吃的嘛。"如果不是下雨和冒出头的线索，压根没法知道他说的是"菌子"；云南的山珍，其实就是生长在腐木中的菇。他特殊的口音，无法发出噘起嘴来的每个元音，像是"ü""u"等，反倒成了我记忆他的另一个方式，也让我回想起一个已过世的大哥，就是这样的把"湖"念成了"符",有次还让巡回的每个人以为"饭店里有符",而吓得晚上睡不着。

他的健谈让人没有压力,他的亲切让人还想搭上他的出租车,听听在地昆明人的故事。今天这条路上他所提到的景点可能需要再一个礼拜才玩得完,明日还有机会可以去吃他所提到的"jin"子,再去走走认识这个城市。但我知道,没有这样的一个出租车司机,就不会是我记忆中的昆明。

避风港

2018/07/08 昆明

很久没有和他们说到话了，久得让人怀疑自己是否做错过什么事，让简单的问候成了放在角落不起眼的包袱，沾满了灰尘，就算他们看见了，也快步地远离，仿佛里头装的东西一背上了，就永远甩不掉，还有许多尖锐物会刺穿包袱，弄得全身是伤。

他们会有这样的反应倒也不意外，或是说，早已为自己脆弱的心设了一道防火墙，当野火肆虐的时候，能让自己多些逃生机会，但这防火墙其实只是十年前写的一句歌词"你很快就长大，很快就不会找爸爸"。而当他们无心的表现让有心的我感受到了的时候，自以为坚强的我竟然还是被煎熬得遍体鳞伤。

其实这一切也是自找的。漫长的暑假，安排了一个离家独立生活的英语夏令营；语言能力、社交活动、生活自理的综合，四周的课程下来，可以让男童变成男生，男生变成少年。这样的假期是我童年时的愿望，总是羡慕班上当童子军的好友寒暑假的消失，好像去到了外层空间冒险，回来后就是英雄般的存在，看他的眼神都带着崇拜，就算童子军的制服脱了下来，全身还是像别满奖章般光彩。

但我羡慕的，其实是那个属于一个人的时刻，正确地来说，离开家的那个时刻。没有家长催促，没有回家时间，没有迁就大人的时间外出，也没有餐桌上固定出现的菜色。而这样的欲望并没有在童年时被满足，虽然高中后也有类似的营队经验，也晓得群体生活并不是想象中那样自由，但那童年未曾实现的梦，还是伴随着每年夏天盛开的凤凰花一同出现，火红的花和夏天炙热的气温，让这个梦烧得滚烫。

当把自己幻想成和他们现在一般的年纪时，就有些释怀，那年的我，不也是期待着在家里消失吗？毕竟外面的世界是那样的新，那样的大，现在家里的人似乎都在短时间内不会离开他们身边，或许他们从未想过有这一天，要怎么能要求他们在分享自己的体会时，顺便接受一些我们的耳提面命？但令我真正难过的是他们讯息软件里的沉默,和他们表姐与他们多次视讯的小道消息。

  放手这个课题,没想到来得这么早,而担心这件事,是沉默的父亲说不出口的脆弱。现在的我,已无法要求我的世界里有他们,只希望他们的世界能与我的稍稍重叠。我能做的,并不是开着船载着他们航行,而是当他们累了,知道回头的路上还有一个避风港。

大人的滋味

2018/07/13 常州

小时候，姑姑每天下午的那一杯香味四溢的悠闲让人羡慕，当热水注满的瞬间，空气安静得听得见墙上老钟每秒的呼吸，就算只是手压式热水瓶冲出的热水溶化速溶的颗粒，也丝毫委屈不了那烘焙过后充满着欲望的味道，尤其是姑姑撕开了她手中的那颗迷你塑料杯的铝箔，将精炼后的牛奶倒入杯中的时候，我的魂魄都会随着画着圆圈的白色漩涡，沉到杯底。

我热心帮她将饮尽的杯子放到后面厨房的水槽里，其实是在路途上像个酒鬼般将杯底朝天，用舌尖接着那最后一滴小孩不能享受的禁忌。当那滴如琥珀般的液体入口，我都会在心里惊呼着："哇！这就是大人的滋味啊！"却又不敢太大声，生怕在客厅的姑姑听得见我心里的兴奋。

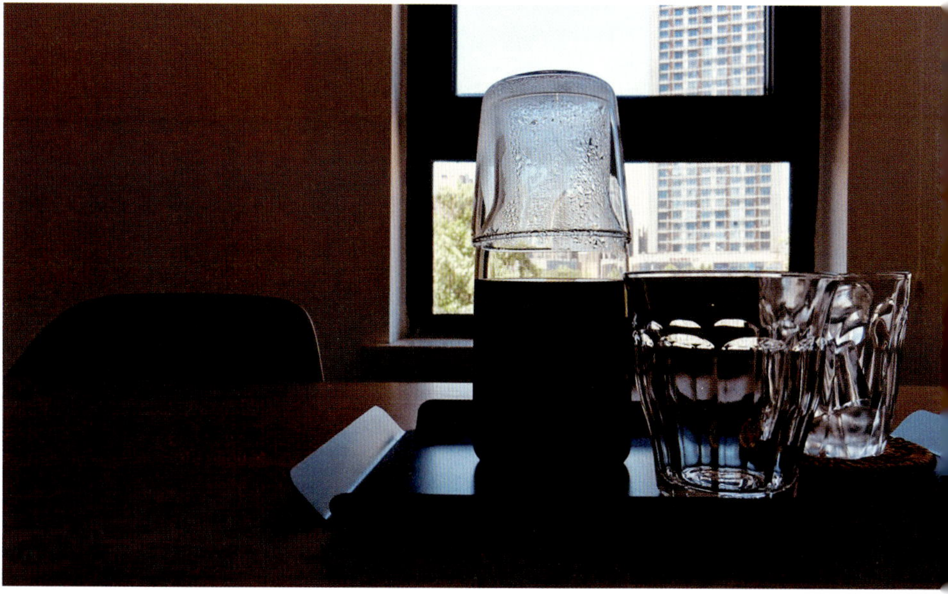

这样偷偷摸摸的行为没有维持太久，制服裤子口袋里多了些可以自由使用的铜板，常被我拿来交换便利商店冰箱中商业化的大人的滋味。总觉得手中有了这罐东西，就比身旁拿着利乐包的同学们成熟得多。后来才发现，这双倍价格的铁罐饮料，只能让我选择上学或下课后的其中一段路来装模作样，而同一条路线的同学却能享受一天两次的美好时光，还能在某天用攒下来的钱买了罐相同的铁罐饮料，向我炫耀。

叔叔后来改了一楼奶奶家的装潢开了间精品店，靠窗的一角设计了一个吧台，冲煮的设备和磨豆机都由姑姑管理和使用，原来家里玻璃罐的速溶味道升级成来自南美的或是非洲的新鲜。常有许多大人在吧台边提着姑姑最爱的 KENZO 瓷杯的把，啜饮着姑姑刚虹吸上来的液体，和她聊着各自老公或男友的忙碌或变心、公司主管的跋扈和小孩的叛逆，这时候刚从学校放学回家的我，最期待的是磨豆机开启时，充满了整间小店的香味，和刀盘切碎他们烦恼的声音。

现在和朋友开了间跟乐器有关的店，竟也潜意识地仿效了当时姑姑在吧台后的样子。客人和朋友的界线模糊，事实上有点危险，但是却多了许多意外的可能性。常出现在店里的，有住隔壁的音响达人、说得一口流利中文的美国人、几乎每天回家煮饭的德国人、写新闻稿的记者、海鲜店的老板娘，和一只可以让人摸的金刚鹦鹉。

也许是因为对口味追求的执着，意外地让我认识了黄查，大家都叫他查老师。他所悠游的江湖传说着一句话：查网络不如查老师，可见他对这领域的专精。只是手拙口也钝的我，常担心那些吧台里的问题问不对，但听他聊滋味是一种享受，也佩服他对这一切如冰晶般的分析。只是我们对话常像是哈佛教授对着小学生般地出现误差，耐心讲解的他，难怪会成为许多吧台手的老师。

"常州有我学生的店"，黄查说。昨夜与他会面后在心中一直惦记着，午前在恐龙园附近找到了这小店。桌上一杯浅焙的日晒，窗外是四线的大马路，偶尔才有一台车开过，时光静好，这些相关的意外竟也成了我的日常。

童年偷尝的大人滋味，是我人生的记忆拼图，拼凑出我的过去，也拼出我的未来。

飞踢

2018/07/14 常州

来到常州前，我并没回台北经历那匆匆一扫而过的风雨，而是留在那如春的高原上，尝试学习一个曾经改变我的人正在钻研的学问。只是他现在的喜好实在高深，一周的停留与探索，他所说的一切对我来说还是像量子力学的考题般，字字清晰，却无法了解题目真正要问的问题是什么。

第一次遇见他，是带着恐惧的，并不是因为他长得多么凶神恶煞，相反，他的笑容在众人面前从未收起过。但后来才知道，当他不笑的时候，就是有人要倒霉了。

而那时的我常常是那个看他收起笑容的人，也是那个倒霉的后果，也才知道那让人恐惧的传言的真相。只是那些事件真有其必要，远离青春期的我，现在回了头才看得懂他那时为何如此。如果

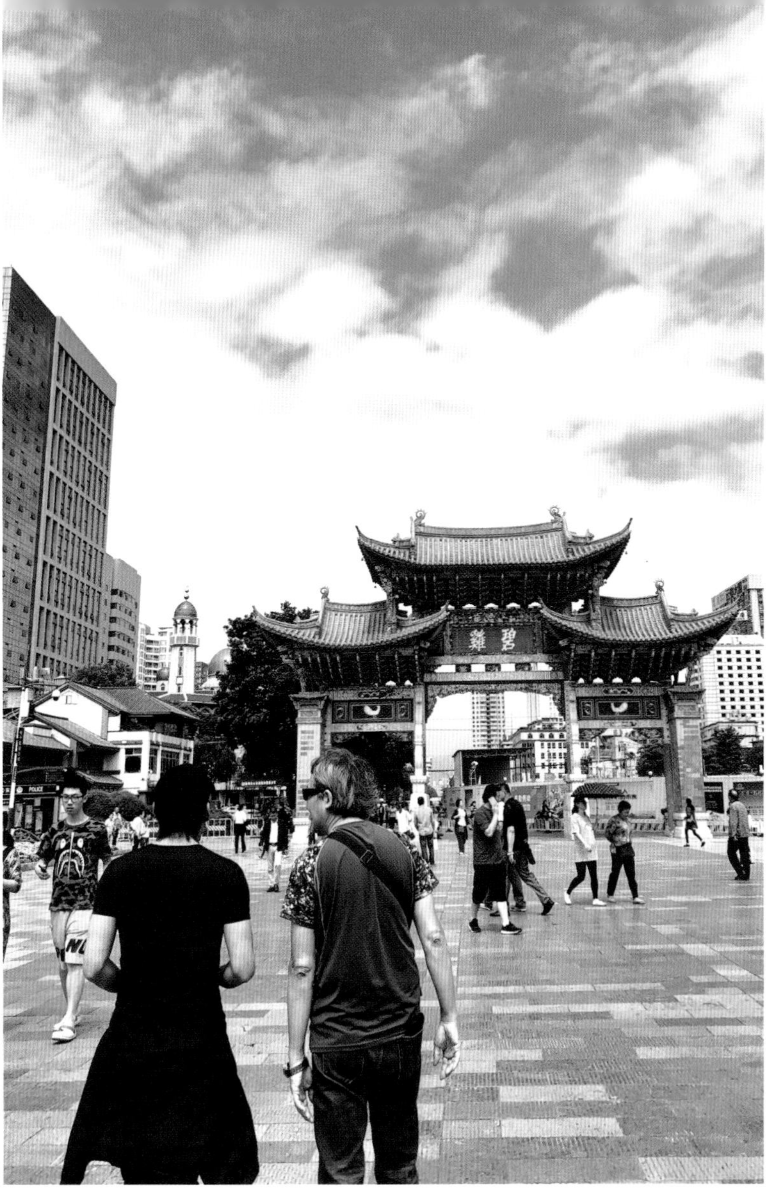
碧雞
POLICE

没有他当时的暴力，或许就不会有现在的我。

那是一个还没有禁止体罚的年代，教室外常有同侪揪着脸承受着像刀切在砧板上的折磨，隔壁以升学为目标的班级最害怕公布成绩的那瞬间，考卷上距离满分的那段空白，都是用身体上的疼痛来填补满的。我们班的处罚通常不会与考卷产生关联，但人格和品性上偏差的学生，通常会让人希望他所使用的处罚是隔壁的方式。

那天中午，第四节课结束，午睡前有一小段让学生打扫厕所的时间，好让学校的男生厕所有个较为干净的使用环境。我常自愿接下这任务，并非为了班上每个月的荣誉，也并非我特别爱整洁，而是趴在桌上实在无聊。中学时未曾熬夜念书的我，中午唯一能让我醒着的事就是扫厕所。

说来奇怪，平常的同一个厕所就算脏，水管接上水龙头，强力水柱还是可以消灭一切的恶心与恶臭，但那天让人头疼的，竟是挥之不尽的蛾蚋，像是在墙上洒满了芝麻般可怕。工具间里的杀虫剂没法将它们一网打尽，不停出现的蛾蚋，像僵尸般重生。

不知道从何而来的邪恶灵感，竟将口袋中的打火机放在喷罐前，让火舌残忍地吞没这些卑微的生命。方法奏效，瞬间满地焦尸。

但开放的厕所让火光透出到操场另一头训导主任的眼中，没多久就听见叫我名字的广播。离开训导处的时候，一跛一跛的我还能行走，坚持不透露打火机的来源和下落的结果，硬是多了十下藤条的伺候。

回到三楼教室，我从后面的门进去，只见他从教室的中央飞起，一脚往我胸口飞踢过来。现在写下来的，其实是后来同学声音颤抖的陈述，事实上，我唯一记得的，是跪在地上，眼前一片黑而且不停大口喘着气的我。这一脚将我的灵魂给踢了出来，以至于我现在还能像浮在空中般看着自己做的蠢事。

那天在训导处，主任一直叫我把烟交出来，而回到教室的那一脚，他其实是为了大家的安全而踢的。

这就是我所尊敬的老师，不论他有没有踢出那一脚。

70.3

2018/07/20 成都

昨夜一则讯息传来，心脏像车子在公路上意外地撞上一个窟窿，用力地跳了一下，而这一下，似乎正在试图唤醒我身上久未使用的肌肉和长时间与孤独对话的能力。

讯息里头的内容是铁人赛的邀请，一则热情的邀请，对我来说，却是个对自己怠惰和懒散的挑战。我没有考虑太多，就发出了个肯定参加的意愿。没有顾虑明年是否空闲，也没顾虑目前的体力要完赛其实有困难，这就好像，自己的身体与灵魂是两个分离的个体，相互折磨着彼此。

如果折磨就只是折磨，其实是自讨苦吃。实际上这训练或比赛的过程有点像是闯关，常常遇到关卡，内心就会不断地问自己为何要做这件事，只是每一关的形态因人而异，可作为评审或是量化的指标都不同，但每次问的却都是同一个问题："你，是否还要继续？"

回想前几年的训练，在达人与专家的眼中其实算不了什么，但同侪却认为我已入魔，一有时间就训练的我，甚至还在两场演出中的早晨横渡日月潭。那天在时间和体力都不够充分的状况下，挑战虽然完成，却总觉得有些遗憾。后来发现，那遗憾来自勉强，勉强了准备不够充分的自己，勉强了本该悠闲的时光。

记得那时每场比赛的后半段几乎都是忍受着抽筋的疼痛完成的，结束后心里常以此为乐，认为克服了身体的痛苦就是一种满足，但现在回想起来，其实是当时的能力不够，因此无法在崩溃前的边缘享受极限所带来的快感，潜意识编了一个自欺欺人的理由，好让自我得到短暂的安慰。

那段训练、工作、家庭的拉扯过后没多久，时间再次被切割得严重，像一块豆腐落地般碎裂。过去的我，会将当中没人要的、无法拾起的碎渣收集，充分地利用，有时会用它踩踏上武岭，有时绕着公园看着相同的风景完成半马，有时也会在泳池里不断地来回。但细碎的时间毕竟不完整，肌肉与耐力的建立没多久又回到原点。

现在的我，与家人相伴和休息取代了原先零星没有规划的挑战与训练，剩下最常做的其实只有拉伸原本紧张的肌肉，做好准备迎接像这次突然的难关。

如果说这些停滞的日子让我获得了什么，我想或许是对执着的体会，认清自己身体的极限而不是折磨着自己和所爱的人。

明年的铁人赛，现在得开始准备，毕竟已经很久没有穿上跑鞋和三铁衣了。训练的目标只期望能在时间内完赛，但最后如果没有完赛，我想我也会微笑满足地离开。

伸勾

2018/07/21 成都

　　住家附近有许多上了年纪的公寓，斑驳的墙面和锈蚀的铁件显露出她们再也挽不回的风采，随着四季更迭和突如其来的风雨摧残，年华渐渐流逝，就算抹上了胭脂粉黛，依旧掩饰不住岁月的印记。在意的人抚摸着那些痕迹，感叹着自己不停增加的白发，路过的人见着后继续向前，只因他知道，大家都是路过的人。

　　我时常留意这些老屋的角落或是狰狞的铁窗上，屋主精心或随意栽植的绿叶红花；他们的风雅、他们的费心、他们的鲁莽、他们的散漫，都从这些花草的长势呈现。但不论种植了哪些种类的植物，或者它们是否已经枯萎，这样的风景在我眼前，都胜过将自己包裹成一致表情的玻璃帷幕大楼。

　　本以为从成都的房间往外看，会看见旅途上常见的帷幕大厦，

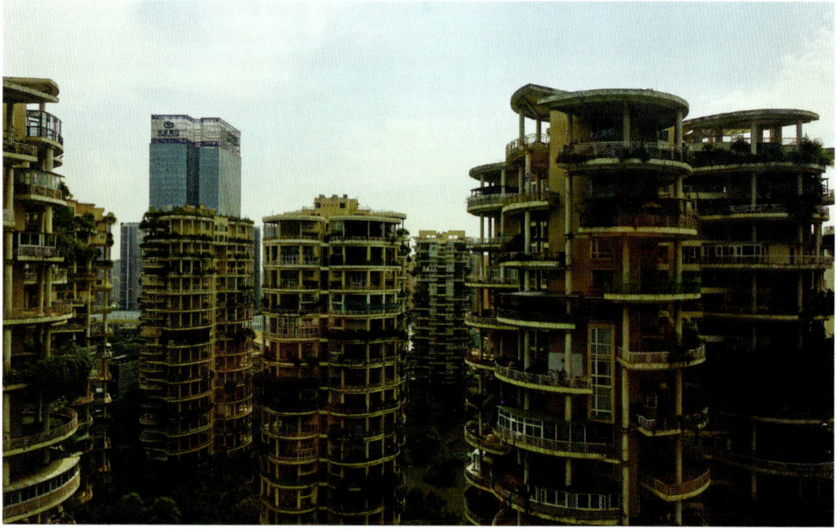

冰冷的镜面反射着城市的疏离与繁忙。昨日清晨拉开窗帘往外看，竟见着一片如植物园般的美景。这美景，是垂直的、是人造的，就好像住家附近的每个绿化的家户都层层叠了起来，而且每一户人家的露台比起台北的巷道里有着更多的余地，让每户的主人在这里可以见着天地。

很讶异这一片庞大的建筑群竟然设计了这么大片的露台，更讶异的是在此居住的人并未将内部空间最大化，把室内的墙推到欲望的边缘，而是让许多绿色的枝叶栽植成了向外招手的善意，就像在家附近巷道内墙角边的花草，那样的可爱。

其实多年前自己也曾陷入将屋子内空间最大化的迷思中，装修房子时，把唯一的阳台用铝窗围了起来，多出来的畸零空间，是设计图纸上的开放和室，事实上，我却从未像千利休在那安静地泡过一碗茶。那个午后西晒的角落，让人烦躁得读不进书里的任何一个字，铝窗关起来后，就像温室般闷热，这才知道，阳台的"阳"字其来有自。

铝窗隔绝了屋内的热气往外，却阻止不了狂风暴雨的侵袭，每次台风过境，雨水如喷泉般从铝窗的缝隙注入，和室成了水底的沉船。这才回想起地板下其实有个排水的小孔，当时恨不得挖开地板，让阳台恢复原状，只是工程浩大，最后只好密封了所有的细缝，但自此后，窗就再也无法开启，外面就永远都是外面了。

这次的教训，让我学会了一个闽南语的词，叫"伸匀"，解释为伸缩，或是变通、转圜，而我认为，这就是余地，凡事留下些余地，给别人、给自己、给环境、给生活。留了余地，就有了天地。

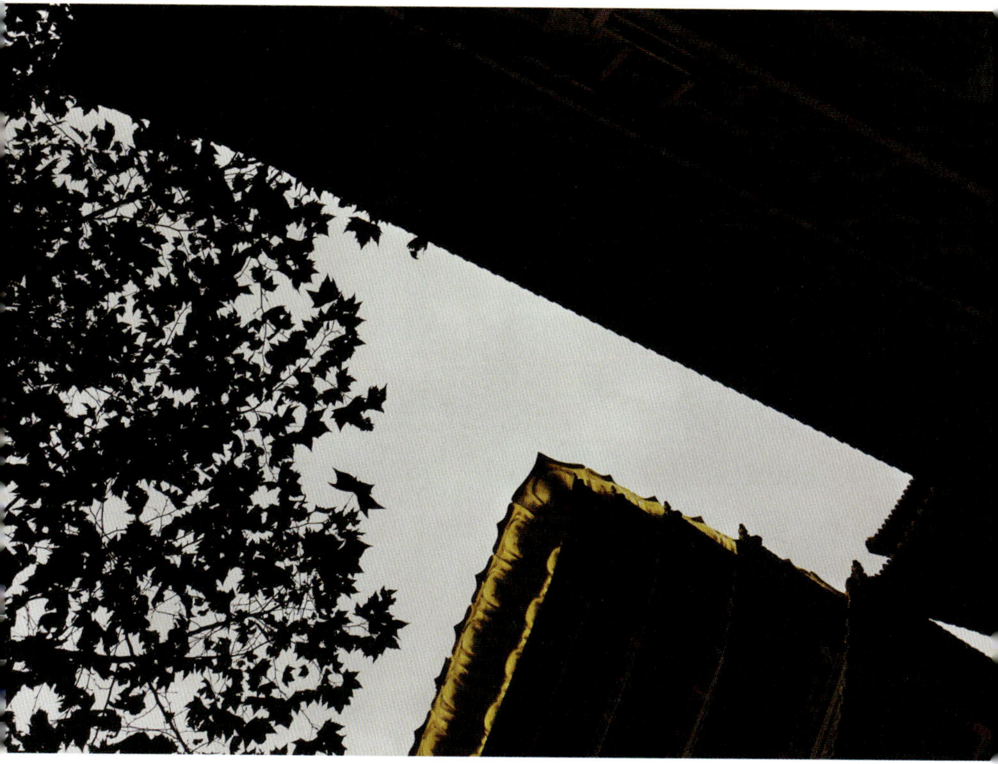

静安寺

2018/07/25 上海

去年中秋前,从上海的静安寺带了一盒素月饼回去给奶奶。记忆中,成长的某段时刻,曾经在一群上海奶奶的搓麻将声音当中,听见过静安寺这个名字窜出。但当时年纪还小,奶奶们话语里对人生和家庭深沉的忧虑没能听见,只留下了些地名和腔调在记忆里,像是埋入了冻土的种子,经过了无数的秋冬,终于等到了春阳。

那时候的我,生活在两个世界中,一个上海话的世界和一个没有上海话的世界,因那时还未到学龄的我,整天跟着她,成了她的负担。或许她未曾如此想过,但现在将她的生命梳理了后,才赫然发现,我的出现竟然让她失去养育了四个小孩之后的清闲。

父亲出航后,她就将我带在身边,有时和她的姐妹一起打打小牌,我则在一旁帮忙倒茶水;有时会和她一起去寺庙里吃斋念经,那可是比待在房里听搓牌声好玩得多。庙里的尼姑从未介意一个五岁小童没跪在案前念着《方便品》，让我在后院的池边看着鱼儿不停地错身，彼此相忘。

每个月月亮盈亏的时候，她的三餐里就不会出现荤食。每天早晨神龛上的三炷香整年也未曾断过，但家中未曾出现过一本经书或密咒。现在才大概知道为什么奶奶常去庙里念经，虔诚的她，或许觉得这是能和神佛靠得比较近的时刻，就算她只能听着他人清晰地念经，而她却是口型模糊地喃喃自语着，试着模仿他们的声调。

她总说是菩萨救了爸爸，将他从车头全毁的货车中拖了出来。还在念小学的我感受不到神龛上的雕像有什么力量，能让如此绝望的老人从每个流泪的昼夜里得到解脱。或许她从没真的解脱，但她总能从一次又一次的祈求中得到寄托，当时机成熟，她就能得到些安慰。或许，现在的我就是她当年在神龛前的祈求吧。

从饭店房间可以看得见远方的静安寺，金色的瓦铺在斗栱上，不太像传统寺庙，倒像是泰国的四面佛塔。光芒万丈的外观，想必和当年牌桌上奶奶们口中的静安寺不一样了。去年带回去的月饼口味如何，是不是和奶奶离开上海时的口味一样，我没问她。但我可以确定的是,她一定将月饼供上了神像面前,等到味道都走味了,她才舍得吃下一小口,就像她每次在神龛前小声地跟神佛对话,那个时代的女人,连担心害怕都是含蓄的。

音乐使人自由

2018/07/27 上海

我依稀记得,小时候第一次对音乐产生兴趣,并不是家人常听的西洋老歌或是音响旁的黑胶卡带,而是小学班上一位听力极好的同学,可以准确地说出音乐老师在键盘上按出的所有音符。对那时的我来说,这像是超人一般的能力,让人好想拥有。

当天回家后,我就跟家人吵着要让我学钢琴,而完全没考虑家中的经济状况,实在没法在付了父亲的医药费之外,再负担昂贵的学费。我求了几次之后,家人的回答没有改变,最后只能在音乐课的时候羡慕那些超人们施展超能力。

后来我上了高中,才真正学了样乐器,没接受过古典音乐的训练,阅读五线谱还是像读文言文般的吃力。十个手指能自由控制和清晰辨别复杂和弦与旋律的能力,是我一直无法企及的奢望。

现在家中有台电钢琴，周末的时候让孩子们上上钢琴课，似乎满足了过去那个失望的童年，自己也曾坐在前面试着弹些他们上课的内容，却总是被那个已经熟悉吉他的自己给劝退。已经落后他人许多学习和练习时间的我，要如何才能将心中所思所想，化作琴声让人听见。所以最后我只能欣赏能将这些化作行动的人，像是坂本龙一。

前天彩排结束，拿了个信封给小周，里头是两张坂本龙一纪录片《终章》的电影票，我知道身为键盘手的他一定会喜欢。曾听过他演奏 *Merry Christmas, Mr. Lawrence* 这首曲子，在我看完试映后第一个想要推荐这部电影的人就是他。怎料当他打开信封时，竟跟我说他已经看过了。我还是把票给了他，我想他跟我一样不会介意再看一次的。我问他看完后的感觉，他说："他不只是音乐家、钢琴家，而是哲学家啊！"我看见他眼神里有个崇高的背影，让我知道有条路是人类可以前往的方向。

我常在坂本龙一的音乐里听见宇宙，那超乎时间和空间的一种视角，就像他多年前在他的自传《音乐使人自由》里头写的："无论如何都必须经历抽象或共同化的过程，因此个人体验、情绪的喜悲难免会遭到拭除……然而，这种绝对界线反而促使了另一条道路出现，让不同国家、不同世界的人，都能产生同样的理解。"或许，他已经将他自己的一切都给解构成了音符，才让人听见了永恒。

　　我羡慕能用十指将自己的心演奏出来的人，更崇拜能使用这样的能力带着我们沉思的人。

声音不见了

2018/07/28 上海

车子从饭店停车场离开,迎面就是高架道路下的干道,在桥下回转后上了延安高架,虽没经过壅塞的上海市区,但在没有红绿灯的快速道路上却像是走独木桥般缓慢,漫长又枯燥,只好在心中对外头无数的高楼品头论足,打发这段路程的乏味。

刚上桥的这区是上海正中心,外头的大楼像同父异母的兄弟,长相都差不多,个头很高,打扮很利落,表面看起来没有丝毫多余的东西,就像在大楼里头工作的人一般,西装笔挺,精神抖擞的样子。但锐利的外表在烈日下的确刺眼,幸好大楼边常有绿园或行道树露出头来,而那些"不争"的大树,反倒成了这忙碌的城市里最孤傲的存在。

我像个不耐烦的小孩似的,汽车座椅成了插花用的剑山,调整坐姿多次后，车子终于离开了令人窒息的路段。原先道路两旁的大楼没能跟上，被留在了后头。随之而来的景象令人怀念，是初次来到上海时让我记忆起这地方的画面：伸出窗外的晒衣架，挂着刚洗好的衣裤，摇曳的裙摆和胸罩虽令人脸红，却能感受到最真实的生活，似乎看得见大妈家中有几个小孩，老公从公司回来后打开门时的疲惫，和三岁孙子因为尿床让大妈气得跳脚的样子。

这样的外墙未曾出现在任何建案的广告单，或是政府城市规划的提案中。对有洁癖的建筑师或是业主来说，这样的房子或许不会是他们拿来说嘴的成就，但是我却认为这样的呈现才真正是一个城市的本质，那样自然，那么人性，而不是建造出各式各样相互竞争的地标，让人记忆着。

我细细地数着车窗外每户人家的衣服，仿佛听得见风吹过那些衣服的声音，那袖子飘起又回到原位后轻柔的声音，这才忽然发现，上海的声音不见了，曾经在高架道路上那让人紧张和烦躁的喇叭声消失了，到达金山的一路上竟然只听见过一次遥远的消防车经过。我纳闷如此巨大改变的原因为何，但我却喜欢上如此安静的上海。我问自己，窗外的衣服和桥上的喇叭声都是在上海的人们对待环境的直接反应，为何我会偏好其中一种？后来我发现，原来其中的一种，常常是带着愤怒的。

我喜欢如此声音不见了的上海，让我能听见风的声音。

沉默

2018/07/29 上海

  和孩子母亲的恋爱假期即将结束，下周又将回到赖床罪恶，张罗三餐的日子。将近一个月没有亲耳听见他们的声音，本以为已经习惯了如此难得的宁静，直到昨天再次向他们的母亲确认他们返家的时间，才惊觉自己原来是多么想念。

  我没有问过我父亲当年在那个孤独的大海中央，是否曾在不停破碎的浪花声中向离开的方向呐喊着，他是如何不让自己牵挂，当一整天让自己分心的忙碌都结束后，是如何看着天上的满月而不去想远方的亲人。还是说，大海的咸其实就是这些水手们的泪，日复一日的悲伤，晒干后就是会从指缝间流逝的时光。

  但我能确定的是，这样的思念，是长大后才会被感染的绝症，症状是食无味、心绞痛、眼无神、泪不止。童年的我，压根没感受到家中少人的空虚感，反倒是迫不及待地想要远离，心里想的就像前天他们母亲所得到的讯息，儿子们期待着下一次的夏令营，还想要挑战离家最久的时间。

在他们远行前，曾提醒他们有空就传讯息给我们，让我们知道那里的状况，还将他们的手机换成了有拍照和上网功能的智能型，期待他们眼底的世界可以慷慨地让我们瞧瞧。但营队即将结束，也只收到上周哥哥因为我不停地询问和要求，所传来的十几张连续却没有文字解释的照片。

这是不是报应我不知道，但我着实像个苦行僧般承受着这些。我相信，孩子的母亲也一定不好过，看似轻松许多的她，怎么能够放心在她肚子里待过三百天的血肉在外杳无音讯。还好这一段的修行即将结束，下一次，只能期待他们能长大些，降低一点对思念的抵抗力，可以记得远方还有人在想念就好。

写到这里，才发现一个期待孩子响应的父亲，是多么的唠叨令人想回避，唉，这些我都知道，所以在孩子们面前，我常常是沉默的那一个啊。

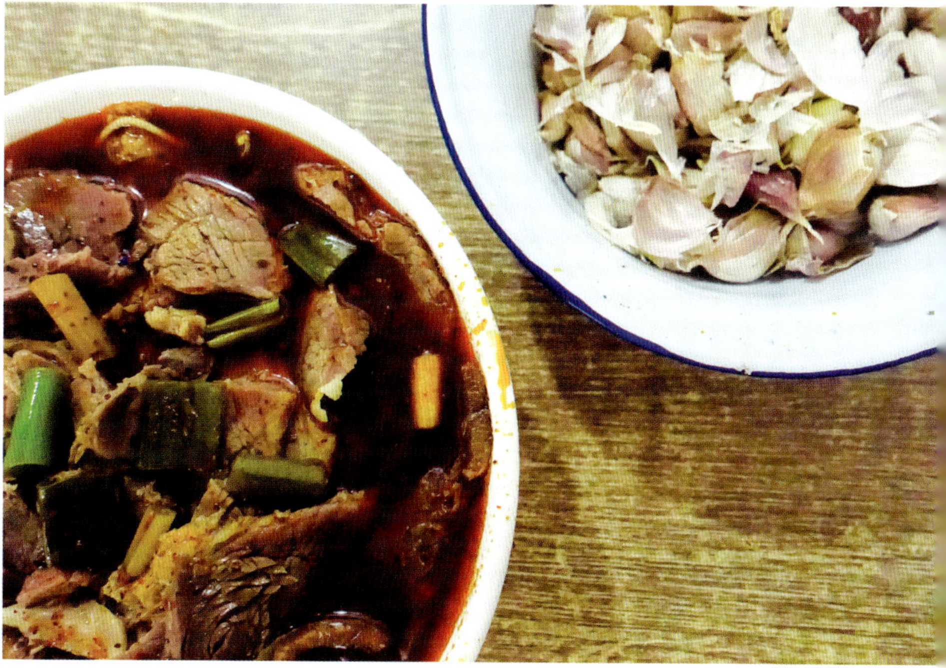

桥下

2018/08/11 襄阳

  曾有好多年的时间，每当被问及待会儿要吃什么的时候，如果不是心中早有打算，通常在脑中冒出的第一个画面，都会是一碗冒着蒸气的面条和鲜美的牛肉组合在一起的美味。在我所居住的城市，这样的食物唾手可得，每个转角都看得到，有效率又有文化，只要看看巷口的那摊有没有人等待，有，端上来的通常不会令人失望。

  而这样的一碗面，变化多端：有清炖、有红烧；有干、有湿；有肉片、肉块、筋、腱，还有将内部器官切碎的杂炊，排列组合之后，成了丰富的菜单选项。如果再搭配上各种面条的粗细和制程，如此的复杂，就像是牛肉面的元素周期表般可观。

但如此数量和质量庞大的数据库中，却只有一家或是说一个区域的牛肉面在我心中留下了"啊，如果还能再吃一碗那有多好"的印象。

那是在台北市西区的郑州路上，高中时候的我，都叫它作塔城街牛肉面。事实上，那是由许多卖牛肉面的摊子集合起来一整条以牛肉面为主体的区域，隔壁一条比较为人知的塔城街意外地成了它的代言人。但在我的回忆中，却也没有哪个摊子留下特别的印象，倒是在街口就闻得到的牛肉腥味，和桌上无限供应的辣油、大蒜的画面，一直徘徊在脑里未曾消失。

那时候，下课打完球骑着小绵羊一到巷口，口水就流了下来。夏天的晚霞提醒我早过了用餐的时候，但每个摊位都是正在享用的食客，他们专注在眼前那碗面的眼神实在令人羡慕。挑了间提着公文包的男女刚离开的店，一屁股坐下，就怕门口的司机跟我抢，但他的两眼只盯着那女子背后因汗水湿透衬衫后隐约露出的肩带，而那时的我早剥完两粒蒜头，等着把我面前的辣油让端上来的那碗面用高温将它融化，使夹起的面条和肉片都可以沾上透红的油，然后嘟起嘴吹个两口就迫不及待地放入口中。

骑来的路上已经被风吹干的汗水，在离开前又流了满脸和胸背，制服渗出了青春少男的汗水和异味，但邻桌的司机却正眼没瞧我一眼。

可惜那样的记忆已经随着都市的更新而瓦解了。虽然那些店家搬到了附近的大楼下，玻璃自动门关起来后，那女子再也不会狼狈地抹着额头上的汗，但那任凭大蒜皮四处飞扬的自由也就此消失，而那对面将新鲜水果打成果汁的搅拌声，是就算自动门打开着也再听不见了。

本来以为这样的牛肉面会从此消失，没想到竟然在襄阳的汉江大桥下再次出现。离开交流道后往桥墩下走，从远处就闻得到的腥味，整排的店家，就挑了间没有门的，整碗的辣油、未剥皮的大蒜，再加上一碗当地的黄酒，那就像酒酿一般的味道，带点酸，似乎喝再多也不会醉，但却让人在吃完这碗面后，有一种上了天堂般的自由，那是与暗恋对象在高级法国餐厅吃饭相对的自由啊。

是的，在这里吃牛肉面，你会看见她微湿衬衫下若隐若现的肩带，不过，她也不介意，因为她跟你一样，就是来这吃面的。

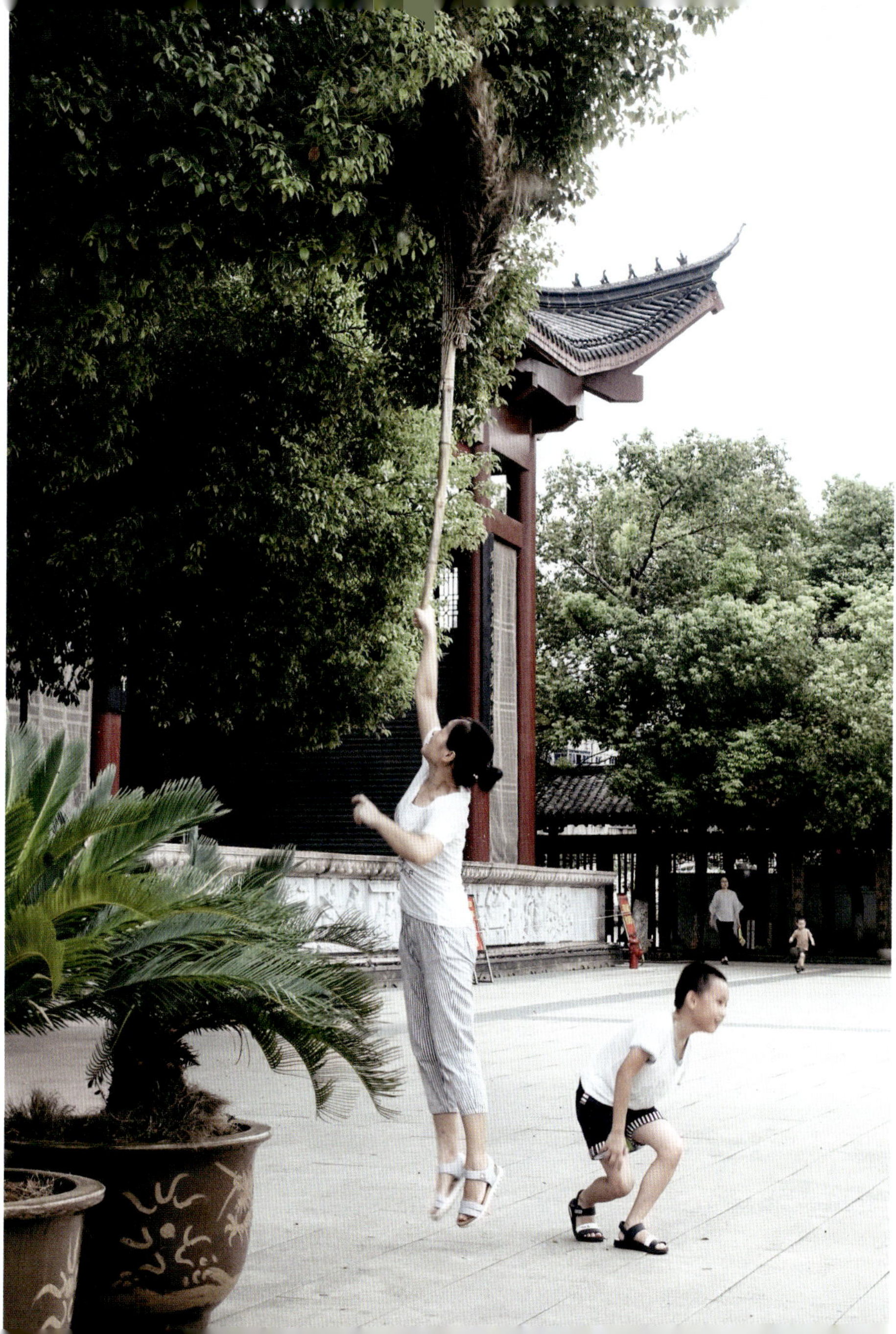

飞机

2018/08/18 南昌

孩子们的童年总缺少不了玩具的陪伴，但如果不加以克制，就会像病毒般无止境地蔓延、扩散，幸运的，会在他们人生中的某个时间点停止，而通常提前阻止这事发生的，都会是像我这般冷血的父亲。

每当他们经过新奇玩具前，从他们天真无隐藏的眼底光亮，就可以略知人类欲望的起源，像是海沟内鮟鱇鱼头顶的微弱光点，神秘又危险，吸引着我不由自主地靠近，正当享受着那种接近的快感时，才会发现自己也早已被欲望吞噬着。

我承认，我喜欢看见他们得到心仪之物的那种眼神，仿佛我就是他们的神，提供了他们所需要的一切。正当我奢望他们把玩的每个瞬间都会想到那些玩具来自何处，然后转化一个父亲的爱成为这些物品的陪伴的同时，我的遐想就会被更新奇的玩具给取代。

当他们享受那些玩具所带来的快乐时，似乎从未意识到他们父亲冀望他们所能感受到的那些。就像情人手上的戒指，一直以来就不会是真爱。

自从得到这样的启示，我就开始克制他们无止境地拥有玩具，实际上，也克制着自己借由物的满足来交换孩子们对父亲的爱，但每当阻止他们欲望的触角向外延伸时，我就觉得自己像是个残忍的刽子手，将天真可爱的孩子送上了电椅，最后，只好说出地球资源有限这样的大道理，让孩子们自己压抑欲望的滋长，但是每当看见他们遇见新奇事物时的眼神，编织各种理由催促他们离开的我，还是会带着莫名的罪恶感。

前天在南昌的绳金塔外，卖玩具的摊子有两三间，摆放挂置的玩具大同小异，像是从同一家上游批来的货。这些玩具像是沾上了蜜糖，小朋友们变成了蜜蜂，有的成了苍蝇，围绕在那些摊子旁，父母们成了伸手挥赶的那个人。蜜蜂们最后归了巢，但苍蝇们则是在我们远离了摊子后，还黏着那些玩具不肯离开。

大儿子先开了口，指着一台保丽龙（泡沫塑料）做的飞机，我的回答如故，质疑着材料的脆弱。他虽未强求，但也并未放弃，幽幽地说着班上同学有次带来学校，全班开心地轮流将飞机不停地射向天空。我听着他的故事，眼前尽是绳金塔前广场上十来架同型飞机，正被小朋友们抛向空中。熟练的人，飞机能在空中三百六十度翻转两圈后回到手中，不熟练的人也能看它在空中停留两三秒后落地。我的心随着那轻盈的翅膀飞了起来，就在软化前的瞬间，眼前的一架飞机意外地上了树。

那失望的男孩将他的母亲唤了来。身体瘦小的她，使着一支与她身高相当的竹扫帚，却根本够不着叶缘。跳得越来越低的她，抬着头打算放弃。我正踌躇着如何帮忙，儿子的母亲递给我一瓶瓶装水，让我掷向那飞机。当飞机从树梢滑翔落地后，我看见儿子们的眼中发射着另一种光芒。

离开广场的时候，孩子们再也没提飞机的事，或许，他们已经感受到了，付出其实比拥有更能让人满足。

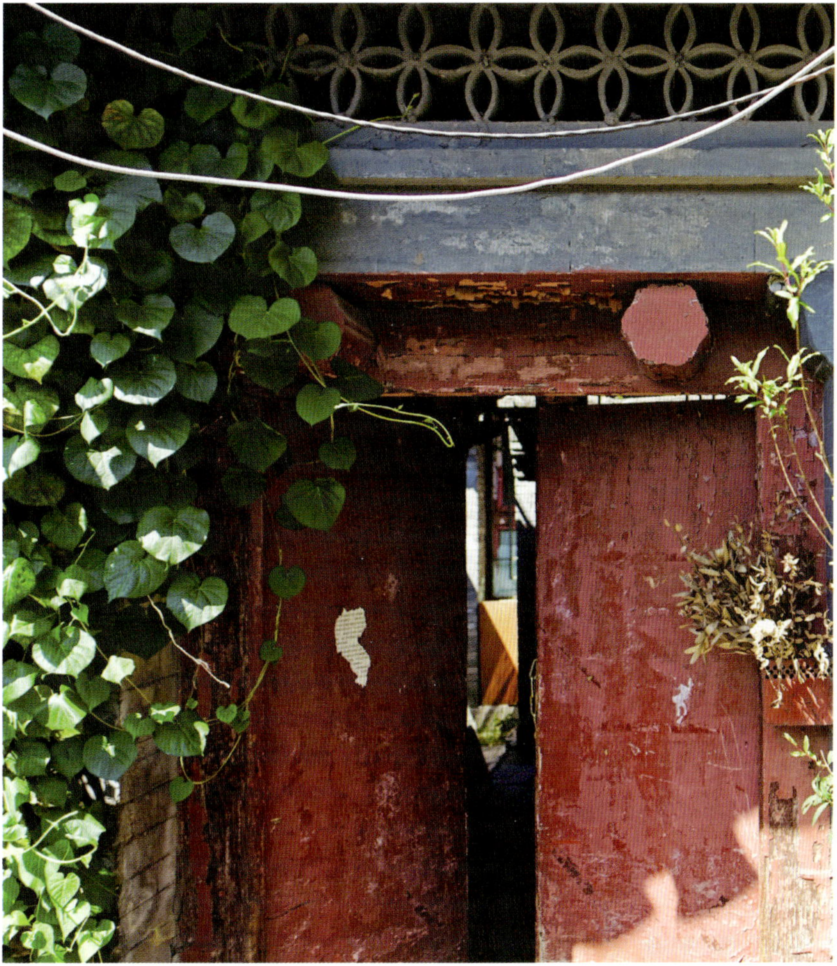

错觉

2018/08/24 北京

　　面南的窗内，阳光过了正午还不肯离开，让半透明的纱帘闪耀着，像金箔般。外头传来一阵短促的喇叭声，想要将马路给翻过来似的。拉开了窗帘试着找寻那焦虑的喇叭声从何而来，反倒被北京的蓝天给勾了魂。那天空没有一片云朵的蓝，安静得像在襁褓中婴孩的睡脸，似乎全城的喇叭同时按下都无法将他吵醒。但我还是期待那司机手下留情，能让我少分点心，这样我的思绪就可以蓝天作为背景，翱翔在这无垠的天空。

　　不久，司机渐渐远离窗边，虽然他似乎未打算放过方向盘上的那个按钮，但至少我的思绪已飞到了半空，享受这段巡回里在这片陆地上最后一个悠闲的午后。可惜的是念头才在空中划了一圈，与友人的咖啡之约就即将到期，只好收了线，合上帘，不情不愿地离开这可爱的天蓝。

旅店门口刚好来了一辆绿色的出租车，但一上车就觉得不对劲，油门、离合器与煞车像是三个人不同步地操控着：踩油门的那个像在生气，踩离合器那个在跳舞，踩煞车的那个像是不在这辆车上，直到危急时才出现。一路向北走走停停，阳光穿过后头的车窗晒得头发都要焦了，前座的冷气却只有他们三个人在享用。根据他们按喇叭时的情绪看来，我想我可能是刚好坐上了之前在房间听见的那台焦虑的车。

好不容易到达了目的地，当年的茶马古道也未必有如此的艰难与颠簸。车内的空气这时已经厚重得像曝晒整日的水泥块，我趁它还没干透前狼狈地逃下了车，这才又回到了人间。

前方一条巷道要走过大半才会到达要赴约的咖啡厅，我流连在巷口的浮雕前读着这条巷弄的故事，等待着刚过处暑的秋风吹干前胸后背的汗水。在地的人都称这样的空间叫胡同，而这一条，清朝时属于镶黄旗。读着这刻成了字的典故，我想到了妻子老家的眷村：现在这个时令，庭院的桂花应该快开了吧？邻居的土芒果是不是还有些没掉落的？下午两点了，待会对面的奶奶应该要开始炒辣椒小鱼了吧？只是，那眷村早已改建成公寓大楼，那呛辣的味道是再也闻不到了，只剩这样的一条胡同，可以唤起那时候的记忆。

这胡同似乎有魔力，能让时间有如橡皮筋般被拉长了，我走在这陈旧的砖墙前，每一步都像是在倒退，或许一直这样走下去，就会走到了明代的武德卫营。只是这样的墙没能连续，将木板门换成透明玻璃的商店把我扯回了现代，还好这些店家的野心都不大，谦虚的外表下都能让人体会到岁月的苍凉。只盼这些店能在这待得久一点，过些时日后真的成了胡同里头的一分子，而不是像我一样只是留下了些足迹的过客。

离开咖啡店时，店后院阳光房里的阳光早已经先走了，胡同的小路被最后那一句不舍的告别染成了金黄，这才突然发现自己爱上这些老街旧巷的原因，不就是为了这一刻接近黄昏的光影，好让自己有种回家的错觉吗？

他

2018/08/25 北京

当我抬起脚向前跑的时候，仿佛听得见生锈齿轮相互碰撞的金属摩擦声，有些细碎的氧化铁因为扭力的关系，随着每一次的重复动作而崩落，金属分离的那些部位产生了些电流，瞬间就到达了大脑皮层的酸痛区域，警告我再如此顽劣下去只会有更大的痛苦在等着我。

"我倒要看你能折磨我多久。"我跟那个一直想着放弃的自己对话，同样的过程已不下千万次，幸好"他"占上风的时刻并不多，因此我才能成为现在的我，但我知道"他"一直想着怎么报复我，趁我意志溃散的瞬间。

上周开始了体能训练，说是启动，其实只是动一动，像是打算播放张很久没听的唱片，就连歌曲的前奏都还没开始演奏，只是把唱片从架上拿下来，就有人试图阻止我。三十分钟的"慢"跑，四十五分钟的"慢"游，还不到过去训练质量的三分之一，过些时候还得再加上骑车，到那时不知道他还要再玩些什么把戏来使我放弃。

但他并不知道我最恐惧的，其实就是迟迟还没有启动的那一项，并不是它会造成体力上多大的负担，而是那让我前进的工具并非是从我的身上生长出来的，操控得不好，人仰马翻。唉呀，这句话真是贴切，因为有几次我的灵魂就也这么真实地看见我的肉体和我的车像无人操弄的木偶戏偶，瘫软无力地平躺在柏油路上。

这样的画面每每想起来就令人心悸，只因那个重心瞬间从垂直变成水平的过程，是那么动魄惊心，像是此生见过最不舍的相片或电影片段。如果那些画面在当时就消失在这世界上的话，那就会是一个无止境的哀伤。

有一年冬天，淡水的湿寒没能阻止我骑上巴拉卡公路。上山的时候，曾在一处发夹弯的内侧看见一摊从砂石车上滴落的黏土，背阳的山坳，这摊潮湿的土应该是不会干了，骑在外侧喘着气的我提醒着自己待会下山时记得这无心的陷阱。但登顶后的喜悦是碗人间的孟婆汤，高速下山的前轮悬浮在这摊土上，朝弯道的切线方向和一个字的脏字一起喷了出去，安全帽上的裂痕幸运地代替了头破血流，这是我第一次见到自己的灵魂离开身体。

第二次是在晴朗的石碇山上，天空蓝得让人舍不得低下头，但道路上也没有湿黏的土需要分心，只要顺着迎面的气流慢慢地下滑，刚才上山的疲惫就值得了。但无辜的我竟闯进了只虎头蜂的飞行路径，这才知道原来蜂螫的疼痛有如烙铁灼身般，蓝天霎时成了黑夜，面朝下的我其实已分不清上下，也记不得在何处，还以为是多年前的巴拉卡公路。

花了好长的时间才想起家中的电话号码，见到担心到眼红的她打开车门时，我愧疚地想找那只蜂出气。我用尽剩下的最后一点力气，将前轮变形的单车塞进后车厢，顺便把单车上的傲慢也一起塞了进去。后来车修好了，脸上的疤掉了，那傲慢却再也不敢拿出来，生怕它又将我推向危险的边缘。

当回忆起这些事，那个声音会再次传来："这样可以放弃了吧。"但只会逃避的他永远不会知道当超越了酸痛后那种精神上的宁静，否则他不会一直执着要我放弃。没多久，我将再次踏上单车的踏板，得速度适中，平心静气，并且更小心路上的突发状况。至于那个蜂，可不可以麻烦它等我停好车再螫我。

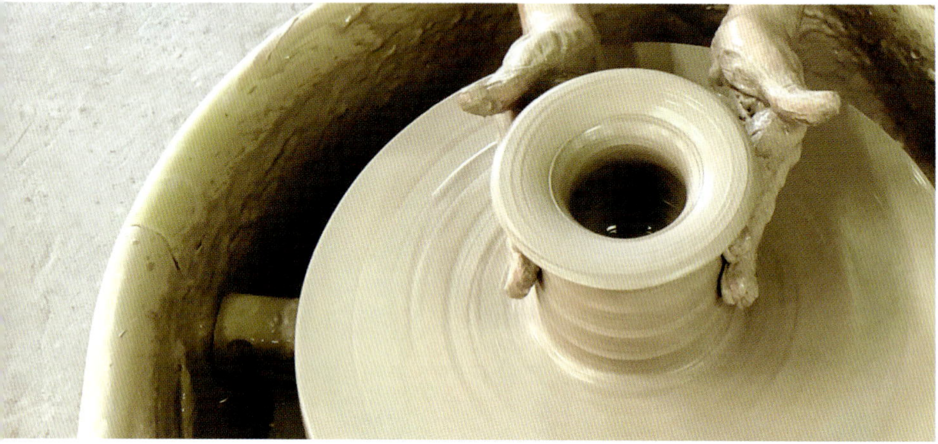

泥土

2018/08/26 北京

待在北京的这几天，异常忙碌。台北的家眷倒是悠闲，孩子的母亲带他们去了一趟莺歌，这样的行程其实已经随口说了多次，这次终于成行。收到几张随手拍的照片，让人有些妒忌，我像个小孩般吵着要他们的母亲下次也带我去，因为那些照片里有着拥抱大地般的触感。

他们三人用手拉胚的方式拉长了午后时光，瞬间凝结正在塑形的陶土像是透过了屏幕沾湿了我的手指。我把照片放大的时候，就好像正将他们的陶土给拉长般兴奋。

她高中的时候是陶艺组的，知道这件事后就一直想买个小型电窑让她可以教我玩土，但她总是阻止我要我别浪费，土贵、电贵、时间也贵。仔细想想，这电窑放在家，我非知名陶艺师，好一点的状况，物尽其用，烧出一堆杯碗塞满全家；糟一点的话，出了一两炉后就熄火了。想到这就不得不佩服她的睿智，或是说她太了解我。

她跟我说她生疏了，很担心到时拉胚过薄的杯子一出窑就裂了。我心想应该不太可能，我想象她的杯应该和她的个性一样，看起来柔美，但拿起来才会感受到那是如磐石般的意志力。而那两个孩子的杯应该会一大一小，比较年长的会做个贴心的小杯，弟弟的个性就应该会拉一个比他年纪能做的还要来得大的杯。

哥哥说他多做了一个杯给我，不知道他做给父亲的杯子会说些什么故事。这也让我想象了到时自己会做一个怎样的杯：不能太小，这样得起身很多次；不能太滑，家里那些碗盘的缺口都是我洗碗后的杰作；不能太干净，因为总是在意白瓷杯内缘那一圈咖啡或茶所留下的痕迹，也因为这样，洗破了很多的杯；最后，不能不用，或是做出一个不被用的杯。

这样的过程想起来就让人兴奋，当双手伸进泥土里时的身体性，是那么原始与纯粹。这段巡回的路上去了许多博物馆，馆藏都是以石器时代作为开始。每当见到那些质朴的陶器时，我都会沉思着人类文明的起源似乎就藏在这些器具中，能用与被人用的差异，让我们不停地前进，但将这些满足生存之外的巧思或意义割离后，才又惊觉，其实我们基本的需求从未增加或减少。

孩子最近萌生了打造自己世界的念头，前阵子想要做一张桌子，问我哪里找木头。我一时慌张，只想到仓库有些工人留下来的栈板，也不知道他真的开工时得要准备哪些工具。那些便利的连锁家具店，早让人忘记身边的这一切是如何制造的，选料、制作与形而上的意念，全都在商业的包装下被交换着。

我想，我们都需要被唤醒某些藏在血肉里的长远记忆，或许，把手弄脏就是个开始。

钟声

2018/09/08 首尔

　　深夜传来的钟声是现实与梦境之间难以分辨虚空,同时跨越了两个时空的声音,连续不断的存在就会将人从梦境中拉回现实。而大多时候的现实总会比梦境残酷,所以清醒的人难免抱怨,让人不禁思索,是否能将现实活得有如梦境般舒畅或逍遥,其实就是成佛。

　　那声音来自真实世界首尔的奉恩寺,清晨四点二十分,像颗巨大的玻璃珠规律地敲打着我的脑。纳闷着为何是这时间敲钟,朦胧中才想起昨夜接机的同事说起饭店对面有间寺庙,清晨四点开门。想必是早课已经开始了,只是想不透那二十分钟的钟声去哪了?或许,已经被我遗落在梦里的那个世界了。

　　等待最后几声钟声敲完像是末班车般漫长,自从开始意识到它的存在的那个瞬间起,就已等不及能回到刚才那个梦里的世界。

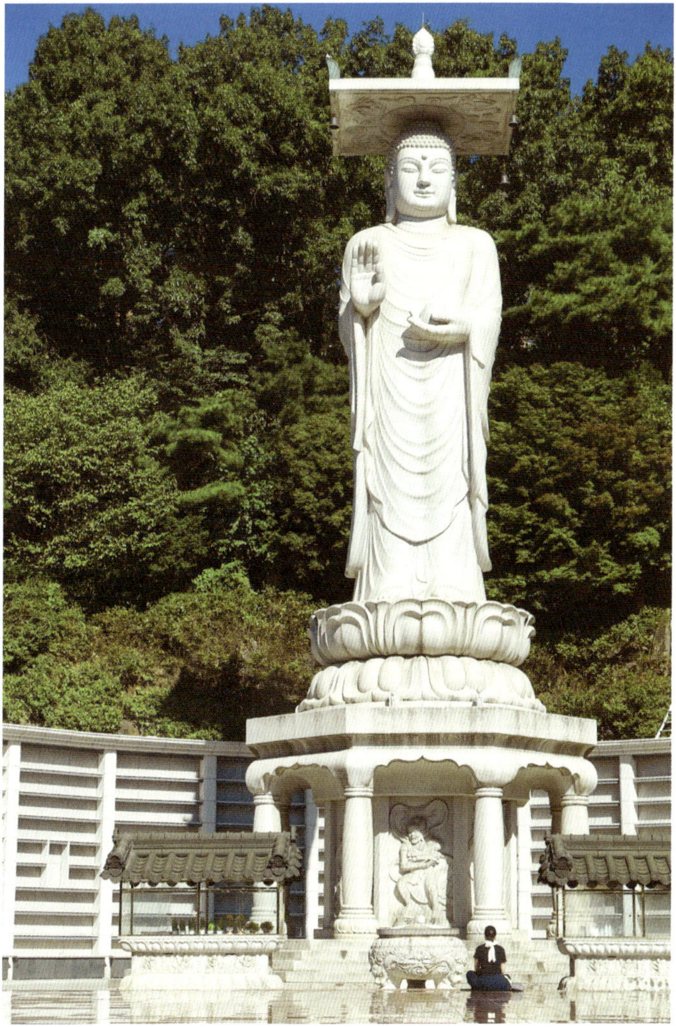

"色即是空，空即是色"的道理还未参透，眼、耳、鼻、舌、身、意也尚未清净，幸好烦躁的火还未烧起钟声就已停止。凡夫如我，最享受的时刻终于来到，来自黑暗的宁静。

应该是家中孩子要上课的时间到了，两小时的飞行距离竟挣脱不了像量子缠结般的羁绊，声音停止回到昨夜那个梦里的世界才短短不过三个小时，现在这时候的真实世界却比钟声里的那个还要真实。与台北一个小时的时差，首尔市早晨七点三十分，外头早已大放光明。

眯着眼拉开了窗帘，鸟瞰白天的奉恩寺，才发现周围严肃的高楼和它的谦和，心想着这繁华的城市里有这片净土真好。既然醒了，倒想去看看昨夜的那口钟。还在房间的我，远远地还未走到门口，我的心就已经和门口的那位一拐一拐的佝偻老妇人，虔诚地走了进去。

进了大门，天空下和我之间有着成排的素白灯笼，每个灯笼下面挂着的都是一个人名。我虽看不懂韩文，但依时令和相近的习俗看来，这些灯笼或许是阳间与阴间的一个桥梁，一种安慰，和一段思念。远方的灯笼已经卸下，名字被收集在一旁，灯笼也被叠起，一个月的仪式今天下午前就会结束，再挂上的，会是什么意义的灯笼呢？当新的颜色布满这寺庙的天空下时，人们的思念能稍稍获得解脱吗？

她和我同一时间进了这个寺庙的大门，注意到她是因为她身上有着浓厚的机场免税店化妆品专柜的味道。如果是在寺庙对面的 COEX 闻到这个味道，我会觉得那是再也适合不过的时髦，但这味道在这时突然地窜入我的鼻腔，就好像在一个永恒的宇宙中看着穿越剧那样扭曲。

我们一进门就朝庙的两个相反方向前进，眉头深锁的她每个步伐都是那样果断地朝着远方的大佛，毫不迟疑，而我则是称职地扮演着一个观光客的角色，超然看着双手合十的人们寻找着内心的救赎，一边记录着时间的证据，寻找着这寺庙现在还留在这个城市的理由，我希望这些理由在未来也能一直留在我的心里。

诵经的声音越来越远，最后一站就是在远方就能看见的大佛，而我却在离开前又闻到了那个味道。盘坐在大佛前的她，汗珠已经从她的鬓角沿着她的两颊流到了她的下巴。眉头已经解锁的她，是祈求了什么？得到了响应吗？我无法听见，但是我却在她虔诚的背影中，听见了我昨夜遗落的钟声，那样安静地敲着。

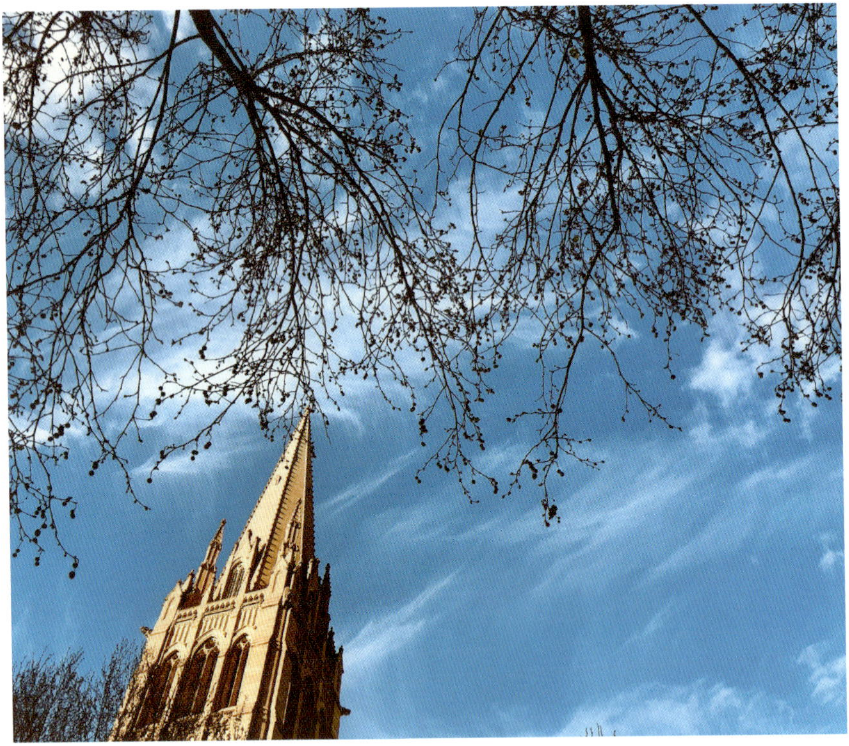

姐 妹

2018/09/18 墨尔本

听妻子聊高中时的姐妹淘,两只手伸出来,数完了还有好几只手指握在掌心,幸好现在的科技让几个嫁到外国的媳妇能在手机屏幕上分享生活点滴,否则就真像一盆水泼进了大海中,分开几年之后就只能听着海浪声把伸出来的手指头给收了回去。

十七年前毕业后就离家到澳洲念书的好朋友,现在已经是两个男生的母亲,她的澳洲老公是十七年前来到这时遇到的帅哥。昨日墨尔本的一个晴朗午后,澳洲老公贴心地在家中照顾两个小孩,好让她可以跟远从台湾来的妻子碰上一面。

她们约在费莲达车站附近的咖啡厅,一间下午四点三十分就打烊的小店。我们走在砖造的桥墩下,听见三点五十分即将进站的列车从头上经过,被惊吓的鸽子快速地拍打着翅膀提醒了我们加快脚步，不然怎么聊得完这几年不见，讯息和照片里形容不了的体会？还有那些大量看似随意的聊天讯息中深藏的喜怒哀乐？

进到这小店的时候满满的都是人，像是黄昏的舞厅般热闹，她们两个的声音消失在各自独立、随机播放的聊天舞曲中。只有当她们忘情大笑的时候，那声音才会成为空气中的众多声响之一，当这笑声一出现，所有人的聊天也跟着激动起来，仿佛整间店都在等着这段乐句出现，好让气氛达到高潮。但没多久人群就散了，我们到的时间实在太晚，晚到店员不好意思赶我们走，最后他们吧台内的清洁都已完成，只剩我们桌上的杯子还没收走，我只好啜了最后一口，留下了半杯咖啡，朝着门口走去。离开的时候，她俩还在聊着同一个话题。

丈夫、小孩、亲人，她俩的对话都围绕在这些事。过去在快餐店配着汽水的感情问题，现在是异地道不尽的牵挂，后来更深入地聊到了些令人叹息的事，我就走得离她们远了些。姊妹淘的话题如果没有聊到彼此的忧伤，好像就不是知心，就算这些情节不及八点档揪心百分之一，却也因为彼此的聆听而独一无二。

她的姐妹和我们一起走回了饭店，干脆把合不起来的话匣子也给带上了楼，虽然妻子没有提，我还是替她们冲了一壶茶，让她们相处的时光能再久一点。或许是我个性的关系，妻子和我在一起的时候，我很少听见像这样的情绪起伏，而这也是我距离她的少女时光最近的时刻，所以我喜欢安静地聆听着她们从未变化的情感，重现在每次难得的重逢之中。或许，我也在聆听着一种男性不会透露的情感，那些深藏在自以为坚毅和社会枷锁后面的真相。

她这个姐妹的人生是相对幸福的，虽然她一直抱怨着澳洲老公太黏人，但如果将她的人生用一面镜子来反射，我倒是看见了许多有着说不尽悲伤的家庭，或者那些看似圆满的人生，却像蛀虫入侵梁柱般的空心。当有一天那些以为的幸福崩毁倾倒时，他们总会归咎那是外力的缘故，其实，那都是早已种下的因果。

我和她们一同叹息着如此翻搅人生的悲伤，虽然未发生在她们彼此的身上，但却也是曾关心过的人。突然在心里冒出了一句话："相濡以沫，不如相忘于江湖。"我没说出口，因为刚刚在咖啡厅听见的笑声又出现了。

笼子

2018/09/21 悉尼

离开墨尔本的前一天流连在河边，看到傍晚下班的人换上运动服用奔跑或骑乘的方式结束忙碌规律的一天，那时河水上闪耀着金色的浪花，天空中大半还是舍不得入夜的水蓝，橘黄的夕阳开始靠近地平线，远方电车进站的煞车声被鸽子的翅膀给拍散了。原来，一个城市卸下疲惫的过程居然可以这么宁静。

或许是我的错觉，或是媒体传播的功劳，总觉得这里的一切对自然环境似乎特别友善，人类在这片南半球的陆地上是谦卑地生活着，而不是干扰者，但这也许只是墨尔本这城市相对于繁华的悉尼较为低调的呈现？我带着疑问来到悉尼，得到答案的当下，我竟像个孩子般喜悦。

在悉尼的休假日，一早就遮蔽阳光的阴雨，让人只想待在室内。而拥有丰富馆藏的澳洲博物馆，却让人感激这场雨的到来，尤其是当手摸着真实的犀牛小腿骨和蓝鲸的鲸须，并且得知鲸须就是当年女人身上马甲的材料时，我脑中竟天马行空地迸出鲸鱼张开大嘴在时装橱窗的画面。也是因为这场雨，我才能向孩子们炫耀我看到了一只被解剖的暴龙，还告诉他们在这博物馆里可以比画着手中的回力镖，想象自己是个澳洲原住民般在原野上战斗。

离开这博物馆，我一直回想在这片陆地上历史最悠久的博物馆，展出与人类文明有关的物品，除了在此生活的原住民文物之外，好像就此断了线，这或许与他们不太长的历史有关，但也或许他们觉得现在的这些馆藏才是真正的宝藏？

雨停了，阳光出现得恰是时候。博物馆旁皇家植物园里的植物因为这场雨，叶片上沾了许多透光的玻璃珠。仔细往里头瞧，可以看见一个变形的世界，让人想进去一探，看看到底是我生活的这个，还是玻璃珠里头的那个世界才是真的被扭曲了。

远远地我就见着许多白色的小点在绿色的草地上跳跃着，从形状和在一旁人类的比例来判断，可以知道那些白点是鸟类，只是一旁的人类和它们的距离实在太近，近得让人无法相信除了鸽子以外竟有其他种类可以如此亲近。我好奇地走了更近，它们头上都有着一根淡黄色的羽毛，妻子拿出包包内本来要充饥的核果，这些白点像是磁铁般靠近我们，起初它们还有些戒心，但当其中一只站在我肩上，轻啄我手中的核果，所有的白点就靠得更近了，甚至有些还跳到了我的头上。我开始没来由地大笑，像个孩子似的。

我把和这些白点的合照连同那只被解剖的恐龙一同传给了孩子们，兴奋得忘记告诉他们这些白点叫葵花凤头鹦鹉。小的时候外婆的家里也有一只一模一样的，只是它很凶，靠近给它东西吃的时候还会啄人，跟这天下午遇到的这群完全不同。

孩子问，在外婆家的那只为什么这么凶？我说，应该是因为它一直被关在笼子里吧。

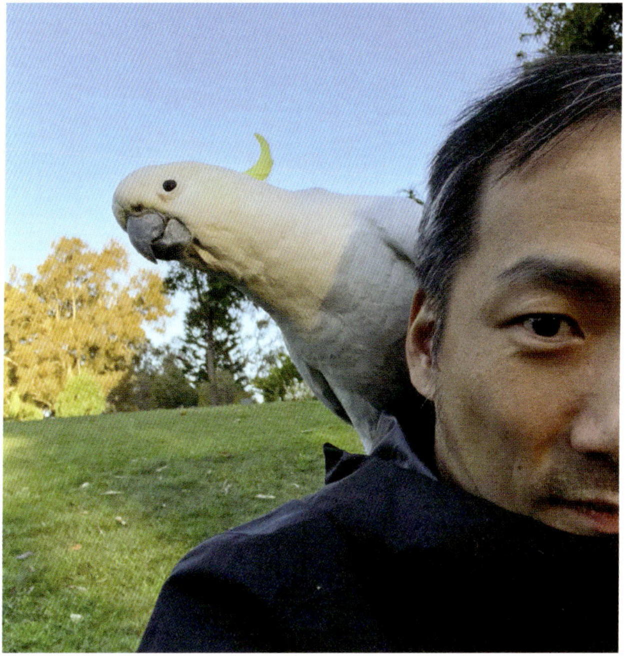

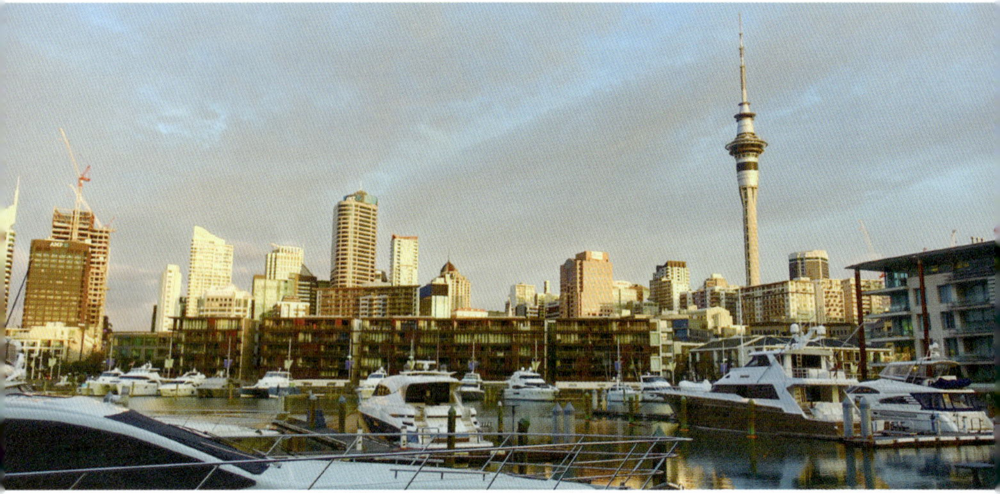

浪 花

2018/09/23 奥克兰

  奥克兰机场的飞机跑道是伸入大海的，像赤鱲角机场一样，降落时的前奏是海面上的浪花，飞快地朝着机尾狂奔，而天空的云朵呈现事不关己的超然，一动也不动地和我一同注视着这些浪花要去的方向。那些回不了头的浪花，一个个消失在视线所及的机尾后方，有的在机翼划过的瞬间就已碎裂，仿佛还听得见它的最后一声呐喊之后就被大海的蓝给淹没了。

  就当距离那些浪花越来越近，近得好像一伸手就能触摸得到它们的时候，机轮的震动结束了这场缓慢又凝重的内心戏。那些一个个上了场又消失的浪花们，离开的时候会不会有遗憾呢？

  我知道，带着遗憾的其实是我，只因能在这城市的时间实在太少，轮子着地的时间正好落在这城市休息前一个小时，比悉尼多两小时的时差让还以为的悠闲消失了。港边的鱼市场在这时早已清洁完毕拉下了铁门,日与夜交界的瞬间,没见着倦鸟,而是赶着路的人们正准备到码头边的酒吧狂欢,和成群的人举着手机抓石墩上的宝可梦的景象,这时我才意识到新西兰牛羊放养的绿地和雄伟的景色似乎无法在这次短暂的邂逅中获得,只好踩着失落的脚步回饭店。

离开饭店探访鱼市场时还得打开地图才能避免走冤枉路,而回程的路上其实只要抬起头,就能见到奥克兰天际在线的显眼地标。我知道这次下榻的饭店就在天空塔的附近,而这座塔却也是我曾在这城市留下的唯一记忆。多年前经过塔下时曾嚷嚷着要从塔上跳下,只用一条弹性的绳索作为与人间的唯一连结,但那时胆子小声音大,发出声音的人最后都没上去,更何况没有发出声音的人,他们光看到从上头跳下的人腿就发软,抬起头的时候更因害怕而晕眩。最后这座塔就成了勇气的象征,八年过去,再次回到这还是没人能拿下这圣杯。

昨日在码头远远地看见这座塔,曾想过干脆一跃而下,让这生死边缘的恐惧作为对这城市的回忆,但想想又作罢,不愿未来当孩子问到奥克兰这城市时,只留下一个生死瞬间的话题,而少了那些人们口耳相传且让当地人骄傲的自然壮阔与人文关怀。

  落笔的时刻距离返家的时间只剩十几个小时,心思还想着某天能到皇后镇的森林里探险,或是到基督城的河上泛舟,但我知道现在我的这些念头已化作阵阵浪花,翻腾在我无法平静的心海,而明日,它们就会消失在飞离这美丽国家的机尾后方了。它们会有遗憾吗?如果没有,一定是我又发现了什么好玩的事了,但那一定不包括我从天空塔上跳下。

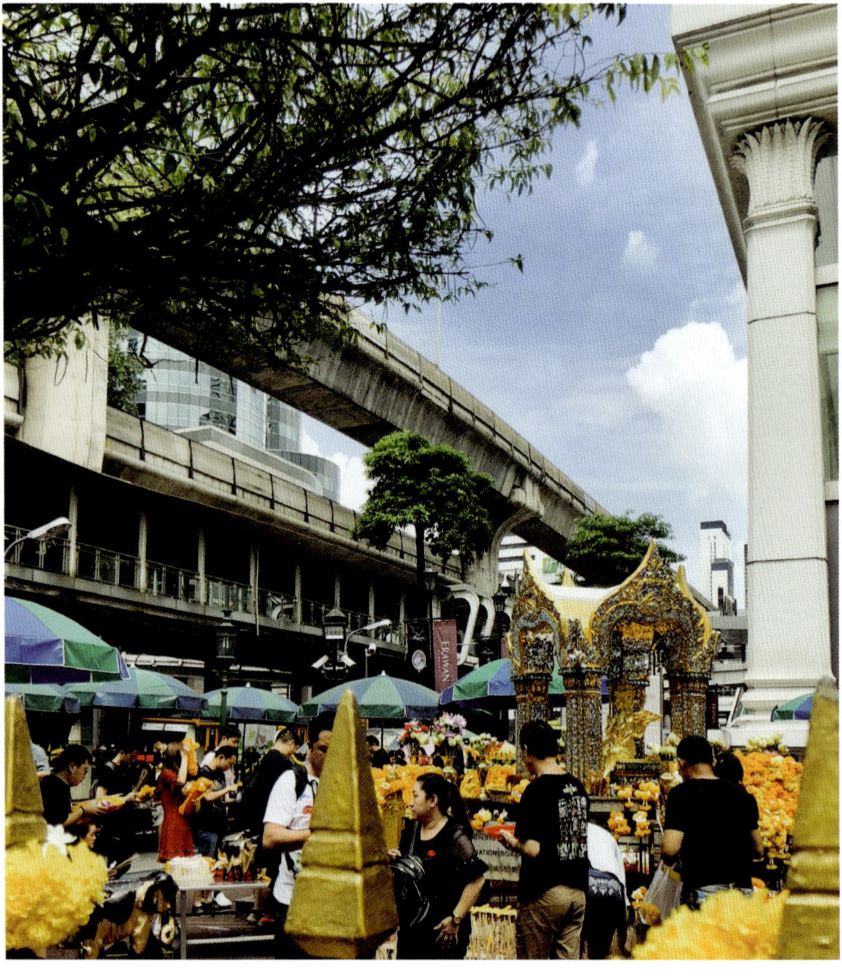
ERAWAN

混沌

2018/10/06 曼谷

秋分的尾声，窗外的空气一夜比一夜凉。每天早晨起床，孩子的呼吸系统正在适应着这气候的变化，突如其来的喷嚏或咳嗽难免，但最近变得频繁了。一直在跟一种父母的担心拔河着，生怕过度的反应使他们失去了适应变化的能力，长大后只要风一吹就得吃药，所以一直克制着没带他们看医生，幸好在离开前状况都未恶化，而自己本来也正反应着秋末冷空气的鼻炎，竟在飞机落地曼谷后自然地痊愈了。

二十四个节气在这里完全派不上用场，赤道附近通常是一天之内就可经历从立夏到立秋的气候，而这时是曼谷的雨季，飞机降落时可以看见天空被乌云切割了许多块，有乌云的湖泊上正下着雷雨，不到几公里旁的陆地却是阳光照射闪耀着金光。飞机穿过了片云层后开始滑行，跑道头是大雨滂沱，到了跑道尾却是地表蒸发着从机翼上滴下的雨水。

气候如此多变，而曼谷这城市也让人捉摸不清。

我们的车在高速道路上加入进入曼谷的洪流之一，只是这洪流前进的速度缓慢有如蚁行，正纳闷着是怎么样的一个城市会有如此大的吸收力，眼前终于出现了城市的边缘。和想象的一样，现代化的高楼，建筑师们别出心裁地在这天际在线留下属于自己的一片剪影，但这剪影背后的城市规划似乎还未跟上，所以我才能在这车上看着这片剪影超过一个小时。

曼谷的第一个夜晚，听了整夜的雷声和雨声。同事说旁边就是四面佛寺。大雨冲走了原本的行程，否则很想看看信仰和祈求的界线是如何的模糊，也想看看这接近千万人的城市有着什么样的生命力。

白天的曼谷市区飘着斑兰叶和椰子的味道，不宽的人行道常有人擦肩而过，街角常有邮筒大小的白色小亭里住着神像，眯着眼睛看着一个不曾停下脚步的城市。天空的云因为这个季节而不太稳定，瞬间，前一刻的天晴忽然消失，黑压压的像是宇宙的混沌之初，原来这城市的生命力其实就藏在如此不稳定的变动状态中。

应该是上班的高峰已过,终于看见了柏油路的表面,昨夜路上只见得到车灯闪烁,白天它们总算现形,房车、机车、出租车,竟还有种半露天的三轮出租车在高楼旁的巷道间穿梭着,每辆车的装潢都是在一旁拉客的司机费心的杰作,整排停在路上就像霓虹般多彩多姿。路上往来的行人也多种,马来人、华人、西方人、泰人、俗人、僧人、男人、女人、变性人。我猜想,曼谷之所以那么迷人,就是因为这里一直有着多元共生的环境,让这里很多的界线像它的天气一样,难以捉摸。

你看,连神像都如此多面,人们在此的生活当然丰富多样。

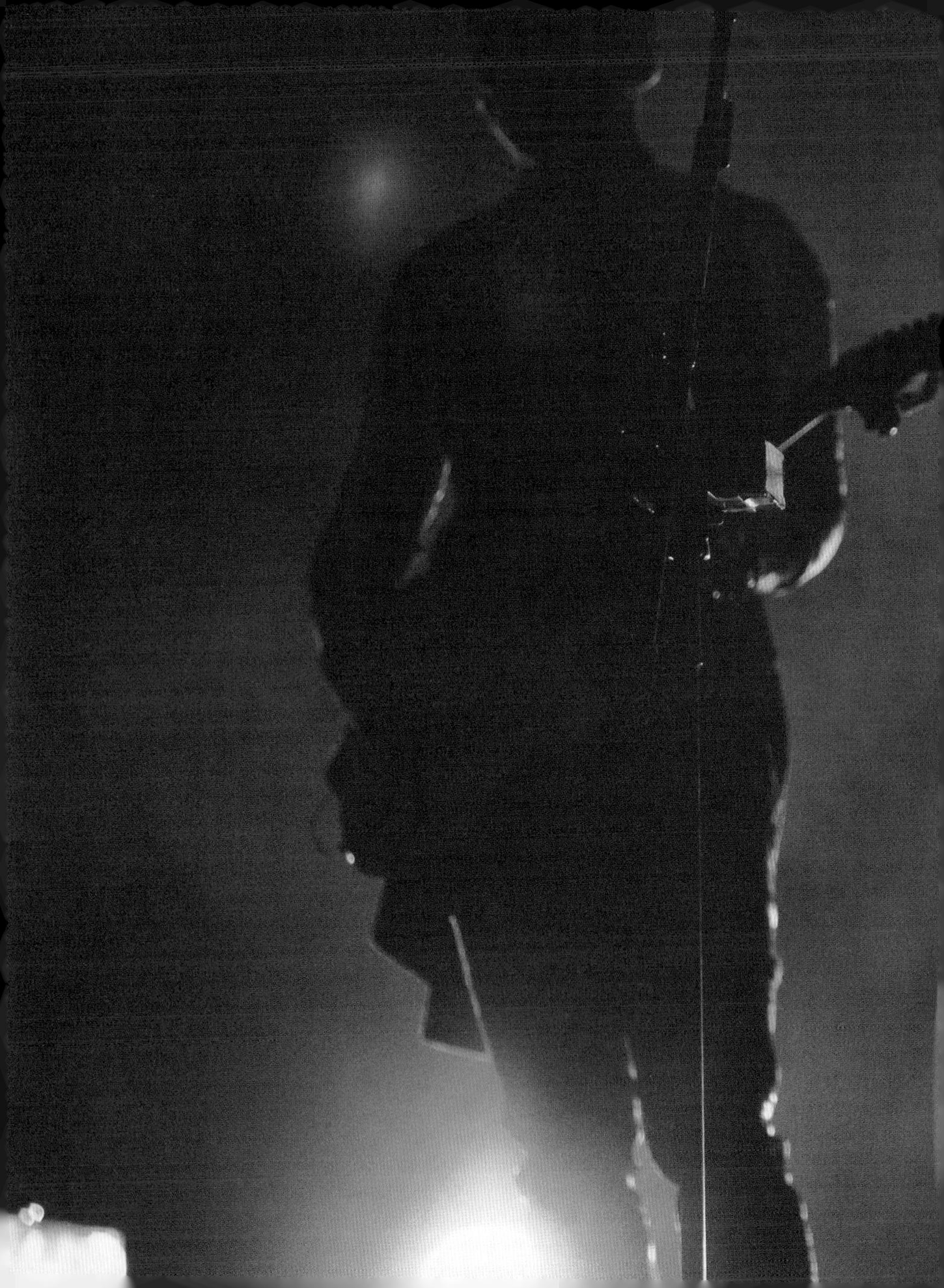

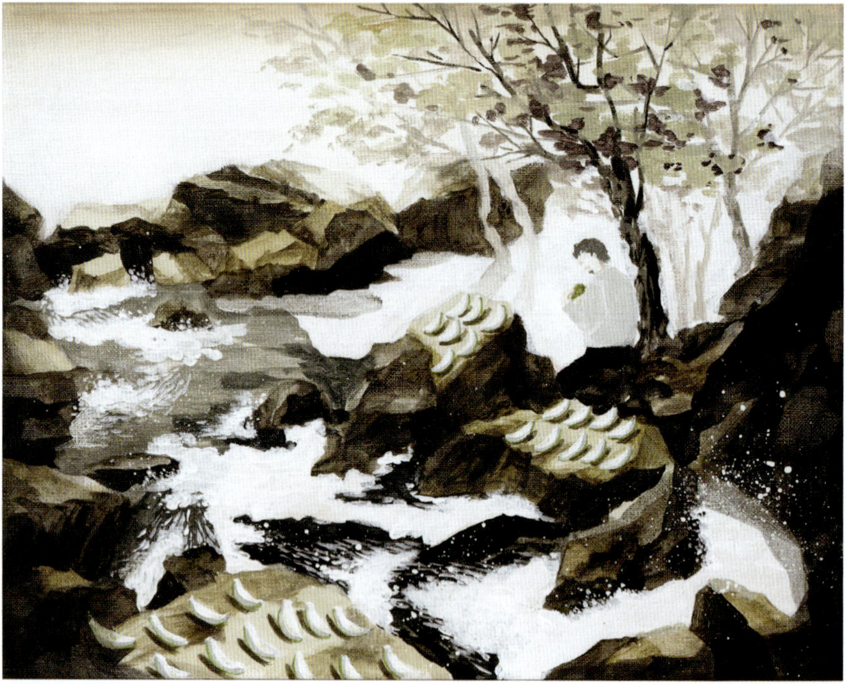

因为留不住 | 一

2018/12/22 台中

正午偏南的太阳没有因为中秋刚过而减弱它的威力，学生的额头上是一粒粒的汗珠从毛孔渗出，女学生的鬓角贴在耳前，男学生的上衣也已湿透，但没有人抱怨。每个人安静地剥着手中的柚子，像是在帮婴孩脱衣物般地小心翼翼，安静得连柚子皮剥开的声音都听得见，唰的一声，就把一旁的溪水声给划开了，好像试图要停止这条流动的溪。但最后这些剥柚皮的声音还是被溪水给冲走了，围绕在他们身旁的，只剩那久久还未散去的柚香。

许老师的学生们在这条小溪边剥柚子已经一个上午，整个山头都是柚子的香味。在台南念书的他们刚入学就从学长学姐的口中知道台南哪个山头的柚子最好吃，北部下来的新生会买一整箱放假时扛回家，来年就用寄的，接下来的两年除非家里来电要求，否则他们也不会太主动，就像在地的学生一样，从小身边多的是这应景的水果，对他们来说，有人花高价买下口味一般的柚子，那才是中秋神话，真正的美味是在这种深山里才尝得到。

但他们却没有人将剥下来的果肉放进口中，而是放在一旁，将撕下来的柚子皮白色的部分排列整齐放在树下阴凉处。从剥柚子开始，他们的动作就好像一场仪式，那样的专注，那样的小心，似乎这些柚子不是人们会放入口中的水果，而是祭拜时人们拈香那般的虔诚。

许老师带这批学生已经两年，上课的地点经常变动，多是在台南的山林里，每学期都只有在开学的第一天，才会在学校里看到他。上学期的第一天，这批剥柚子的学生见他上台，一件沾了颜料的灰色衬衫、枣红色的运动短裤、快要磨到脚后跟的蓝白拖、杂乱灰白的胡子，如果不是这些学生选课前就知道即将上台的那个老师是如何的不修边幅，他们应该会以为是巷口那个卖温体牛肉汤的老板闯进了设计系的教室。

他一上台就大喊："修我的课很苦，现在要离开的快滚！"这"滚"字在教室里像散不去的浓雾，一层层地叠上来，压得每个人都喘不过气，就在快要窒息之前，许老师突然笑了起来说："哼，既然你们都留下了，那跟我走吧。"这些没有逃走的学生可是听了学长学姐的忠告："要修许老师的课，不管怎么样，你们一定要坐到下课钟响。去年，许老师一进教室放了串鞭炮，有个广设的被吓跑了，我们就知道她一定是选错了课。"

那天学生们都离开了校园，许老师带他们去油漆行，一人买了一桶油漆和刷子，走了一个钟头才到保生大帝的庙前，许老师朝里头大喊："仙仔，我甲你带脚手来啊。（仙仔，我给你带帮手来了。）"民宅旁的保生宫，水泥柱子上的漆已脱落大半，神明附近的漆也被线香熏得焦黄，但有其中一块新抹的漆倒是跟许老师身上沾的颜色一样。他指挥学生让他们各自负责不同的区域，而他则是面朝着那块好像要被多年的陈旧给吞噬的区域。正当他提起油漆桶，准备继续他一早就在做的工作时，"许仔，你又阁来啊！（许仔，你又来了！）"这间庙的庙公把手上的香插进香炉后说，"伊伫菩萨遐，一定足欢喜看汝这嘛按呢。（他在菩萨这里，一定很高兴看你现在这样。）"

381

因为留不住 | 二

2018/12/23 台中

"昨暝关乩,阿辉仔问汝哪会无来,我甲讲……恁厝彼个已经无去啊。(昨晚扶乩,阿辉仔问你怎么没来,我跟他说……你家那个已经死了。)"仙仔叹了口气,"汝若是有闲就去甲伊苦劝,一人一款命,太子爷真正无法度替伊查某囝续命,这汝嘛知影,毋是每个人拢像汝同款按呢。(你如果有空就去劝劝他,一人一种命,太子爷实在没办法替他女儿续命,这你也知道,不是每个人都像你一样如此。)"许老师回头点了一下,保生大帝的眼睛正好看着他,他突然发现神像的表情跟几年前不一样了,抿着嘴严肃地听着祈求的表情,今天好像多了点微笑。正当他这么想的时候,香炉里冉冉上升的烟熏到了眼睛,他回头面对还未上漆的墙,刷子刷墙的声音和他吸鼻涕的声音重叠,油漆桶里滴落了几滴散不去的眼泪,他移开了桶子,但他的泪还在不停地流。

学生低着头议论着授课内容的景象已经过去，这几年会选许老师课的学生，就像现在刷油漆的这批学生，整个学期默默地跟着他做许多与设计或美术无关的事，刷油漆、除草、耕田、插秧、搬砖，每一学期许老师交上去的教学大纲都只会有两三个字，大多是地名，白河、新化、关庙、官田、六甲，系上助教曾热心地说："许老师，我帮你拟了一份大纲，你只要在计算机上剪下贴上就好了。""我不会用计算机。"许老师写了两个地名后递给他。同系的讲师都在说："如果不是他的几个得国际大奖的学生毕业后回学校演讲都特别提到他，他这约聘的资格其实早就不保。"

学校放学的钟声应该早就响了，声音传不到帮保生大帝刷油漆的师生们的耳里，倒是隔壁巷的阿嬷带着孙子来收惊，那从巷口就未曾断过的凄厉声让学生们放下了手中的刷子，要不然他们会一直刷到天亮或是整间庙都漆上了新漆才停止。

仙仔口中念着咒语，手中的香在孙子的身边挥舞。许老师让学生们看完整个仪式后，指着他们漆完的墙摇头说："下次请你们把心给带来。"学生一脸错愕地离开，但一旁的仙仔却知道许老师说的是什么，"伊为汝揣着心，这嘛换汝替这群少年仔揣心，菩萨一定会甲

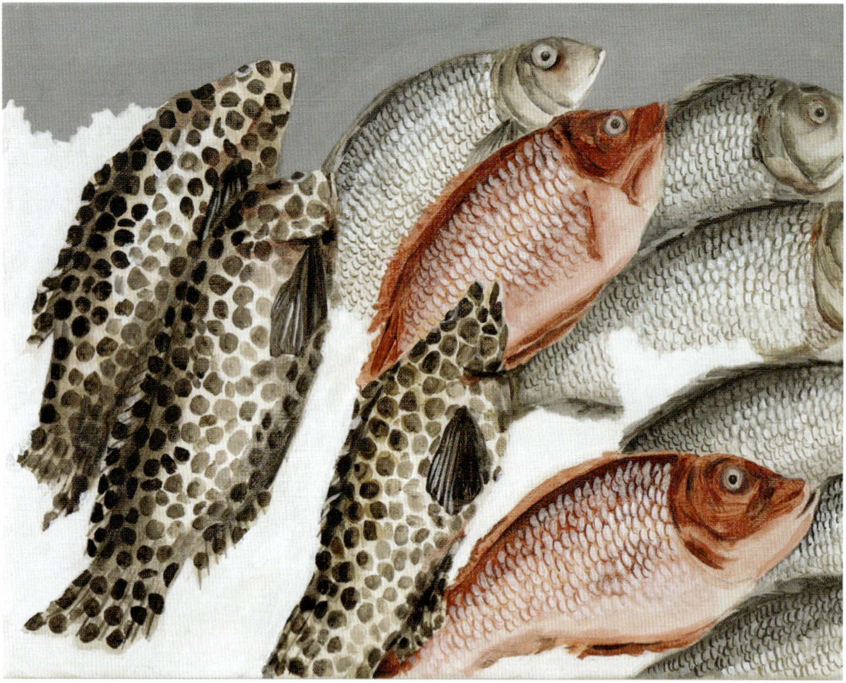

汝保庇。（他为你找到心，现在换你替这群年轻人找心，菩萨一定会保佑你。）"仙仔拍拍他的肩膀。

"菩萨那会无甲伊保庇？（菩萨怎么会不保佑他？）"许老师走到刚刚那个收惊小孩哭泣的巷口时喃喃地说，他很想和那个孙子一样地大哭，哭得让所有人都听见。

许老师的教法毁誉参半，觉得有收获的那些都是上过课的，批评的人大部分是古板的老师，但他也不是一开始就这么教，还没回台南教书前，许老师一直都在接广告项目或是在画室兼差教外行人画画，但那时没有人叫他老师，画室的学生都叫他"许仔"。

从小就拿奖的他，是家乡的骄傲，镇上的人都觉得他哪天一定会成为一个可以赚钱的艺术家，他也这样觉得，青春期刚开始就离开了阿嬷溪边的老宅，在台北县和台北市搬过很多次家，很多人生会发生的第一次，第一根烟、第一杯酒、第一次失恋、第一次留级，都跟这家乡无关了。

唯一有关的一次，是许仔父亲的朋友在观音山上种柚子，父亲特地载了两棵改良的品种和一大把老欉的枝给朋友嫁接，打算顺道看看在八里的铁皮屋弄了间工作室的许仔。许仔那年二十出头，昨夜的庆生派对到天亮才解散，父亲打了一个上午的电话给宿醉未醒的他。等到柚子树种在八里的土地上后，朋友热情留父亲下来吃饭，还泡了几壶茶，父亲才走。

"透早钓个苦花仔，若是搁毋处理着歹去啊。（早上钓的苦花鱼，如果再不处理就要坏掉了。）"父亲挥着手跟朋友说。等不到许仔清醒，蓝色的小货卡缓缓地爬上了另一个山头，父亲这时才发现原来多年来的挂念是如此漫长。

铁皮屋外站着三个人，父亲认识其中一个青年，另外两个争吵的女人父亲是第一次看到。许仔生日的那天，父亲第一次来看他，许仔第一次劈腿、女友和第三者第一次碰面、父亲第一次看见他被女人打巴掌、许仔第一次见到父亲离开他没说再见、第一次载到台北的鱼又被载回了台南。

父亲还没下车就好像已经闻到保丽龙里的鱼坏了的馊味，其实低温保鲜的肉没坏，他的父亲知道，他闻到的是他们家一直以来的关系。

因为留不住｜三

2018/12/24 台中

父亲的无言许仔无动于衷，占有不了许仔的两个女人倒是让他进化，许仔再也没让女人打他巴掌，因为他爱她们，也清楚地让她们知道他爱的是"她们"。甘愿来到这铁皮屋赤裸狂欢的，在他清醒前就会离开；不甘愿的，见到清醒了的他，就算他没有说出任何一句告别的字眼，但她们却会从他的眼中发现自己早已消失。

"那我至少可以带走我的画吧？"她们说。"可以，一千。"许仔举起他的食指。大部分的"她"，都会拒绝这种绑架式的交易，放弃她们的灵魂留在那铁皮屋里，像是战利品般被摆放，待下个祭品上祭台前，还会指着这些画像赞叹着这神庙的宏伟。每当许仔从祭典后的弥留状态回神过来时，心脏都像被啃噬了一块般淌血作痛，酒精早已无法止痛，他只好重复着这无间的自虐过程，以为地狱的尽

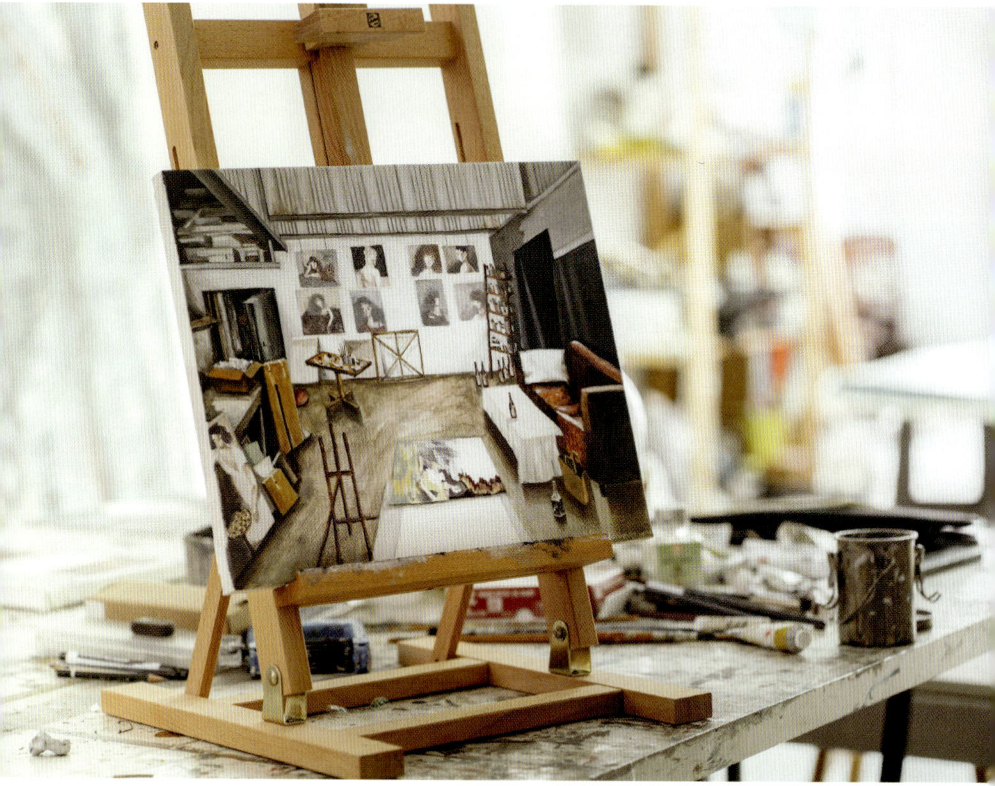

头就是天堂。

"这些画里的人你都上过了吧?"思婕轻蔑地说,许仔没回答一直看着他手上的泰戈尔,"你都是画完才上的吧?我的为什么还没画完?"许仔放下书,拿起画笔,他特别珍惜这昨日意料中的邂逅,所以一直停留在关系结束前的迂回当中。

昨天下午,许仔交了一份建案的景观图后,在事务所外的巷子里闲晃。和往常一样,他找了一间人不多的咖啡店,但总会有一两个独坐的女子在店内。他在她们看得见他的地方坐下,像只缓步前行的猎豹,不动声色地从他的帆布包里拿出他的八开素描本,将那女子和那个寂寞的角落,用他从小就有的天赋,和好几年的训练,画出所有人经过都会忍不住惊呼的写实。但唯独那女子的脸,或是低头、或是侧脸,总是会画得无法看清那独身女子的面容和内心。

再来,就不是画纸上的工作了。他会刻意地引起那女子的注意,有时将铅笔举在空中,像枪上的准心般瞄准远方,有时他会托着下巴或靠着椅背,等待对方和他的视线交错。

很难不意识到有人如此专注地看着自己,思婕起身走了过去,该有的戒心因为许仔手上的画而收了起来,"原来在画画啊。""哇,好像照片喔！但是为什么我这么不清楚？""我没办法看清楚你的脸，怕把你画丑了。""这里的光线不适合画人像，我的工作室在八里，有缘的话，你到了八里，我再帮你画。"思婕跟其他人一样，没有等到有缘路过的那一天，而是当天下午就坐上了他的机车。

思婕从来没有到过离台北市这么远的地方，敦化南路的林荫大道是她记忆里见过最多的绿，而且都是从奔驰车的窗内往外看的。如果不是一早和父母吵了一架说要离开，要把他们长久以来所认为的女儿给摧毁，她这辈子应该都不会看见关渡大桥上寂寞的白鹭鸶，也不会知道观音山上有一大片让逝去的人睡在土里的墓地。

思婕坐在后座，觉得他身上的味道很好闻，跟父母找来相亲的那些公子身上虚伪又骄傲的香水都不一样。后来她才知道这是油画的味道，八里铁皮屋的铁门一打开，这样的味道就冲了出来。思婕记忆里父亲带她去过一次铁皮屋，里头却是机油味、金属味、汗臭味，还有持续不断的枯燥机器声，像是将她的命运都安排好了不停地往前推进着。

思婕坐在他的床边，烛光让她不安，但她没有逃跑也没有移动，而期待着接下来的事能让她开始拥有自己决定人生的能力，就是由她自己决定,她的身体要让谁拥有的那种自由。

　　许仔开始画她的眼睛时,要她想着一件快乐的事,思婕那时没有多想,她只是想着眼前的他。

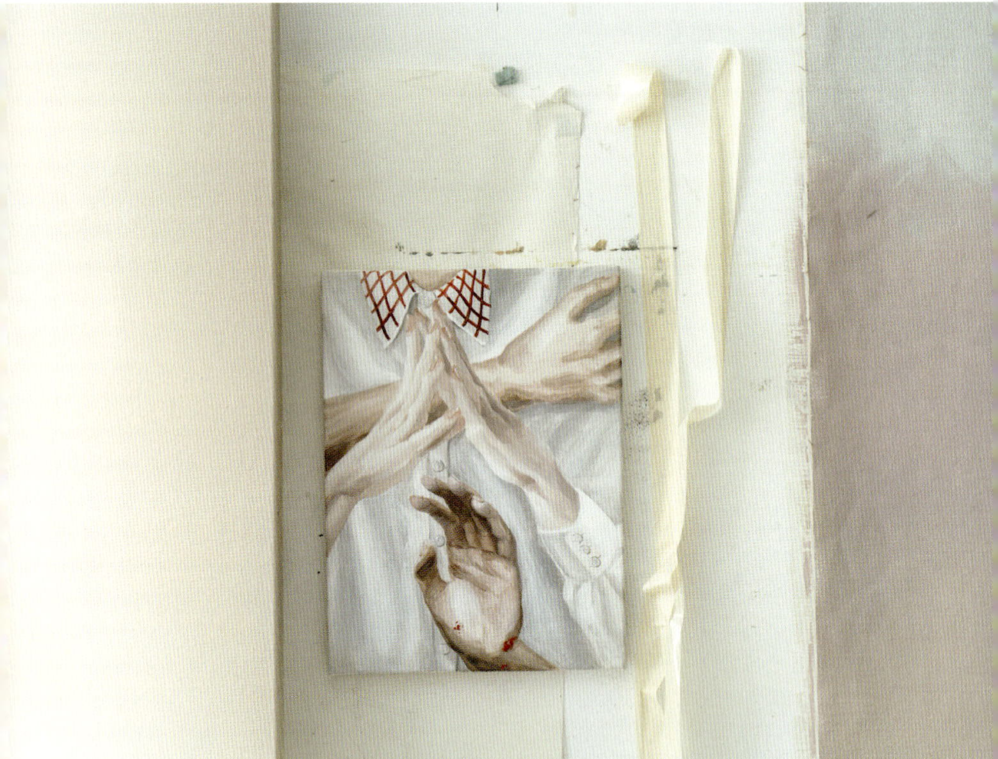

因为留不住｜四

2018/12/29 台中

思婕想不通的是，为何姐妹们说的那些欢愉都没有在她的身上发生，许仔的每个动作都做得完美，熟稔得像是演绎过千百次，自然没让她受到苦痛折磨。

或许，是许仔问思婕的那一句"第一次？"让她分了心。

"屁啦！"思婕回的这句话里所要扮演的角色太过艰涩，让思婕将所有的心思放在了每一次呼吸、每一次迎合、每一次娇喘，也同时不停地犹豫着，该不该让自己赤裸的身体挑战父母守护了二十年的禁地。而这块地是准备给一个和思婕背景相当的男人，父母已经规划好了，未来靠这皮囊可以买卖房子、投资股票和基金、炒地皮，这样一定会幸福的。母亲当然也是这么认为的。

思婕痛恨父母打算将她像期货一样地交易出去，"趁现在还年轻，赶快找个好人家。"才毕业两年，父母就不停地提这件事。她也痛恨每次和父亲友人吃饭时，叔舅们注视她的那些眼神，那就像他们看见小三时的贪恋。所以她才被许仔看她时的那种眼神给吸引，让她感觉得到自己的唯一，觉得自己是无价的艺术品，而不是可以被买卖交换的财产。

其实许仔看着她们的时候，也都是这样认为的，觉得她们好美，想留下她们的美在身边。如果她们不曾要求要和他过下半辈子，要和他结婚，没有问他待会吃什么，也没提醒他水电费还没缴，他可以一直画，一直画，画到真的像一个艺术家一样。

思婕把解开的扣子扣回去，许仔开口要思婕待久一点，但思婕没打算留下，她抱怨许仔的铁皮屋没有热水，可以让她好好清洁昨夜停留在她体内的尴尬。虽然她很喜欢这里的昏暗，认识一个人都是用触摸的，她觉得就算家里是这么的亮，也没人能真的看清楚她到底要什么，但她现在只想回家好好洗个澡，也想让父母知道他们的女儿在他们的眼里已经跌价了。

"为什么这个画里有两个人?"思婕离开前看了那张画,"这不是你吗?""我觉得你需要安慰,就画了张拥抱着你的画,但还没完成,你过几天再来吧。"许仔第一次要离开的人再回来,也是他第一次把自己画进去。他觉得没有任何要求的思婕,让他自由,但其实他不知道的是思婕转头离开的时候,多希望许仔能真的抱住她,她一直憋着不说,憋到眼泪都快要流了出来。

因为留不住 | 五

2018/12/30 台中

几周过去，思婕没回到这铁皮屋，许仔也没再去市区猎捕像思婕这样的女孩。许仔的绘画技巧让建商们都特地到铁皮屋请他接案，但来的几乎都是对岸淡水新市镇的开发案，千篇一律，许仔根本不需要用心，却也得把画室的兼差给辞了才画得完堆积到床边的案子。虽然那兼差不是用来维生的，但真要离开时还是会遗憾。许仔喜欢有人真的在意美的事物，对谈时深陷浩瀚宇宙的感觉，而不是像现在来去铁皮屋的这些人，只会要求他把对岸的建案画得如何豪华又幸福，有山有水、有天有地，让每次交稿后的许仔握着手中的钱，怀疑自己是不是也正走进他画的世界里。

建案的老板每次来都像洗脑般地问他，要不要为了自己的未来留一户，让他觉得艺术的追求已经到了终点，曾经在床单上的这个女孩，或许可以和他一起在淡水的小屋里，度过每个熬夜赶稿的夜晚，看着清晨的阳光升起后，他钻进被窝，对话也许是这样的："是你画完了？还是因为想我？""都是。"

老板身旁有个安静的秘书，谈到未婚夫时总是微笑着，每次跟着老板来的时候，都会分享给许仔一个温暖的愿景。秘书说她的新家就在老板推荐给他的那个单位的正下方，要他别担心将来如果有小孩后会吵到他们，"老板的用料很实在，楼上做什么事楼下都听不到的。"秘书的脸突然涨红了起来。

许仔打算再确认一下这套房的格局，摩托车停在还没有警卫的警卫室门前。建案的图画多了，不老实的手法他曾是帮凶，天花乱坠的话术他也见识过，现在自己动了心，难免像个从良的小偷般地万事小心。建案老板说的这一户本来是他自己要留下来投资的，连装潢都做好了，全是用进口的设备和建材。其实许仔不在意老板用了什么工法或石材，他看上的就只是那窗外远方的山棱线，就像老家的那个山头。画了这么多案子，他一直在等像这样子的窗，让他矛盾的乡愁，有片风景可以寄托。

上次跟老板来的时候还是毛坯，两个男人走进卧室，老板特地将手掌举起在他的耳边说:"我有好几间这样的套房。"老板看见外面的秘书没有跟上,把许仔拉到窗边继续说,"我不像你,一次一个时间都很短,有的还只有一天,我有很多个,但时间都很长,家里的那个还不知道呢。"离开这套房的时候许仔不停地在想,他和老板,他们两个会是同一种人吗?

几个月过去,老板以为许仔在迟疑,其实许仔在等思婕出现的那天,想留她下来在一间像样的房子里一起生活。但思婕一直没出现。需要周转的老板开始追问他要不要买这个套房,理由是小三嫌弃这套房太小了,就像是附近其他建案销售的重心都是用来投资出租给学生的。刚离开学校的小三不想出了社会的第一个成就,还像个学生般地住在这样的套房里,老板把顶楼的大三房留给了她,许仔就成了隐性的买家。

许仔搭上电梯,想象着和另一个人一起走出电梯,那人的面容就像是思婕,"或许还有一条狗吧……"思婕那晚说过一直想养条可以跟在她脚边的狗。

左边三间右边三间,大楼的结构就是这样,一个门挨着另一个门,仿佛隔壁的眼睛耳朵都贴在你的身上似的,就连轻声的呼吸都听得见，被子里的小动作都看得见。"还好是边间。"许仔想着这房子至少有几个面会是安静的。"你看，所有的窗都打开，外面还看不到任何一栋建筑物，金屋就是要有这样健康的体质。"老板曾骄傲地在窗边跟许仔说。

"难道已经有住户搬进来了？"偷工减料的大门本来就关不住大意的声音，更何况是半掩的房门，就像是将秘密写成了一本书，最后却忘记在结局的后面写上纯属虚构。

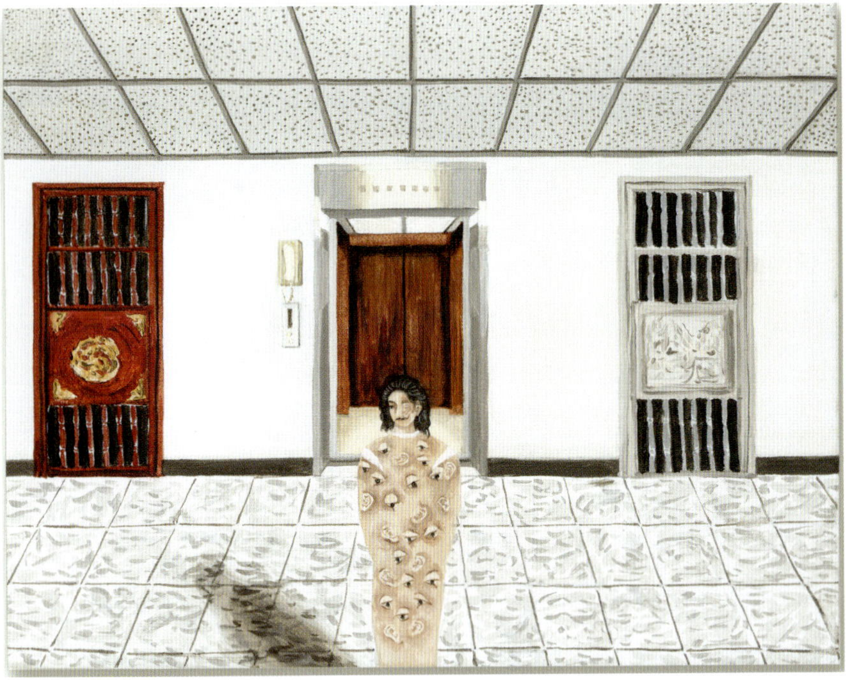

因为留不住 ｜ 六

2018/12/31 台中

　　一男一女的声音来自走道尽头的边间，许仔本想回头搭上那电梯，但它却突然移动到一楼，从门缝流出的声音，已经淹到让他窒息，他只好从安全梯逃离。许仔不想看见这对男女袒裎的样子，所以他几乎是爬行到这逃生通道前的，但透过正对着楼梯的门缝，还是看见了里头住户已经装潢好的奢华，还有两人迫不及待脱下的束缚，一件建设公司女业务的套装和一件高级西装外套，披在委屈的真皮沙发上。男人的声音很熟悉，有着钱币互相碰撞的金属声，还有那夸张的喘息，就像他在交易房子时口沫横飞的样子，但令他作呕的是在这些粗鲁的声音里有一丝熟悉的微笑，这样害羞的微笑，许仔以为只有当新郎掀起新娘的头纱时才会出现。

　　他替这一男一女关上了套房的门，也替自己关上了门。

一幅已经画了几个月的画，让许仔没想离开工作室，除了秘书和她的老板来催稿，也没有其他的女人来分心。许仔本想把思婕的灵魂也画进去，却没时间能真的了解她，以至于用幻想填满了在他心中所有的思婕。一夜的缠绵，许仔就天真地想要和她一起生活，但这样的念头就在刚刚离开这建案时消失了。萍水到最后还是不会在一起，许仔的心开始枯萎。

许仔停笔后的一个下午，思婕出现在他的床前等着他睁开眼，"你会娶我吗？"思婕说话时许仔还没能看清她的脸，但他确实听到了思婕说的话，许仔的眼前出现了不忠的秘书和他母亲的脸，"你娶我好吗？"许仔没听出思婕带着哀求的语气，他以为过去要将他束缚起来的她们全都来到了他的床前，如果让她们上了自己的床，他没有把握她们将来不会上别人的床。

他将未完成的画撕成了两半，将思婕的那半递给她后，就把自己完全地撕碎，那是他第一次画自己，也是他最后一次画自己。忍住不哭的思婕终于掉泪，她其实还有一句话没说，但她不想拿肚子里的小孩绑架许仔和她的未来，所以她问了另外一句，"你爱过我吗？""爱？"许仔不知道这个字要如何定义，也不知道说出这个字的

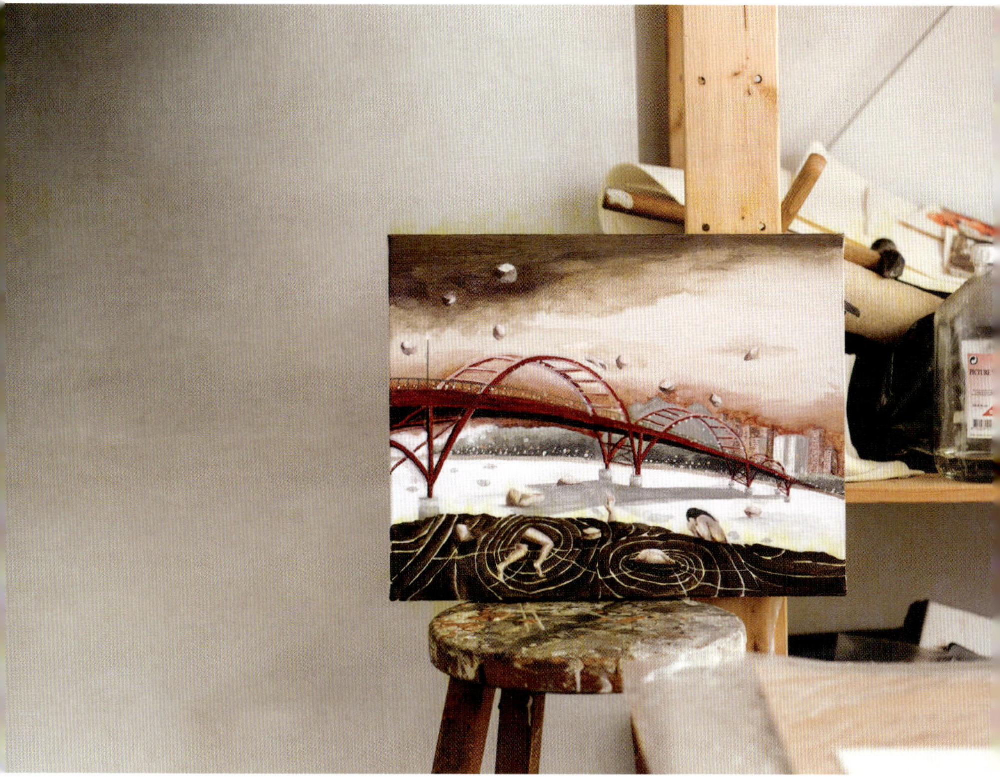

后果，所以这问号一直在思婕转身离开前都没有解决。

"就跟你说这种人不会有责任感，你还硬要来。"父亲没说一句话，母亲却是在一个多钟头的车程中没有停止过地数落思婕，"我们下礼拜回外婆家，名字爸爸已经想好了。"母亲的计划中思婕会多一个弟弟，父亲会多一个儿子。

傍晚的关渡大桥车辆，走走停停。从许仔的工作室看出去，桥上的灯火闪烁，这是每天最美的时候，但他今天却没走出去看，所以他也没看见思婕把她自己撕碎抛出车外的那一刻。

因为留不住 | 七

2019/01/01 台中

　　思婕这次是真的离开了，再也没回来。许仔也不再出门接案，找上门的案子收入还算不错，常让他可以宿醉整天。没案子的时候参加过几个小展览，卖出过几件作品，但一直成不了气候。他不知不觉地把商业手法给画进了作品里，其实，早已经有人发现，有次展览他站在几个人当中，听见观展的人批评他的作品："技巧很高，但有些匠气。"他冲进厕所，止不住地干呕，待到展场关门时才出来。前一天来看展的同班同学也看见他跨越不了的高墙，拐了好几个弯问他要不要一起去教书，这个问题让他在厕所吐完后想了一整天，"母亲就是这样被绑住的，难道我最后还是只能和她一样？"

　　许仔的功夫是母亲教的，阿嬷的古厝有个房间里都是画具，只有母亲和许仔会进去，母亲还没教书前都在这里教他画画。但没多久就剩他一个人，母亲只会偶尔进来，每次都像是指导学生似的念了两句后就离开。许仔不知道她去哪里，是决定离开到台北前才知道其实她一直都在附近。

母亲会生下许仔，是因为那没见面过的阿公，在他出生前就被后山的土石流给带走了，到现在还没找到，阿嬷常说："好佳哉恁阿爸肯做，若无恁阿母合我两个查某人，是爱按怎顾这园仔。（幸好你爸爸肯做，不然你妈跟我两个女人，是要怎么顾这园子。）"但许仔的母亲却从未感激过父亲，厌恶他在家里的每个时刻，后悔当年和初恋的男人分开嫁给父亲，总是吵着要他离开，吵到最后都是阿嬷大喊："囝仔更在咧爿仔。（孩子还在那边。）"母亲才会停止吼骂转身离家，父亲则是沉默地回到厨房边的那个小房间里，轻轻地合上那个只剩下上半块的木门。

母亲要父亲搬出卧房的时候，阿嬷替父亲感到委屈，曾问母亲要不要把画室收拾起来给父亲住，"你连我最后这一点自由都要夺走吗？"母亲大吼大叫。许仔待在院子不敢进去，看着快下雨的天空想起了画室里母亲画的那些鸟。

许仔喜欢和母亲一起画画，因为只有那时候他才有机会和母亲相处，但母亲对父亲的厌恶，让许仔疑惑夫妻关系是否就是将仇人捆绑在一起过一生，他开始害怕母亲，也害怕像母亲这样的女人。一家四口，将他生出来的那个人从来没把许仔当作是她的孩子，阿嬷只好接手她的工作。父亲则是每日在山上顾着农事，直到所有事都忙完了的黄昏，才有时间带许仔到溪边钓鱼。当许仔开始懂事的时候，他问父亲："恁是按怎会冤家？（你们为什么会吵架？）"父亲没回答。"伊是按怎对汝这歹？（她为什么对你这么坏？）"父亲还是没回答，就连鱼上钩了父亲还是没有反应，等许仔再大一点后他才知道，原来一个和儿子不同姓的父亲，就会是那样的沉默，就连那天他在溪边滑倒把腿给摔瘸了，还不停地叮咛着许仔："毋通付汝阿母知影。（不能让你妈妈知道。）"

阿嬷看见父亲躺在溪边，叫许仔赶快下山找大人来帮忙，母亲刚好回来："你为什么没摔死？可不可以不要找我麻烦？"她的话许仔和阿嬷都不意外，但他们都没想到她会真的说出来，像是雷声般地回荡在山林里。她当然没有过来扶起父亲，而是在远方看着，直到父亲愧疚地想自己爬上岸。"歹势，阿勇，歹势啦。（不好意思，阿勇，不好意思啦。）"阿嬷一直替母亲道歉，父亲则是安慰着阿嬷：

"阿母啊,无代志啦,我明仔载共款会转去园仔,汝莫烦恼啦。(妈妈,没事啦,我明天一样会回园子,你别烦恼。)"许仔哭着跑下山到处找人帮忙,四口之家,总是有一个人不曾痛到流泪。

许仔把自己关在八里的铁皮屋里好几天,一直在想为什么他的技巧没有让他成为一个艺术家。他看见母亲正在远方冷冷地看着他,像看着断腿的父亲般地看着他。就算他抗拒,许仔还是不停地在复制着母亲的路,和母亲一样没做出什么作品,和她一样爱不了别人,就像那天父亲在铁皮屋外看着他的眼神,他知道那不是厌恶,而是悲伤,是父亲在许仔的身上,看见了一直鄙视着懦弱父亲的母亲。许仔现在只想对阿嬷诉苦,一个家中唯一不曾伤害过他的人,也是承受着这些悲剧最深的人。

许仔还没走近电话,铃声却已响起,话筒里的老妇不停在啜泣,"……许仔,汝阿母过身啊。(……许仔,你妈妈过世了。)"阿嬷哭到声音都要消失了。

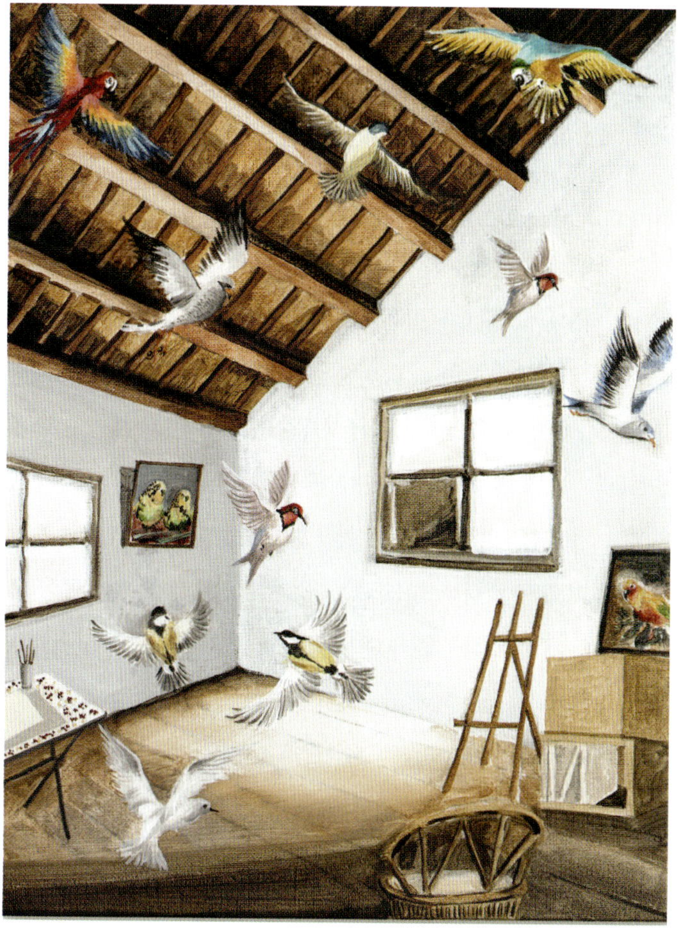

因为留不住 | 八

2019/01/04 台中

丧礼办得很低调,像是在办陌生人的丧礼,除了许仔和阿嬷,没有其他至亲。守灵的那几天,只来了几个学校的同事,也不知道是不是好友,但慰问倒是像模板一样地充满了怜惜:"发生这事我们都没想到。""别难过了。""她是个好人。""好好照顾阿嬷。"除了一个不客套的系主任直接切入了主题:"你妈走得太突然,这学期才刚开始,助教撑不了太久。你的资历不错,又从台北来,要不要考虑一下先帮忙接下这学期,明年我们再重新谈。"许仔没有答应,他甚至不想听见这些话,只是看着灵堂上母亲的自画像,想着为何逃离不了这一切。

出殡的那天,葬仪社的人要阿嬷打三下棺木,白发人送黑发人的折磨,阿嬷敲了第一下就哭倒在地,许仔只好把她扶到旁边,"拢是我，拢是我害的。"阿嬷不停地捶着自己的腿，还吵着要去墓地。司仪留下一位女职员陪着阿嬷，好让许仔快点带母亲上路。道士口中的经文听不见悲伤，许仔跟着那声音，陪母亲走了最后一段路，却也是唯一一起走的一段路。整段路他都在想这个和他同姓的母亲，为什么这么陌生，如果他不曾喜欢画画，说不定连那些在画室相处的时间也不会存在。许仔看着泥土覆盖上棺木，他还是在心里说了声再见。离开家的那天没说，现在说了，她也听不到了。

许仔拖了很久才去看父亲，第一次隔着玻璃看着他，就像是看着画框里的写实画。山上日头在皮肤上刻蚀出的皱纹，过度节俭而深凹的脸颊，许仔来之前就猜想父亲会是这样的沧桑，但他没想到，个性懦弱前倾的双肩，却没有因为让他身陷囹圄的愤怒而挺起胸膛，反而是更往下垂，像是支汤勺般，在他的胸膛里装满了愧疚。许仔一直在等父亲抬起头，要给他一个一切都好的响应，但父亲一直没有焦距地看着下方，半开的眼里除了悲伤还多了大量的绝望，要不是许仔先拿起话筒敲着玻璃，父亲或许会一直不动地坐在那。

"你还好？"父亲没抬头，"我会照顾阿嬷的。""我知道事情的经过了，你忍了很久吧。"父亲嗫嚅的样子，许仔等着他能说些什么，但画中的人竟突然地消失,只剩隔着玻璃还听得见的呜咽,和一阵又一阵因为啜泣而产生的震动,从玻璃对面的桌子传了过来。

　　许仔接下了父亲的工作,把画笔换成镰刀,从阿嬷家明明看得到山顶的那棵树,却只能每天看着它徒长而叹气,找了几个在地的帮手后才知道原来父亲多年来的辛劳是如此的昂贵。来了几个无情的台风,刮倒了大半的果树,许仔找来的帮手都不愿意再上山,许仔只好硬着头皮去整地。这条到山顶的崎岖小路他小时候曾来过一次,那次迷了路的哭声父亲听到了,带着他下山,而这一次他却只能流泪,还阻止不了入夜后的凉钻入他的皮肤,一直深入到他的心。隔天早上他看着手上的茧,徘徊在心灵和肉体折磨的交界线,母亲的路许仔不想走,父亲的路许仔不会走。他跟阿嬷商量要把阿公的这块地卖掉,"这块地本底着是欲留付你的。(这块地原本就是要留给你的。)"阿嬷说,"早知影这块地留不下来,彼时着莫招惹阿爸入来,若无,嘛袂变做今仔日按呢。(早知道这块地留不下来,那时候就别招你爸爸进来了。不然,也不会变成今天这样。)"阿嬷又哭了起来,"是我毋着,是我毋着。(是我不对,是我不对。)"许仔安慰着阿嬷,本来以为她会难过很久,但阿嬷突然抬起头,也没擦去脸上的眼泪,看着许仔问说:"这嘛敢是爱呷昏顿啊?(现在是要吃晚餐吗?)"

阿嬷的身体越来越衰弱,记忆里也只剩下几件事,不停地重复着:"汝阿爸的脚敢有卡好啊?(爸爸的脚好一点了吗?)""许仔哪未转来?(许仔怎么没回来?)""叫伊莫更甲伊斗阵矣。(叫她别再跟他吵架了。)"许仔的身份一直在阿嬷的眼中变换着,有些人许仔认识,有些人他不想认识。有一次阿嬷对着他生气:"你紧走,莫更甲伊勾勾缠。(你快走,别再跟他纠缠。)"手举得高高的要打许仔,"好,我走,以后拢袂搁来啊。(好,我走,以后都不再来了。)"许仔演得很好,但他也希望这个角色在阿嬷和他的回忆里真的就会如此消失。

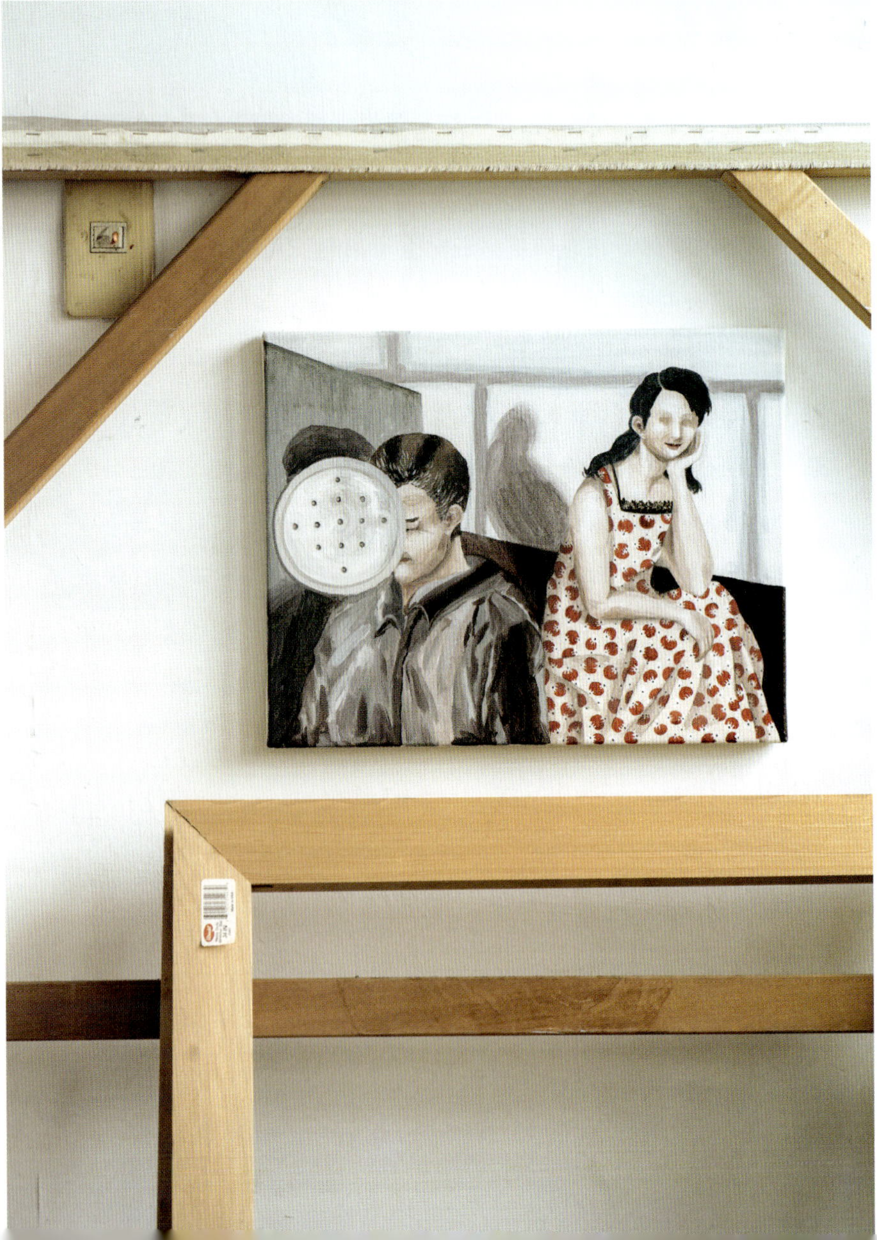

因为留不住 | 九　　　　　　　　　　2019/01/05 台中

　　来买地的都以为整个山头的买卖是会加上古厝的，他们没看到床榻上的阿嬷，所以一直要许仔把古厝也一起卖了。许仔甘愿降价让买家买了块不完整的地，留下古厝和后院一小块父亲特别照顾的老檍。交易后的这些钱可以到市区买栋屋，再请个看护照顾阿嬷，但阿嬷却只想待在这个她还忘记不了伤心的家。

　　古厝多了一个贴身照顾的人，从未有过信仰的许仔，每天会去山下的小庙替阿嬷上香，当他将手中的香点燃，他只希望阿嬷和他记忆中悲伤难过的事都能像香烟般飘散。合十的双手放下后，他拾了些落下的香灰放入红包，"这些都会是好事吧？"许仔想，"如果不是好事，为什么那么多人都说这些余烬是上天的神迹？""阿嬷退化的关节喝了香灰水就会复原吗？"许仔虽然怀疑，但还是求了些泡水。端给阿嬷时没跟她说什么，只跟她说是山下求来的。阿嬷伸手抢了过来，一口将整碗的信仰喝光，睡一觉后没发生什么事，许仔这才放心。

喝了好几碗的香灰水，阿嬷的身体未见好转，倒是心情开朗了许多，常常把许仔当作是他未曾见过面的阿公，要他上山小心、要他钓条大鱼、要他早点回来，"知啦。"许仔响应时都刻意压低了声音，他觉得坚毅的男人应该都是这样说话的，但是当阿嬷问阿公他们的女儿去哪里的时候，许仔都只是沉默地看着门外的树林，就好像过世的阿公也知道女儿其实就在那片树林里。

阿嬷下不了床的那一天，许仔在庙里跪到了深夜，阿嬷的哀嚎让许仔觉得自己没用，竟扮演不了任何人来减少她的苦痛，只能在神像前不停地祈求。但神像一直是沉默的，只有庙公开口要他先回家，他假装没听见，其实他正在想，像这样的诚心能否感动神明，让阿嬷生命的尾声能缓缓地淡出，而不是如此痛苦的折磨。庙公叹了口气后关上院子的灯，绕着日光灯的飞蛾全飞进了庙内绕着神坛上的烛光，但有只蛾没有绕着烛火，一直停着不动，跪着的许仔等待着这只蛾飞走，好像当它飞走的瞬间，就能将许仔解脱。飞蛾终于离开，许仔却还停留在悲伤里，但他看见飞蛾所飞离的，是一支曾跟随妈祖绕境的令旗。许仔起了身，弯腰向神像作揖感谢着他的启示，决定要为阿嬷走这段绕境的路。

起程的那一天，天还没亮，宫庙外就已聚集了上万人。许仔在人群中显得特别哀愁，不求好运、不求富贵的他，庆典的热闹没能使他忘记床榻上的阿嬷，震耳的鼓号声也没能掩盖过他心中阿嬷的哀嚎。看着喧嚣的群众，他怀疑着这样是否真能帮得到阿嬷。当他准备转身回家，神轿正要起驾，他只能跟着众人离开庙前广场，踏上信仰的道路，但因为信徒的推挤，他的脚其实一直是悬空的。

一路上都有人接近许仔，有人给他东西吃，有人问他累不累，有人陪他走上一段，跟他分享着历年来跟着妈祖绕境的心路历程，但许仔的表情一直都是木然的，直到深夜当大家都或坐或卧地在路边休息时，才会听见许仔一个人在远方的骑楼下控制不住的情绪。那些大雨中哭泣的声音，在深夜里竟然是那么悲凉。

已经走了好多天，许仔的脚底跟许多人一样，水泡破了又长，但还是不停地前进着。或许是因为肉体的痛楚令许仔忘了这段时间以来的种种变故，他的脸上开始多了一丝微笑，还会感觉得到饥渴，主动地向一旁的人们索取食物,然后他会小小声地说声"谢谢"后再继续往前。大大小小的仪式在他的身边发生,应该绑上令旗的符咒也已经绑好了。当他正准备跑到銮轿的前头跪下,匍匐着让轿从他上头经过时,一只女人的手将许仔的上臂抓住,他回过头。

"你还记得我吗?"女人问。

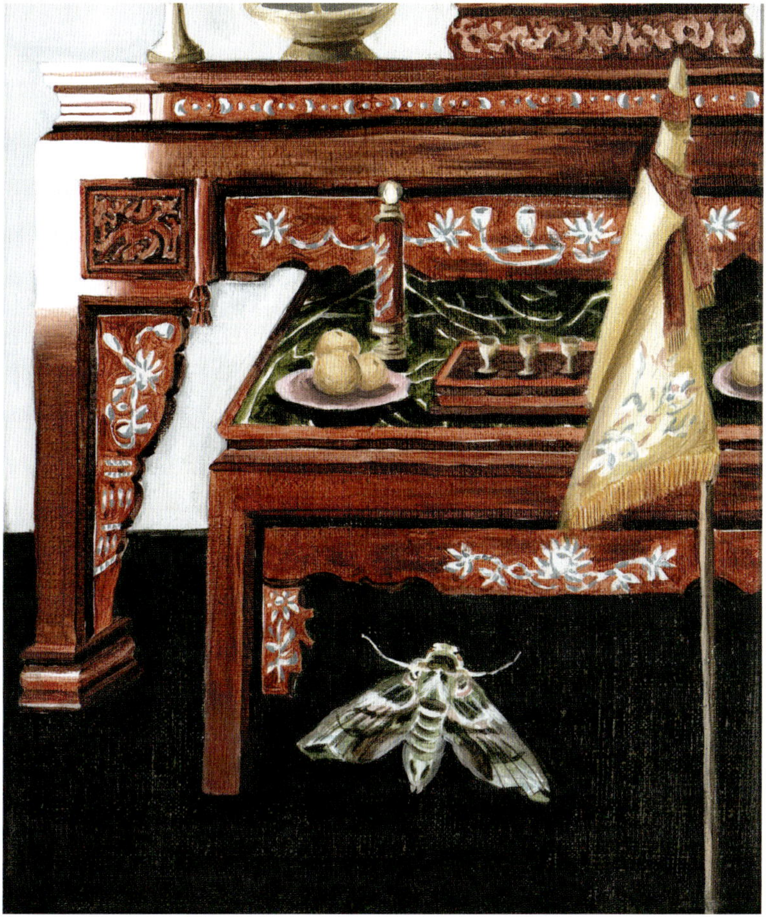

因为留不住｜十

2019/01/06 台中

女人是中学同班的班长，品学兼优，大小考试从未滑落过全校最高分，唯一的一次是因为发烧，分数掉到了不被处罚的范围之外。数学老师不忍心地编了个理由将标准分数下修，结果班上只有许仔被打，一分一下，老师花了半堂课的时间打完了五十七下。下课时全班都跑去感谢班长，她却走到了许仔的旁边说了声"对不起"。"走开！"许仔那时候只会用这种口气表达"没关系"，但也就是从那天起，许仔再也没跟班长说过一句话。一直到毕业的那天，班长带了些东西来还许仔，想跟他好好地说个再见来延续未来碰面的机会，但许仔最后一次模拟考后就没有来过学校，毕业证书也不想拿。班长一直在礼堂等到天黑。女人以为只要一直等，一直等，他就会出现。

"不记得。"许仔眯着眼看她，她睁大了眼像是要将许仔给看穿似的："依臻啊，我是秦依臻。"许仔其实在回头的那个瞬间就忆起了她。秦依臻比当年又高了点，那时在操场跑道上飞扬的马尾现在放了下来，发根可以看见染发后却还遮掩不去的岁月，脸上的纹路应该不只是这几天日晒雨淋后的风霜，但像风铃般的笑容却是和当年一模一样。许仔庆幸这样的笑容没有人跟他分享，但他却又觉得自己的人生配不上眼前的完美，所以那句"不记得"才会那么冷酷地脱口而出。"你该不会还在气那五十七个板子吧？喂，你怎么那么小气。"依臻用力地拍了一下她同学的肩头，许仔觉得再装下去反而尴尬，除非他是失忆了，才会无法记得这些像是烙印般的回忆，"我想起来了，你是班长。"许仔假装平静缓缓地说。

"你记得那年班上大扫除，有只蟑螂……""你记得语文老师段考那天忘记戴眼镜……""你记得单杠旁边的白千层里……""你该不会忘记你的死党写了一封情书给我……"依臻的回忆像是幻灯片般在许仔的眼前播放着，虽然她的记忆力在当年就让全班佩服，总是可以在最后一天写完整周的教室日志，许仔还是对这十几年后未曾变质褪色的画面感到惊讶。许仔听着这些回忆，有时点头、有时摇头，但他当然记得死党的那封信是他用第一人称的方式帮忙写的，还好那时依臻没打开信封就把信退给了死党，他觉得现在让他再写一次，一定可以比那时还要好。所以当依臻提到那封信的时候，许仔直觉地摇了摇头，"你应该没打开吧？"好像这样的否认就可以有机会再全部重来一次。但事实上，依臻看过了那封信，而且从笔迹看来她也知道是许仔写的，只是当许仔摇头的时候，依臻就知道了她其实得从未打开过那封信。

绕境的旅途上，许仔开始有个人陪伴，去年已经走过这趟路的依臻一路上没停过和他分享上次的经验和他错过的仪式，偶尔提到当年在学校的回忆时，许仔总会特别小心怕依臻发现了自己的秘密，所以一路上很少说话。"你为什么会来？"许仔终于开口，"为了身体健康呀，你呢？""为了阿嬷的身体健康。"许仔低着头说。"你有轿脚了吗？走，我们一起，听说这样子愿望会实现喔。"依臻拉着许仔，跪在队伍的最后面，当轿子快到他们的面前时，依臻把他的头压了下去，在銮轿通过时，黑暗中的许仔竟忘记哪一个愿望才是最重要的，一瞬间全告诉了妈祖，起身后他还停留在那茫然当中，一直想着刚刚到底说了些什么给妈祖听。

回驾的那天，下了一夜的雨终于停了，正午的天气非常闷热，许仔的身体也在发烫，依臻要他搭上沿路载香客的车子他不肯，顶着阳光他还是直喊冷，依臻只好依偎着他踩着蹒跚的步伐，离神轿越来越远了。恍惚的许仔看见队伍里只剩下他们两个，想要赶上时依臻却把他拉住，"我们就这样慢慢地走好吗？"许仔紧紧靠着依臻，他们越走越慢，慢得几乎就像是停了下来。

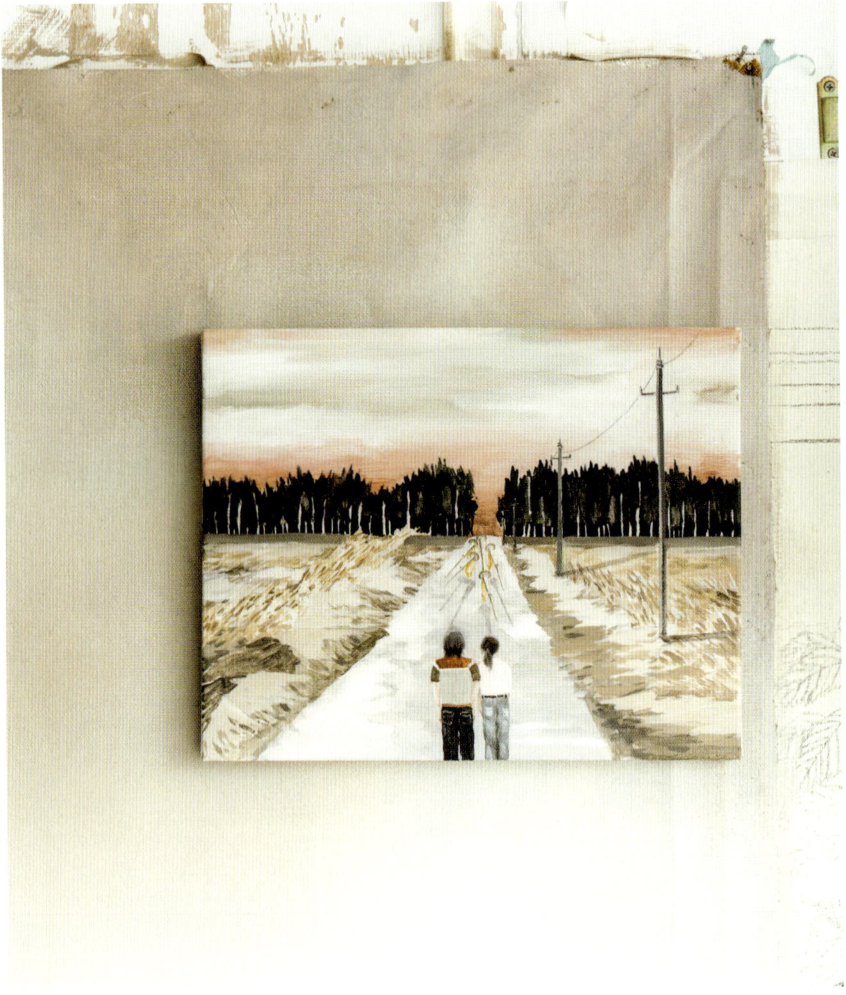

因为留不住 | 终章

一长串的炮仗声传入骑楼下即将苏醒的许仔耳里，像是闷在铁罐中不停爆炸的铁钉要射出他的脑袋，许仔睁开了眼后才感觉好些，但眼前黑压压的一片，只看得见众人的下半身背对着他。"你终于醒了！"依臻指着这些背影上方淡蓝的天空说，"妈祖回到家了。"许仔吃力地爬起身，只看见远方的硝烟迫不及待想成为天空的云朵，不停地往上长，从地上燃烧而出的烟云里，隐约可以看见銮轿还在里头。高烧刚退还无法聚焦的他，见到这宛如仙境的画面，竟忘情地握紧了手心，但许仔一直没发现，在他手心中的是谁。依臻被握到手都痛了，但她还是让许仔一直握着。

"你就突然倒在路上啦，我也抬不动你，还好那出租车司机停了下来……"依臻的声音配着火车行驶在铁轨上的节奏真是好听，"但那司机是小儿麻痹，我可是花了好大的力气才能把你抬上车，我怎么不记得你当年有这么重。""你当年又没抱过我。"依臻脸红的样子真是好看，"喂！要不是那司机回头的路上看到我们，我早就把你丢在路上了。"依臻是生气了吗？"好啦，谢谢你，后来呢？""他一直载着我们跟着神轿，他说他没办法下去走，每年就这样来来回回地载人，也算是跟着一起绕境了。""下车的时候我拿了三千出来，他还说：'免啦，载着恁嘛是我的福气，汝跟恁尪明年来……（不用啦，载到你也是我的福气，你和你老公明年来……）'"依臻的脸又红了，"看着我一定爱更付我载喔。（看到我一定要再载我喔。）"

回台南的火车上，依臻帮许仔填满了那些他没参与的时空。依臻高中毕业后如愿进了数学系，父母被中部的一场无情的大地震给带走了，为了养活自己，她只好一直待在学校，第一份工作就是教职，几年前开始会在现在的学校里遇见许仔的母亲，问许仔母亲他的下落时，母亲冷冷地说："他在台北做没出息的艺术家。""但我有去看你的画展喔。""我问了画廊的人你的联络方式，他们都不给我。"道德曾在八里的铁皮屋里崩解，许仔像做了坏事没被发现般地深吸了口气，迅速转移了话题。"结婚了吗？"许仔其实不想问，但他却很想知道答案，"没有"，依臻的答案让他鼓起勇气往下问，"男朋友呢？""拜托，谁会想找一个数学系的女教授做情人。"许仔心想，这答案的真相所指的绝对不会是依臻，而是她身边那些配不上她的人。"那你呢？"依臻也同样踌躇着问，"有过几个，但不是很认真。"许仔说了真话也说了假话，但球还在许仔这里，他没打算继续玩，开始问依臻大学教课的细节，对话一来一往，像是要把十几年的话赶在火车到站前全说完，但想说的实在太多，他们只好站在车站大门前不停嘱咐对方别忘记联络。

绕境回来后，阿嬷虽然还是没能起床，但身上的褥疮却都好了，许仔开心地说阿嬷的好转都是妈祖的保佑，却不知道妈祖从未来到古厝帮阿嬷翻身擦背，看护气得一整天都不跟许仔说话，但她倒是很喜欢依臻来家里看阿嬷的时候，帮忙看护一起翻身、一起拍背、聊天。有天依臻看着看护一口一口地喂阿嬷吃粥时，深叹了口气说："到时不知道谁会这样照顾我。"看护想着自己的年纪也不轻了，到时依臻如果年老瘫痪自己也不一定健康，就算想要帮忙也怕是力有未逮，所以一句"我来"竟卡住了喉咙没吐出来，倒是在房外上香的许仔默默地在心中说出了这句话。

阿嬷走的那天，许仔哭得像个小孩。看护陪着处理后事，道士、葬仪，都是看护帮忙决定的。依臻来到灵堂时，许仔的眼泪还没干，看护悄悄跟依臻说："阿嬷走得很安详，在睡梦中走的，但不知道他为什么这么伤心。"依臻当然知道许仔哭的是什么，她当年也是这样被撕裂了，因为那些离开的人们都是他们唯一的亲人。

◇

入夜前的涨潮，古厝前水声潺湲像是溪畔那两人心里的伤悲。阿嬷正午前已入土，但许仔的孝衣却还未换下，依臻听他断断续续地说着关于阿嬷的回忆。"她洗衣煮饭都用这条溪的水。"许仔指着下游说，"我就在那里玩，有次阿嬷的衣服不小心被水冲走了，我就用竹子伸到水中央帮她捉住，后来她也觉得好玩，会故意让些衣服顺水流下来，而我总是能捉住那些很难捉住的。"许仔拾起脚边的石子丢到水中，涟漪瞬间消失，他却望着远方，涟漪永远不会到达的地方，下游那里有个在等待着衣服的小孩。"有次我看见溪水突然变成红色，就好像母亲的颜料全倒进了水里，我觉得好美，傻在岸边看着所有的红色消失。转头时阿嬷提起刚杀好的鸡，我当时觉得死亡竟然可以这么美。"许仔以为他听见了古厝里在床上的阿嬷唤着阿公的名字，突然地哭了起来，"阿嬷却……却只能一直……躺着。""但阿嬷也忘记了那些悲伤的事，或许上天还是慈悲的。"依臻看着许仔，自己却再也止不住泪。远方的人以为他们听到的是溪水声，但其实那都是他们的眼泪。

阿嬷离开后的古厝，只剩那间发霉的画室还有人进出，依臻每个礼拜都会来，许仔却只是面对着空白的画板，没说什么话，好像只要这样一直盯着，悲伤就能转移到画布上。几个月过去，依臻也没有打算劝他放下，就这样陪着他一起悲伤。

悲伤终究是无法完全画出来的，像那不曾断过的溪水声，以为它消失，其实到最后只是习惯了。

许仔决定去授课的事没有跟依臻说，当依臻在校园里碰到许仔的时候，树上的凤凰花刚开，路上的学生指着母亲曾授课过的设计系，"你怎么不跟我说，走，我陪你。"他们后来常在这条路上并肩地出现，一侧的手中握着的是数学公式，旁边的那个肩上背包里装的是画笔颜料。许多学生和教师议论着这样的背影，但其实这两人只是穿回了当年的制服走在校园里。

中秋那天，许仔带依臻到古厝的后院摘了几颗柚子到溪边。依臻剥开柚子却没有吃，细长的手指捧着柚皮靠近脸颊一直闻着。许仔多摘了好几颗，将剥开的柚皮全都围绕着她，"你在这等我。"许仔往上游跑去，依臻还是闭着眼闻着她手中的柚皮，当她张开眼的时候，眼前的小溪居然变成了彩色的，像是在梦中的水流，缤纷奇幻。艳阳穿过树梢在这流动的画布上撒上金粉，颜色、光影不停地变化、融合，像是所有大师的技法不断地出现，依臻在这幅流动的画作中仿佛听见了音乐，当最后的一个音符消失的时候，许仔悄悄地出现在她的身边："虽然留不住这些，但是如果可以在你身边，我会为你一直作画。"

　　许仔在溪边一直等着，等着才刚捧着眼泪离开的依臻能回来，能回来告诉他"我不能和你在一起"这句话是什么意思。

◇

　　在学校见到依臻的时候，她的眼神都是愧疚的，每当许仔想要上前告诉她"我没事的"，依臻就像个同极的磁铁要远离他，像是要到逃到宇宙的边缘，直到消失。许仔的心开始冷却，刚到学校时的创新与热情也冷却了，只要求学生反复地练习技法，就像多年前他在台北画室兼差的习惯。因为留不住依臻，他开始对待身边的人都像个过客般无情,但他却一直想起思婕,那个当年被他伤了心的女孩,愧疚地想向她亲口道歉,但他不知道思婕并不想听,也听不到。许仔说服了自己,现在的依臻就像是当年的他,手轻轻地一挥就打翻了好不容易收集起来的缘分,让他只能远远地,像时钟般固定地出现在学校的那个路口看着依臻错过。

依臻今天没有经过那个路口,"她又去演讲了吗?"许仔皱着眉头问着自己。班上还没下课,许仔要学生们自己练习,他低着头经过微积分教室时只瞥见两个学生,"你们老师呢?""不知道,我们已经等了一整节课了。"从未迟到过的班长,别说是旷课,就连感冒的那几天依臻都不愿意离开教室。许仔问了数学系助教,只说依臻家里的电话传来的都是嘟嘟的占线声。许仔的机车闯过十几个红灯,他却是熄了火以后才进到依臻家的巷子,害怕任何的唐突都会让依臻不悦。刚滑行到大门边,许仔放了心,栏杆缝里可以看见依臻坐在大门口,准备好要上课的样子,只是她的头却一直埋在两个膝盖的中间。

"依臻。"许仔好久没这样喊她了。"我真的什么都不记得了。"依臻掩着面抬起了头,膝盖上的布料都是湿的。

许仔扶她坐下，"一年多前我开始忘记事情，我一直以为我可以记得，"许仔看见墙上贴着许多写了字的便条纸和忘了挂上的电话，"所以我不断地做记录提醒我自己每件事。医生说这是绝症，说我会不停地忘记。"依臻的眼角开始渗出泪，"最后我会忘记呼吸，我会忘记活着。"许仔只能抱住她，"而且还会……"依臻说这几个字的时候是在许仔的怀里，所以许仔并没听清楚她说的是什么，但因为依臻一直靠着他的胸膛，所以"忘记你"这三个字是刺进许仔心里的。

许仔坚持要无法停止遗忘的依臻和他一起生活，但其实依臻很早就想这样了，从有次许仔在课堂上偷偷画了一张素描送给她的那天起；从许仔把他自己的水彩借给她，而许仔却在教室外罚站一节课的那天起；从她在毕业典礼的礼堂外一直等到天黑，只为了还给许仔那盒水彩的那天起。只是当许仔再次出现的那天，依臻也早知道了自己总有天会忘记许仔，所以跪在轿底的时候，她不停地祈求妈祖别让她别那么快遗忘一切。

她一直想问许仔毕业那天为什么会消失，离开家这么久的时间里，都没有再回来。而这个秘密，其实是依臻意外地把它和那盒水

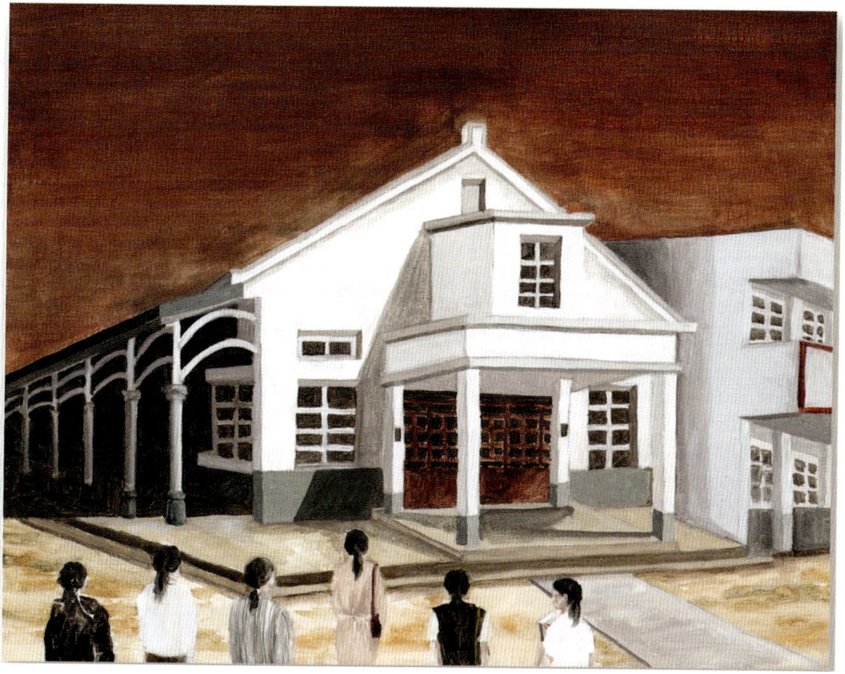

彩，一起给藏了起来。

◇

学期末的美术作业，老师要学生画最难忘的一件事，有人画了赤崁楼前的小摊，有人画了小孩从盐山上滑下来。依臻画老师在上课，但有个人却一直低着头画画；许仔则是画了从他家门口看出去的风景。后来许仔没来上课，美术老师要班长把画带给许仔，一直到毕业典礼结束，许仔没带走水彩，也没拿回那张画。没再次遇见许仔前，依臻常常把那张画拿出来看，视线是从古厝的门外看出去的，天空阴森得像是将要雷雨，树林的深处有一男一女接近赤裸，被草树掩饰着，画里的女子回过头，像是许仔的母亲，男的却没回头。依臻一直以为那是许仔的父亲，在她忘记一切之前她都是这么以为的。

水彩和画的事依臻没想起来，所以她未曾问过许仔为何离开，就像她也没问过许仔为什么没离开，在依臻的记忆里，她记得自己是谁，记得许仔，以为许仔是从毕业后就和她在一起到了现在。但依臻也常忆起她得了一种会忘记一切的病，所以她偶尔会悲伤，只是很快地，她就像失忆的阿嬷一样，忘记了她们为何悲伤，为何掉泪。

许仔带着依臻看了很多医生，所有医生的结论都相同，但对依臻来说都是第一次，所以也都只有许仔会叹气。许仔每天都带依臻到保生宫里拜拜，但她总是会忘记要先插天公的炉还是保生大帝的炉，也忘记了曾和阿辉掉光头发的女儿一起跪在神像前的时候哭了。那天许仔扶起她之前，依臻是突然记起了她会和旁边的这个女孩一样，比和她一起来的这个男人还要早离开人世，甚至还会忘了他是谁，所以她才会跪在跪垫上一直不肯离开。

依臻常常在后院的树下徘徊，等着阿嬷的柚子树开花结果，她忘记了几乎所有的事，但却一直记得有条溪变成了画，还有那满山的柚香。许仔常常带她到溪畔听水声，听着听着，都有不同的惊喜从上游漂下来。

今年中秋，依臻已经没办法帮忙剥柚子，学生们都听说了秦老师的事，自愿到溪边来帮忙，有的走到了对岸，许仔则是站在河中央。当他放下第一片柚皮时，学生们跟着将手中的柚皮缓缓地放入水中，像只小船般漂在水上，顺着水流直到消失。许仔一直低着头，不愿看到那些消失的小船。之前许仔像这样在河边低下了头，依臻总会安慰着他："留不住的，是永恒吧。"许仔虽然抬起了头，但依臻却不知道他为何会掉泪。

许仔看着溪水从他的脚踝流过，水纹如丝，像是风吹起了依臻高中时的马尾。他牵起依臻的手，走到水中的云里了。

后 记

巡回接近终点的半年多前，就已开始构思要写十篇故事，作为终站每个夜晚合眼前的道别，打算以地理风俗为经、情感欲望为纬，编织一张我以为熟悉却实际陌生的海岛乡愁。

那天中秋刚过，家中两大箱来自麻豆的文旦，孩子们一天一颗，绿白的柚皮卸下后的柚香满室芬芳，让我预感故事得从南部开始，但其实也是借机让一段不长不短的距离，给自己一个悠闲的错觉。

隔周下了台南，拜访友人的书法老师轲三，老师的笔墨行云流水，个性为人也如其字，有脾有气，有血有肉。从一个在镜像里扭曲的他，我创作出了许仔，本想围绕在那古城用一天的短文说完许仔的事，但他的叹息让我多写了一天，他的堕落让我多写了两天，一直到巡回结束，我还是没办法说完他的事，硬是多了一个过长的篇章放入书中，才能让那些留不住的瞬间有个暂时的栖身之地。

实在对网络上的读者深感歉意，让他们眼前的故事停泊在一个荒岛上，也感谢阅读到这里的你有如此的耐心，希望这段时间的等待没让你的幻想走调。如果你发现里头有些景色、人物似曾相识，也请别意外，因为这都是些真实故事改编。

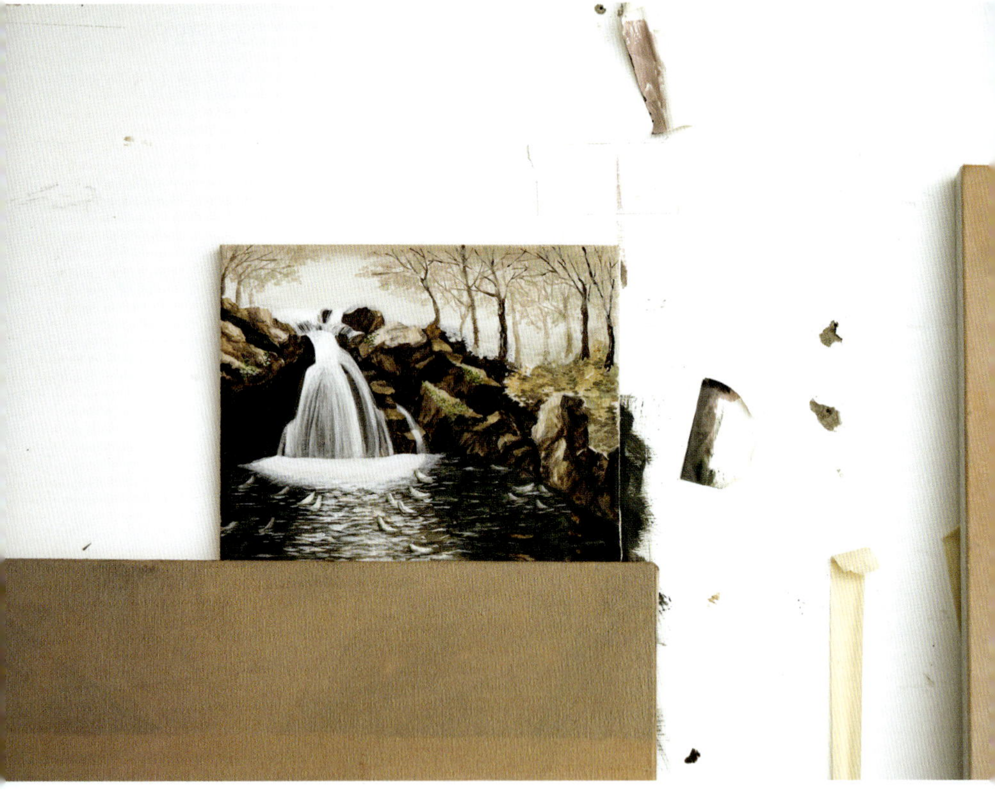

最后

曲终人散，声光封箱；漂泊的，终将锚定；寂寞的，也有归宿；各自独立的篇章，到底还是编成了书。

这是上个巡回开始的习惯，激情演出前该有的沉淀，却不安地谱出了插曲，抒情的小文，一笔一划地落在纸上，像个雕刻工匠般的，想要将每个感动的瞬间给留住。但世界如此缤纷，让人眼花缭乱，以至于常无法决定从何处下笔。搔头蹀步，涂涂改改，眼看着悠闲的白昼即将结束，放肆的夜晚就要到来，竟慌张地湿透了许多饭店的桌椅。常想就此停住，但如果就这样放弃了这般自虐的过程，也就永远无法知晓每个篇章完成后的自我救赎了。

事实上，完稿后的满足是其次，真正迷人的，是每次面对着白纸和只有我自己的那个宁静时刻，空气因此而凝结了，肉体也会消失，就只是等待着有如玻璃碎裂般的灵光乍现，哗的一声，笔尖不再停伫空中，而是哒哒哒飞快地在白纸上移动着。

　　一开始的书写，都是第一人称，从我的眼所看出去的风景、人物、情感、意念，有时写关心、有时讲担心，但笔下的我，难免不全，就像天上的月亮总是只有一面会被地上的人们看见。开始觉得自己这样唠唠叨叨了好久，不羁的心一直在躁动，写着写着竟写出了岔路，路上有了别人，但却不再是真实世界的人。当他们出现在这条路上的时候，我常常兴奋地无法成眠，后来发现，原来不是我在书写他们，而是他们要我挑灯写他们的故事。

　　但如此跳跃的结构与文体要集结成书，毕竟不是多数人的阅读习惯，特别要感谢和我一起完成这本书的伙伴们，对于我任性的宽容和超出分内的付出；也要感谢正阅读这本书的你，愿意和我一起经历这些也许真实或许虚幻的历程，让我可以借由这些人的故事和一路以来的心情，让你或者是让我窥视到自己也看不见的那一面。

　　来到这里或许已经是最后的最后了，但不会是结束，就像在人生长河中，为了那些宁静的瞬间，我从未停止创作，因为留不住。